Einaudi. Stile Libero Big

Maurizio de Giovanni
Una Sirena a Settembre

Einaudi

Una Sirena a Settembre

A mia madre.
La Signora.

I.

Se volete una storia, dovete andare dalla Signora.
Arrivarci non è banale. La Signora sta alla fine di un vico-
lo privo di uscita, in cima ai Quartieri Spagnoli; l'imboccatu-
ra della stradina è nascosta fra due sporgenze di antichi palazzi
in rovina, cresciuti nel tempo – al pari delle costruzioni circo-
stanti – come organismi viventi, una propaggine alla volta, un
balcone qui e una finestra là, due muri e un'intercapedine man
mano che servivano un ripostiglio, una stanzetta per la creatura
o un po' d'aria per mammà che sta poco bene, e che sarà mai.
Si passa a uno a uno e mettendosi pure di profilo, l'apertura
è assai stretta e quasi invisibile, io per esempio ci sono passato
davanti spesso senza accorgermene, continuando a controllare
il foglietto sul quale mi avevano scritto le indicazioni.
In pochi lo sanno, ma i Quartieri Spagnoli sono molto piú
vasti di quanto dicano il dedalo di viuzze sconnesse e l'impres-
sione angusta che ne deriva. In realtà, se li prendi per il verso
giusto, i Quartieri sono una vigliacca, impervia salita e non a
caso i vicoli hanno nomi che rendono l'idea alla perfezione:
Montecalvario, per esempio; o Magnocavallo, in memoria degli
animali stramazzati portando il proprio carico. E allora, perché
sarebbe il verso giusto se la salita è cosí faticosa?
Semplice: perché la discesa è facile e ti distrae. In discesa i
piedi vanno da soli, la mente è libera e ossigenata e si fa pren-
dere da colori e odori, dai sorrisi delle belle fanciulle e dalla
musica che viene dai bassi. Non va bene. Non ti concentri.

Serve la fatica, e serve il vicolo senza uscita della Signora. A trovarlo, è ovvio.

Per reperire l'ingresso è necessaria una determinata ora, perché il sole crei una striscia d'ombra incongruente con una parete continua. I due muri sono cioè cosí compatibili fra loro da sembrare uno soltanto, e quindi che ci fa una striscia d'ombra in mezzo? Certo, bisogna fare un ragionamento: ma se si cerca qualcosa si è portati appunto a riflettere, specie se il fiato è spezzato dalla salita e tutto rende inclini a fermarsi un attimo. La radice della speculazione è la pigrizia, si sa.

Una volta entrati di traverso e con qualche difficoltà, l'ambiente è davvero notevole.

Prima di tutto, si notano il silenzio e il fresco. Per qualche oscura ragione, le alte pareti in tufo trattengono la cacofonia perenne all'esterno e restituiscono di sera il sole, e di giorno le tenebre, cosí da fornire un perenne pomeriggio di primavera, quale che sia la stagione. E in fondo, una magnolia spontanea si inchina dalle pietre in avanti, come una naturale tettoia protettiva di foglie larghe e scure, e fiori bianchi o germogli. Nemmeno con un drone, viene da pensare, si potrebbe vedere niente di quello che succede qui.

Ma tanto non succede nulla, qui, o quasi. C'è solo una porta che dà in un basso di cui non si vede l'interno, buio com'è. E una sedia. Dove sta la Signora.

Dovete sapere che la Signora non sarà sorpresa di vedervi. Che non è accogliente né respingente, non sarà infastidita né si mostrerà contenta dell'inaspettata compagnia. Che vi prenderà come un fatto della vita, perché ne ha viste cosí tante che tutto potrà succederle tranne che restare sorpresa. E per qualche motivo strano, mai vi capiterà di trovarvi lí con qualcuno, né di vedere qualcun altro infilare la testa nel vicolo tronco, o affacciarsi dalla porta del basso all'esterno del quale la Signora siede.

Eppure una famiglia la Signora deve pur averla, perché a qualsiasi ora di qualsiasi giorno dell'anno andiate da lei, la troverete nella stessa posizione e con le mani impegnate: una volta starà sbucciando patate, un'altra starà schiacciando pomodori, un'altra ancora starà tagliando melanzane o ripiegando calzini, in quantitativi industriali, gesti rapidi e precisi, un grembiule lungo fino a terra e due bacinelle ai lati, in una il prodotto grezzo e nell'altra quello finito, e qualcuno dovrà pur essere destinatario di quella roba. Qualcuno dovrà pure mangiarla o indossarla, o fruire di tutto quel lavoro.

E lei stessa, la Signora, è notevole e insieme ordinaria, come ogni cosa nei Quartieri Spagnoli, nuova e viva e perenne, modernissima e antica. Ha il viso in penombra, e vi si intravedono le rughe profonde: ma la voce, la voce è limpida e piena di emozione, imita toni e accenti ed espressioni, sembra di vedere un film o di assistere a uno spettacolo teatrale con tanti personaggi. È grassa, il ventre prominente preme sotto il grembiule, le mani sono agili e nervose e non smettono di fare ciò che stanno facendo mentre lei racconta.

Perché dovete sapere che la Signora racconta. Voi arrivate, prendete posto su una pietra piatta, un blocco di tufo che pare sorgere dal suolo quasi fosse una pianta fossile, e lei comincia a parlare. E quando uscirete frastornati dal vicolo, convinti di essere stati lí pochi minuti, sarà invece sera o sarà mattina, il contrario dell'ora in cui siete arrivati. Si muovono un sacco di magie, attorno alla Signora.

Adesso sta spezzando ziti, la lunga pasta di grano duro tubolare che serve per il ragú o per la genovese, formato raro e tipico. Le mani sottili devono essere forti, perché con precisione e senza apparente sforzo dividono ogni zito in tre pezzi, un terzo un terzo un terzo, e i frammenti vanno nella bacinella di destra pronti per chissà quale delizia. Dopo nemmeno un minuto, la Signora dice: gli antefatti.

Sono importanti, gli antefatti. Perché se non si determina una situazione, che storia si può mai narrare? Certo, gli antefatti non sono già la storia, ma mica devono essere noiosi per forza, no?

Magari anche gli antefatti possono essere interessanti, giacché ci raccontano gli attori che vedremo sul palcoscenico.

E tante storie che in apparenza non si sfiorano nemmeno, tante donne e uomini e vecchi e ragazzi che non si conoscono o che non sanno di conoscersi, alla fine si scopre che sono dettagli dello stesso quadro, che appartengono alla stessa recita.

I Quartieri Spagnoli sono cosí, dice la Signora. Un groviglio di strade, ognuna va a finire in qualche altra, ma mica un vicolo lo sa che, attraverso una curva o un arco, attraverso un portone o un altro vicolo, può portare in tutte le direzioni. Per questo sono importanti, gli antefatti. Se uno non sa da dove sta venendo, come lo capisce dove deve andare?

Prendiamo la Sirena, per esempio.

La sapete, voi, la storia della Sirena?

II.

Il ragazzo armeggiò con una serratura, poi con un'altra. L'operazione non fu facile, perché aveva un paio di involti in mano e non voleva appoggiarli a terra. Alla fine riuscí ad aprire la porta e se la chiuse alle spalle, non potendo evitare che gli cadesse una rivista: almeno però era dentro, e il pavimento immacolato luccicava di pulizia.

Raccolta la rivista, si avviò all'interno. Se qualcuno lo avesse guardato in faccia avrebbe notato un repentino cambiamento dell'espressione, che da corrucciata e triste era divenuta solare. Accennò persino un fischiettio, poi disse:

– Eccomi, famiglia! Sono a casa!

Gli rispose un cigolio, poi una voce femminile.

– Famiglia mi pare eccessivo. Dài qua, ché sistemo la spesa.

Il giovane sorrise alla ragazza.

– Be', anche «spesa» mi sembra eccessivo. Pane, latte, un po' di frutta. Ah, e il caffè.

Il viso di lei si sollevò, mostrando due allegri occhi neri.

– Ma per favore, guarda! Pure un pacco di biscotti per la colazione. Un lusso sfrenato.

– Va bene, ho capito. Anche oggi sei contenta...

Lei si fermò a metà, mentre riponeva i biscotti in una dispensa semivuota.

– Ma certo che lo sono, non dovrei? Non hai visto che giornata c'è? È mai possibile che devo dirtelo io che sto qua, a te che sei uscito?

Lui lanciò un'occhiata distratta verso la finestra.

– Sí, eh? Manco me ne sono accorto, per la verità. Sai com'è, quando uno affronta la giungla sta piú attento a non farsi azzannare che al tempo che fa.

La ragazza si avvicinò, scrutandolo. La somiglianza fra i due era straordinaria: stessi occhi grandi e neri, stessa bocca carnosa, stessa ruga al centro della fronte.

– Raccontami, Marco. Dimmi cos'hai fatto fuori. E dimmi com'è.

Il giovane spostò una sedia accostata al tavolo e si accomodò.

– È come sempre, Ester. Come vedi dal balconcino. Un sacco di gente che corre da una parte all'altra, che cerca di capire come fare a finire la giornata, a procurarsi quello che serve per mangiare o per pagare i debiti, o le bollette. Io, loro, tutti. E siccome quello che serve sta nelle tasche degli altri, ognuno cerca il modo di far passare i soldi di mano in mano. Come una specie di gioco, insomma.

Lei si intenerí. Sollevò il pacco che stringeva fra le dita.

– Be', tu ci sei riuscito anche oggi. Perfino i biscotti. Un trionfo.

– Non mi basta, sorella mia. Non può essere questo il nostro destino, i salti mortali per un pacco di biscotti di merda, o per la luce, o per una bombola di gas. Non mi posso rassegnare a vivere in questa maniera.

Ester lo fissò, preoccupata.

– Ne abbiamo parlato cento volte: possiamo andare avanti, aspettando un'occasione. Io faccio la mia parte e tu fai la tua, ti pare? L'importante è non strafare, non correre rischi, perché qualcosa di buono succederà, deve succedere.

Marco scattò in piedi.

– Ma che dici? Cosa credi, che arriverà qualcuno dal nulla e ci dirà: «Ecco, adesso vi risolvo tutti i problemi io»? Tu non lo conosci il mondo, là fuori. Lo vedi dal balcone, o alla televisione, e ti sembra che ci siano i buoni e i cattivi, che tutto sia ordinato e chiaro, ma non è cosí. Uno il destino se lo deve mangiare, non deve aspettare che gli cadano addosso le cose, e tu ormai sei grande e lo devi capire!

Gli occhi della ragazza si riempirono di lacrime.

– Mi fai paura quando parli in questo modo. Smettila, per favore. Sembri uno... uno che...

Il fratello concluse per lei.

– Uno deciso a tutto? Sí, lo sono. Perché non è possibile girare dalla mattina alla sera per trovare un lavoro a ore, spezzarmi la schiena per venti euro sí e no al nero, senza tutele, con la paura che se mi succede qualcosa tu resti qua senza nemmeno... senza nemmeno...

Ester si addolcí.

– Senza nemmeno poter uscire di casa, vuoi dire? Perché non c'è l'ascensore e siamo al quarto piano? E allora? Posso sempre chiamare Immacolata, lo sai che è una buona vicina, è gentile e mi vuole bene. E ho il telefonino, mi posso anche connettere a internet sulla sua rete, mi ha dato la password di nascosto dal marito. E ho le mie lezioni private. Possiamo andare avanti, basta avere pazienza, io lo so che qualcuno si accorgerà di come sei bravo e di fiducia, ti daranno un posto fisso e...

Marco sbuffò.

– Sí, come no. Lo dànno proprio a me, il posto fisso. Sono andato a supplicare dovunque, mi sarei adattato a qualsiasi cosa, anche a dire che non ho il diploma e che posso rinunciare a un inquadramento.

– No, no! Questo non lo devi fare! Mamma ha fatto tanti sacrifici, poveretta, per farti studiare! Non ci devi rinunciare mai, sarebbe come sputare sulla sua tomba!

Marco avanzò verso la finestra. Il quartiere indossava il vestito della sera, nugoli di motorini scorrazzavano senza tener conto di alcuna regola.

– E ha sbagliato, mamma. Se invece di farmi studiare mi avesse mandato a bottega, adesso magari avrei un lavoro. E ho sbagliato pure io, perché dovevo mettermi appresso a qualcuno di quelli là, come hanno fatto tanti dei miei amici, che adesso hanno piú soldi di quello che gli serve, che...

– Che spacciano. Che a quarant'anni nella migliore delle ipotesi saranno in galera, o morti ammazzati. Che ogni mattina si svegliano e pensano a quanta gente hanno sulla coscienza. Mamma diceva sempre che...

Marco alzò la voce.

– Mamma non c'è piú, Ester! È morta di tumore senza nemmeno dirci di essere malata, per non smettere di fare la serva per mantenerci! E aveva quarant'anni, proprio come i tizi che dici tu, che invece vivono bene, benissimo, te lo posso assicurare!

– Ah, sí? E allora, se sei convinto che sia la strada giusta, che mamma abbia sbagliato tutto, perché non vai a fare il delinquente? È facile, no? Ci metti cinque minuti, con questi ci sei cresciuto, li aiutavi a scuola nei due o tre anni che hanno frequentato, ci giocavi a pallone. Perché non li vai a cercare, e gli chiedi di farti fare qualcosa di quello che fanno loro?

Marco afferrò la rivista che aveva portato e la sventolò in faccia alla sorella.

– Guarda. Lo sai cos'è questa, sí? Lo sai che cos'è?

– Sí, lo so cos'è: è un modo per cambiare discorso. E per giustificare l'esatto contrario di quello che ci ha insegnato nostra madre.

– No, invece. È una rivista scientifica, anzi, per essere precisi, la traduzione di una delle piú importanti riviste mediche del mondo. Don Gennaro me l'ha tenuta da parte in edicola e me l'ha regalata. Sai che c'è scritto, qui sopra? Lo sai?

L'espressione della ragazza mutò, facendosi piena di malinconia.

– Marco, ascolta, non ricominciare. Non esiste un modo. Ricordi cosa disse il dottore, vero? Prima si accetta e prima si riprende a vivere.

Il fratello ruggí di rabbia e di frustrazione.

– No, maledizione! Il dottore è un imbecille, un povero cristo che visita poveri cristi, non dà speranze perché non ne ha! E invece il modo c'è, e sta scritto qui! C'è questo professore che con la sua squadra sta portando avanti da anni un lavoro, in Svizzera, che...

La giovane si mise le mani sulle orecchie.

– No, no, no! Non voglio sentire niente, non voglio...

Marco le scostò una mano.

– Hanno fatto ricerche sulle neurostimolazioni, lo capisci? Fanno degli impianti che entrano in comunicazione elettrica col cervello! Riattivano il midollo spinale, cosí...

Ester scoppiò a piangere.

– Basta, ti prego, basta, mi fai paura!

Il ragazzo parlava a pochi centimetri dal volto della sorella.

– Hai vent'anni, cazzo! Vent'anni! Sei bella come il sole, buona, intelligente. Ami i bambini, gli animali, l'aria aperta. Come puoi pensare di vivere per sempre qui, due stanze e cucina finché non ci cacciano, senza nemmeno poter andare a prendere un po' d'aria se non trovo due persone che mi aiutano a portarti giú con questa maledetta sedia?

Ester gli accarezzò il viso.

– Fratello mio del cuore, ti prego, basta. Finiscila. Non è giusto, non lo è per me e non lo è per te. Non si può fare niente, e anche se si può costa moltissimo e noi i soldi non li avremo mai. Né per averli basta fare il delinquente, e rovinare le nostre vite. Mamma diceva…

Marco sibilò, inviperito.

– Non mi interessa quello che diceva mamma. Mi interessa quello che ti è stato fatto, e il motivo per cui sei ridotta cosí. E se c'è una maniera, una sola, per farti alzare da qui, io la trovo. E trovo pure i soldi, in qualsiasi modo. È meglio che tu lo sappia.

Uscí, sbattendo la porta.

La ragazza prese a piangere piano.

III.

Siccome nei sogni le cose si mescolano, Mina vide emergere dalla fitta vegetazione di una qualche foresta pluviale il dottor Domenico Gammardella con tanto di camice immacolato e stetoscopio, spettinato e magnifico, quasi nulla lo sgualcisse.

Aveva l'aria tenera e stupita che la faceva impazzire. Lei, acquattata nell'ombra di una pianta che sapeva essere un'acacia senza avere la minima idea di che accidenti fosse un'acacia, ma tanto nei sogni è cosí, pensò che quell'uomo era il sosia, in bello, di Brad Pitt in *The Dark Side of the Sun*, il cui protagonista era fotosensibile. Fece per chiamarlo, ma si rese conto di essere, come spesso accade a chi dorme, in pigiama.

Ora, il pigiama di Mina era frutto di una dolorosa storia familiare. Fin da bambina, in occasione di ogni ricorrenza, la donna era stata destinataria da parte della madre di un unico regalo: un pigiama. Che fosse Natale o il compleanno, la laurea o l'onomastico, nel momento clou del festeggiamento Concetta proponeva puntuale una scatola a forma di parallelepipedo quaranta per trenta per sei centimetri completa di fiocco rosa. Non era un regalo: era un conferimento. La solennità del gesto, il volto serio, le labbra strette (come sempre), le sopracciglia arcuate (come sempre), la mascella rigida (come sempre) non ammettevano alcuna replica che non fosse un fervido, onorato e falso ringraziamento, da

concludersi con l'apertura del pacco e un'altrettanto falsa
e commossa sorpresa.

Secondo Mina, in sintonia con la perfida volontà di Concetta, i pigiami erano scelti per umiliarla. Rientravano in
una strategia della tensione tesa a farle prendere coscienza
di una condizione di provvisorietà, di inferiorità e di mancata realizzazione degli obiettivi personali. In una parola,
del fallimento della sua vita.

Non si era mai scoperto dove accidenti Concetta com-
prasse quei pigiami. Un segreto di Stato, mantenuto tale
con rigore affinché la fortunata destinataria non potesse mai
andare a cambiarli con qualcosa di piú consono a una donna bell'e fatta dalle forme sin troppo generose. E non solo:
incurante degli indumenti che la figlia indossava nelle altre
occasioni, Concetta rasentava il controllo militare soltanto
su quello che Mina metteva per andare a letto. Era un territorio privato, un dominio totale.

Non che fosse un problema, in assoluto. Lo diventava
nella circostanza, però. A seguito del divorzio, Mina aveva
rinunciato alla casa coniugale: un gesto nobile dovuto alla
volontà di lei di chiudere il matrimonio, che aveva però avuto l'antipatico effetto collaterale di lasciarla con il sedere a
terra come con delicata metafora diceva la stessa Concetta
quelle sei-settecento volte al giorno, costringendola a tornare a dormire nella cameretta che già da adolescente aveva
amato come un ergastolano ama la sua cella. Questo faceva sentire la madre in diritto di passarla in rassegna: senza
chiedere il permesso, Concetta accedeva regale durante la
notte e soprattutto all'alba, con tanto di sedia a rotelle, per
un'ispezione formale.

Mina aveva sempre avuto un'indole altruista, che l'aveva distinta dalle amicizie e dall'ambiente nel quale era nata
e di cui aveva fatto una scelta professionale. Malgrado ciò,

si scopriva sempre piú spesso – quando al risveglio si ritrovava il viso aspro e lo sguardo da rettile di Concetta a due centimetri dalla faccia – a fantasticare su metodi di tortura e sull'effetto di veleni ai quali, altrimenti, non credeva avrebbe mai riservato interesse.

Acquattata dunque nell'ombra della suddetta misteriosa acacia nella foresta pluviale, la dottoressa Settembre Gelsomina indossava un pigiama dal predominante colore fucsia, con un pantalone attillato a grossi pois su fondo bianco e un ritratto spiritoso di Pippi Calzelunghe sul davanti della maglietta. La conformazione fisica di Mina estendeva le trecce del simpatico personaggio per diversi centimetri, mentre il volto di Pippi, sempre in virtú del sottostante torace, assumeva lineamenti orientali che non la rendevano riconoscibile. Non era insomma la condizione in cui una donna, già critica nei confronti della propria fisicità e conscia che gli uomini tendessero, di fronte al suo corpo, a perdere attenzione verso ciò che aveva da dire, si sarebbe presentata al cospetto di un uomo del quale era con ogni probabilità innamorata. Non che lo avrebbe mai ammesso: ma in sogno le era tutto piuttosto chiaro. Quindi si nascose meglio, tanto che nella realtà si tirò le coperte fin sulla testa imboccando la pericolosa strada dell'anossia.

Il dottore stava cercando qualcosa o qualcuno. Raggiunta la radura, si guardò attorno con l'aria idiota che lei in segreto adorava e in pubblico denigrava, secondo una logica comportamentale tipica dei tredicenni e che, nei rari momenti di consapevolezza, le facevano ritenere di aver bisogno di un analista, uno di quelli bravi. Avrebbe voluto alzarsi e chiamarlo a sé, ma Pippi le rivolse un'occhiata di allarme che la fece esitare.

Fu allora che dalla macchia tropicale alla sua destra venne fuori una figura. Mina fu certa che si trattasse di Viviana, la pretesa-ex-ma-secondo-lei-ancora-piú-che-attuale-fidan-zata del dottor Gammardella Domenico, che lei non aveva mai visto se non in una fotografia che aveva presidiato co-me un'immagine sacra la scrivania dello studio del dottore ed era stata però da qualche tempo rimossa, evento che le aveva procurato un'espressione estatica durata quasi ven-tiquattr'ore; ma aveva invece le sembianze di Rastelli As-sunta detta Susy, attuale fidanzata dell'ex marito, Claudio.

Nel sogno, dove appunto le cose si mescolano, acquattata sotto l'acacia con Pippi Calzelunghe sul petto e la tempesta nel cuore, a Mina sembrò logico. Viviana e Susy erano la stessa persona, come aveva fatto a non pensarci?

La donna era bionda, di quel biondo che era piú una na-tura che un colore di capelli. Bionda e sicura di sé, bionda e affascinante, bionda e luccicante. Era bionda nel sorriso bianchissimo e nelle labbra carnose, bionda nello sguardo azzurro e consapevole, bionda nel completino da esplora-trice sexy, bionda nel tacco dodici implicito anche negli an-fibi da foresta pluviale. Era bionda nell'accurata cosmesi e negli interventi di chirurgia estetica ai quali la maledetta si sottoponeva in termini cosí discreti da incantare quei fessi degli uomini.

E incantato fu Domenico Gammardella, nella circostanza identico al Brad Pitt di *Thelma & Louise*, che subito disse lieve: *chiamami Mimmo, ti prego*.

Susy/Viviana fece un biondo passo verso di lui. Mina eb-be l'istinto di saltar fuori dall'acacia gridando, ma scambiò uno sguardo con Pippi e desistette: meglio un bel ricordo che un'orribile presenza. Fu però attratta da un luccichio proveniente da un baobab, qualsiasi cosa fosse un baobab: e vide che il lampo proveniva dagli occhiali di Claudio, ap-pollaiato su un ramo in giacca e cravatta come al solito, co-stretto come lei dall'incongruità dell'abbigliamento a osservare la scena senza intervenire. L'uomo non tradiva nessuna emozione, ma la sua presenza confortò Mina: mal comune, rifletté, mezzo gaudio.

La donna in completino sexy estrasse un microfono come una prestigiatrice e, sorridendo bionda, disse a Domenico: *benvenuti al «Canto della Sirena», che vi incanterà anche stasera.* L'approccio era quello da conduttrice dell'agghiacciante, seguitissima trasmissione della Tv locale in cui Susy imperava, proponendo la sua implacabile biondità una sera alla settimana; ma nell'occasione equivaleva, agli occhi della sognante Mina, a una indecente profferta sessuale.

Gammardella dovette interpretare in egual maniera, perché, in tutto uguale al Brad Pitt di *Vite dannate,* cominciò a sbottonarsi il camice continuando a dire, suadente: *chiamami Mimmo, chiamami Mimmo.* Dal punto nascosto in cui si trovava, Mina cercava di richiamare mentalmente l'attenzione di Claudio: *acacia chiama baobab, mi ricevi, baobab?* Che intervenisse lui, maledizione, Susy era o non era la sua donna? Claudio però non accennava a muoversi, succhiandosi il labbro superiore come ogni volta in cui ragionava sui massimi sistemi.

Susy allora ancheggiò biondissima, e prese a cantare cosí come fanno le sirene: solo che dalla bocca uscí un cigolio, identico alla frase musicale *Mamma son tanto felice.* Mina ne fu inorridita, provò una disperazione superiore all'angoscia di proporre Pippi Calzelunghe alla vista altrui; decise che le cose erano andate troppo avanti e che l'idillio andava interrotto. Non cadere nella rete della Sirena, voleva dire a Domenico, ti prego, non caderci! Ti illude e ti inganna, la Sirena! Di gran lunga meglio un pigiama fucsia, brutto ma affidabile.

Mina tentò di lanciare un urlo, che fu però strozzato da qualcosa.

Il qualcosa era il lenzuolo, che lei aveva aspirato ed era sul punto di soffocarla donandole una pietosa, gentile fine che sarebbe stata migliore del terribile sogno. Aprí le palpebre di scatto, trovandosi davanti un incubo ancora peggiore: l'affilato viso malevolo di Concetta sormontato dalla messa in piega azzurro metallizzato, con un alone di profumo costoso e insistente che a prima mattina dava il voltastomaco.

La donna disse, fredda:

– Se mai ci sarà un altro pazzo che voglia dividere il letto con te, ricorda di alzarti prima che si svegli lui. Quando dormi fai schifo.

Girò la sedia a rotelle e uscí di scena, con un cigolio che riprodusse alla perfezione il canto di Susy nel sonno, *Mamma son tanto felice, Mamma son tanto felice, Mamma son tanto feli…*, fino alla fine del corridoio.

Con questo inizio di giornata, sussurrò Mina a Pippi Calzelunghe, c'è di buono che le cose possono solo migliorare.

Previsione ottimistica e fallace, come i fatti seppero dimostrare.

IV.

Il mondo della televisione vive di finzioni.

Il concetto, di rara banalità, era tuttavia ben rappresentato da Nancy & Victor, concessionari e plenipotenziari del comparto Trucco & Parrucco di TeleSirena, l'emittente televisiva piú seguita della regione.

Nel mondo reale, definito da termini anagrafici, erano Annunziata Raffone e Vittorio Crispo, coniugati da trentacinque anni e genitori infelici di James e Katerine (senza H, non c'era stato verso di farlo capire all'ufficiale comunale alla nascita), gemelli in giro da tempo per il mondo che negavano di fronte a chiunque di essere figli loro. Il motivo risiedeva nelle convinzioni di madre e padre, e cioè che il loro lavoro, parrucchiera e truccatore, potesse essere svolto solo da gay e predatrici. La cosa poteva funzionare in tenera età, ma alle soglie dei sessanta cominciava a suonare ridicola, anche per la tendenza al sovrappeso di Nancy – che tentava maliarde avance con attori e presentatori nonostante i cento chili mal portati – e la poca grazia di Victor, che nascondeva il testosterone svolazzando sulle punte e cinguettando con voce baritonale non riuscendo ad astenersi dall'occhieggiare le tette altrui, dovunque si manifestassero.

La pantomima era minata dalla propensione al litigio, naturale in una coppia sposata ma incoerente in una società artistica ritenuta scevra da coinvolgimenti sentimentali. Per cui, scusandosi coi presenti, di tanto in tanto i due si chiudevano nella toilette vomitandosi addosso risentimenti pluriennali in un incomprensibile dialetto puteolano che era lo spasso di tecnici e cameramen.

Su una cosa sola andavano d'accordo: l'odio verso Susy Rastelli, conduttrice di punta dell'emittente. Non perché lei fosse vessatoria o pretenziosa nei loro riguardi, per carità, era la quintessenza del rispetto e della gentilezza; né perché fosse complicata da trattare, o ritardataria come altri che invece li costringevano a performance vertiginose.

Nancy & Victor odiavano Susy perché Susy era perfetta.

Si presentava nel loro reparto – davanti a specchi contornati di lampadine e pennelli, pettini, spazzole, eyeliner e fondotinta ansiosi di essere usati – un'ora prima di andare in onda, in condizioni tali da non aver bisogno nemmeno di una spolverata di spallina.

La prima volta i coniugi si erano guardati interdetti, cogliendo l'una la disperazione dell'altro: Victor con la mano ferma in una vezzosa e femminea posizione a mezz'aria; Nancy col broncio incrementato dal silicone fino a quattro centimetri dalla sede originaria, il seno considerevole imbracato in tiranti e impalcature per evitare che facesse tutt'uno col ventre prominente.

Era lí che l'intesa dell'antica coppia aveva dato il meglio. Senza parlarsi, stabilirono la strategia alla quale si sarebbero poi attenuti, risolvendo la questione con piena soddisfazione di tutti: smontare Susy e rimontarla com'era, dando l'impressione di un'operatività di elevato livello senza che la donna entrata fosse dissimile da quella che usciva.

Quella sera l'impresa fu ardua perché seguitavano ad arrivare telefonate e a intervenire collaboratori che rallentavano la fase della ricostruzione, cosí che stava per configurarsi il concreto e surreale rischio che Susy, giunta pronta ad andare in scena un'ora prima, non fosse per niente presentabile un'ora dopo. La distruzione di Nancy & Victor non aveva infatti subito intoppi, mentre il rifacimento era interrotto di continuo.

La prima a irrompere era stata la sarta, imponendo un cambio d'abito perché aveva saputo che quella sera l'argomento sarebbe stato malinconico e doloroso, e il vestito da fata turchina ipotizzato in un primo momento non andava bene. Il consiglio verteva sulle gramaglie vedovili e incontrò la recisa opposizione di Susy, la quale mugolò attraverso i pennelli di Nancy che lei non si sarebbe mai presentata alle telecamere senza uno spacco o dieci centimetri di scollatura.

Spuntò poi il regista, anziano lupo di mare abbronzato e canuto, chiarendo che quella sera avrebbero fatto la storia della televisione per mezzo di un serrato dialogo con l'inviato sul campo, che Susy avrebbe dovuto mostrare dolore e raccapriccio ragion per cui le aveva chiesto di mimare sia il dolore sia il raccapriccio, emozioni differenti benché complementari: fai vedere come fai con gli occhi, Susy, fai vedere come pieghi la testa, e che vuoi truccare o pettinare se l'oggetto della tua arte fa le facce come Charlot?

Era poi entrata l'autrice, un'intellettuale simile a un topo spelato. Guardava con orrore Nancy & Victor, che le restituivano un assoluto disgusto. Aveva impegnato la preziosa attenzione di Susy sull'argomento che avrebbero trattato: degrado e sperequazione, infanzia sofferente e disinteresse delle istituzioni. Avrebbero fatto la storia della televisione, disse con enfasi ripetendo quello che aveva detto il regista.

Nancy & Victor avevano appena ripreso con foga la ristrutturazione della presentatrice quando fece il suo ingresso nientemeno che il proprietario dell'emittente, il quale non scendeva mai negli studi se non per emergenze. Era un uomo rude e concreto, con la camicia aperta e una catena d'oro da due chili al collo, dall'eloquio depurato dai congiuntivi e autore di leggendari cazziatoni culminati con licenziamenti in tronco. Temendo di essere sgamati nella strategia di Penelope che attuavano con Susy, Nancy & Victor si addossarono alla parete nel tentativo di sembrare degli elementi d'arredo, ma l'uomo non li degnò di uno sguardo. Si concentrò invece nella motivazione della conduttrice, alla quale comunicò, come mai pronunciato da altri, che quella sera avrebbero fatto la storia della televisione giacché avevano preparato uno scoop mozzafiato; tutto era nelle sue fatate mani di Sirena e si aspettava una meravigliosa dimostrazione di professionalità. Soggiunse poi che non capiva perché una donna di quella fatta frequentasse uno squallido magistrato invece di diventare la sua amante ufficiale, come piú volte aveva proposto senza esito.

Susy ridacchiò educata e ammiccò, chiudendo la schermaglia sullo zero a zero senza infierire sull'editore, il quale andò via abbastanza soddisfatto.

Mentre negli intervalli concessi la velocità delle mani di Nancy & Victor aumentava a dismisura, si alternarono operatore di ripresa, direttore della fotografia e tecnico delle luci per proporre innovative idee irrealizzabili e per ribadire il rivoluzionario concetto che quella sera avrebbero fatto la storia della televisione. Quando Victor venne fuori al naturale, e in stentoreo dialetto sbatté fuori a calci un inviato giunto a congratularsi per la fortuna di fare la storia della televisione, alla storia della televisione mancavano meno di dieci minuti.

La porta fu sbarrata, e un paio di richieste di entrare furono respinte con brutalità. La coppia danzava attorno alla testa di Susy con inusitata sintonia, quasi non si distingueva il contorno delle mani per la rapidità dell'esecuzione. L'unico momento di suspense si verificò appena squillò il cellulare di Rastelli e sul display comparve la scritta «Coccolino», a sormontare la truce e imbarazzata icona di un pubblico ministero tra i piú determinati della procura cittadina.

La conduttrice, flautando scuse, rispose. Nancy & Victor si scambiarono un disperato sguardo d'intesa e la posizione, diventando Victor & Nancy per lavorare lasciando libero il padiglione auricolare destro e le labbra bionde di Susy, la quale annunciò al fidanzato che la scaletta aveva subito un radicale cambiamento: a quanto pareva, la produzione aveva realizzato un servizio che metteva in risalto il grado di disperazione, abbandono e fatiscenza raggiunto nel centro della città, cosí quella sera, per via delle telefonate in diretta a cui avrebbe dovuto rispondere, con ogni probabilità lei avrebbe fatto tardi; se Coccolino non fosse riuscito a controllare il proprio proverbiale appetito, poteva scongelare col microonde un po' di schifezze conservate nel freezer.

Lei, Susy, non avrebbe potuto occuparsene.

Perché quella sera, disse, avrebbe fatto la storia della televisione.

v.

Tac. Tac. *Il suono delle mani che spezzano ziti, il movimento preciso e determinato, la ripetizione perfetta dei gesti sono ipnotici. Inducono una specie di trance, e si viene trascinati da quella voce senza età.*

La Signora dice: se la guardi da lontano, giovino', questa gente cosí fa, ognuno tiene la vita sua ma tutti compongono la stessa storia. Perciò gli antefatti sono importanti.

Mo' le cose che ti ho detto sembrano diverse fra loro, no? Una ragazza che non cammina, suo fratello che cerca soldi e il modo di farla alzare da quella sedia, a ogni costo; e lei che gli dice che si deve rassegnare, che si può stare bene anche cosí, e detto tra noi la capisco, io pure sto sempre su questa sedia. Quasi sempre, diciamo.

E una bella signora che dorme con un pigiama curioso e per poco non si soffoca col lenzuolo, che sogna un medico e una della televisione, non è strano? Che ci può mai azzeccare coi due ragazzi? E la sveglia un'altra signora, la mamma, una con un brutto carattere, per carità, che pure sta sulla sedia a rotelle. Non è strana tutta questa gente che non cammina? E donne, perdipiú.

E però ci sta un elemento che unisce tutte queste storie, sai. Come una specie di presagio, va'. Perché poi, a rileggerle dopo, le cose, i fili conduttori si trovano sempre. Gli storici cosí fanno, alla fin fine: ricostruiscono, cercano i fili conduttori. E se li trovano, vuol dire che ci stavano fin dal principio, ti pare?

Tu guarda bene, ché lo trovi anche ora, il filo. Che cosa unisce tutti questi inizi di storie?

Niente, non lo vedi ancora. È comprensibile, non sei allenato come me. E d'altronde abbiamo visto solo gli antefatti, e nemmeno tutti.

Tac. Tac. E gli ziti spezzati vanno riempiendo la bacinella a destra, quelli interi vanno diminuendo in quella a sinistra: ma chissà perché, un barlume di coscienza sepolto in fondo alla mente registra che il recipiente degli ziti interi non si svuota come dovrebbe.

La voce della Signora riprende: però vedi, giovino', il bello delle storie di questa città dannata è che si seguono lo stesso, pure se non portano da nessuna parte. Come se anche un sogno, una discussione tra fratelli, il trucco e il parrucco prima di una trasmissione locale fossero sufficienti ad avvincere. Magari cosí è.

Allora sai cosa facciamo, noi? Andiamo a vedere che succede fuori della stazione della metropolitana, a un paio di centinaia di metri da qua. Magari ci sta qualcosa di interessante, no?

Che succede adesso. O che è successo ieri. O che succederà domani pomeriggio, chi lo può dire? Forse nemmeno importa, quando è successo.

Importa, come sempre, solo la storia.

Tac. Tac.

Un altro zito spezzato in tre parti.

VI.

Appoggiato a un lampione spento, Giorgio pensava a come era finito a fare quel mestiere di merda.

Da quella posizione strategica poteva vedere l'ingresso della metro – una specie di bocca nera che portava agli inferi – e allo stesso tempo l'androne dell'hotel dall'altra parte della strada, davanti al quale, in equilibrio precario su tacchi ai quali non era abituata, una donna camminava avanti e indietro fumando nervosa. Giorgio fingeva di giocherellare col telefonino, mostrandosi annoiato della vita: cosa che era, peraltro.

Aveva venticinque anni, Giorgio; ed era ingegnere informatico. Da sempre bravo in matematica, mago dei computer, voti altissimi a scuola, università conclusa in un baleno col massimo dei voti e del disagio dei professori meno in gamba di lui, zero lavori reperiti in regione col curriculum inviato a migliaia di indirizzi. E in ultimo, una scelta aurea: un call center da quattrocento euro al mese oppure zio Giacomo.

Zio Giacomo era il fratello di sua madre. Malgrado l'aspetto laido, era una brava persona incapace di resistere alle lacrime della sorella. Non che l'impiego fosse malvagio: milleduecento fissi, piú gli straordinari che erano davvero tanti. Per guadagnare aspettando un'occasione migliore andava piú che bene, e i colleghi tendevano a considerare Giorgio un parente del principale, cosa che di fatto era, trattandolo con guardinga gentilezza.

E allora, qual era il problema?

Il problema era l'attività di zio Giacomo: investigazioni private.

Giorgio era un ragazzo discreto e beneducato. Non origliava, non si interessava dei fatti altrui, nemmeno aveva mai ascoltato i pettegolezzi fra universitari o compagni di scuola. Bussava prima di entrare anche quando si trovava davanti a una porta socchiusa in casa, e abitava soltanto con la madre e il padre. Se qualcuno abbassava la voce si allontanava, e distoglieva lo sguardo se una persona seduta vicino a lui in autobus leggeva il display del telefonino.

E adesso si ritrovava appostato in un angolo di strada, nell'attesa di fotografare un tizio sposato che si incontrava con la probabile amante, una bella donna disabituata ai tacchi che passeggiava sul marciapiede opposto controllando l'orologio ogni due minuti.

Lo zio gli aveva spiegato che non c'erano implicazioni di natura morale: la gran parte delle volte si dovevano solo raccogliere elementi da far valere in tribunale. Ma a Giorgio l'impressione di essere un maledetto guardone o di ficcare il naso nei fatti altrui non passava, e continuava a scrutare circospetto attorno attirando l'attenzione. Cosí finivano per affidargli il lavoro di postproduzione, che consisteva nel tagliare e cucire filmati di telecamere spia o nel preparare archivi di registrazioni audio, roba da fare al computer insomma, che era altrettanto ributtante sul piano morale ma almeno gli consentiva di arrossire rimanendo inosservato.

Quel giorno però Camilla, la collega che godeva come una pazza a sgamare le corna avendole subite perlomeno tre volte, si era ammalata e aveva dovuto rinunciare al succoso appostamento che, nelle rosee previsioni di zio Giacomo, avrebbe collocato spalle al muro il fedifrago dalla lampo allentata e padre di due figli, per la gioia di quella ricca megera della moglie. La pagliuzza piú corta era stata estratta proprio dal fortunato Giorgio, costretto ad abbandonare la confortevole postazione informatica. Avrebbe potuto andare peggio, si era detto. Avrebbe potuto piovere.

E infatti minacciava pioggia, con un odore di umidità marcia nell'aria e nuvoloni neri a rincorrersi nel cielo. Lui, com'era ovvio, non aveva ombrello.

Guardò la donna dall'altra parte della strada e si rese conto che non avrebbe atteso ancora a lungo. Se gli dèi protettori della discrezione e dei cornificatori fossero stati benevoli, presto la tizia se ne sarebbe andata e perciò, rimasto privo di prove fotografiche, anche lui avrebbe potuto levare le tende, risparmiandosi la pioggia.

Neanche il tempo di finire di sperare, che il display del suo cellulare fu colpito da una grossa goccia. Un'altra sulla fronte, un'altra ancora nell'orecchio destro.

Fissò supplichevole la donna: non vorrai aspettare 'sto stronzo sotto la pioggia, vero? Dài, andiamo a casa. Lo vedrai tra qualche giorno, appena Camilla starà bene e si divertirà a sentirvi scopare col microfono direzionale, una volta ottenuto il numero della stanza dal portiere con una bella mancia a carico della committente. Chissà se quei maledetti della Apple Academy hanno letto il mio dannato curriculum, e mi tolgono da questa rogna.

La donna parve averlo sentito. Gettò a terra il mozzicone, si illuse di calpestarlo irosa con il tacco mancando invece il bersaglio e si avviò, allontanandosi dall'albergo.

Purtroppo per Giorgio, una voce alle sue spalle chiamò «Marcella», che era appunto il nome della donna stando alla scheda fornita dallo zio, anche se lo pseudonimo col quale la identificava la committente era «quella zoccola». Lei inchiodò, quasi fosse in possesso di freni idraulici, e si girò verso il padre di due figli altrui che correva verso di lei

come un attore americano degli anni Cinquanta nell'ultima
scena di un film romantico. Con un sospiro, le lenti rigate
di pioggia che rendevano deformi le immagini riprese dal
telefonino, Giorgio si apprestò a certificare il trionfale ingresso della coppia nell'hotel. Ora del decesso del matrimonio, 12:34. Divorzio con addebito e un'altra tacca sul bordo
della scrivania dello zio.

Marcella, «quella zoccola», non pareva però voler passare sopra il ritardo di trentaquattro minuti dell'uomo. Nonostante la pioggia e gli occhiali bagnati, Giorgio leggeva
sulle labbra di lei una sequenza di parole che avrebbero riscosso l'ammirazione di ogni scaricatore di frutta ai mercati generali in occasione della caduta di una cassetta di mele
su un alluce. Lui si scusava, e dalla mimica Giorgio intuí
che stesse raccontando di mirabolanti impedimenti risolti
dall'urgenza di accedere al corpo di lei.

Il mondo attorno alla coppia continuava a girare, mentre
tutti cercavano riparo dalla pioggia che andava intensifican-
dosi. E dài, mormorò Giorgio, decidetevi: o andate ognuno
per la propria strada e ci mettiamo all'asciutto, o andate in
hotel, io vi fotografo e la finiamo qui.'

Nel dubbio, pensò comunque di documentare la scena.
Hai visto mai, zio Giacomo avrebbe potuto convincere la
megera che il marito con la tizia ci litigava soltanto, e che
avevano la masochistica tendenza a farlo sotto la pioggia.

Cominciò a fotografare. Con lo zoom ottico del telefonino
vide che l'espressione di lei si addolciva. Decise di spostarsi,
per inquadrare bene il viso di entrambi: ancora ricordava
il cazziatone epico riscosso da un collega che aveva ripreso
una scena secondo un personale senso estetico, concentran-
dosi su una squillo brasiliana e dimenticando di riprendere
la faccia del suo cliente, risultato non riconoscibile dal sedere e dai pantaloni abbassati.

In effetti, il volto del fedifrago era abbastanza esplicativo. La pioggia colava dal riporto, che aveva ormai ceduto al peso dell'acqua e gli pendeva su un lato simile a un animale defunto. Una goccia gli cadeva ritmica dal naso, mentre le labbra articolavano suppliche e preghiere quasi recitasse il rosario. Una mano gesticolava vaga, l'altra artigliava il braccio di lei per impedirle di darsi alla fuga. Una signora anziana, con un'elegante borsa nella mano destra e un ombrello nella sinistra, tentò di aggirare la coppia chiedendo permesso, ma nella foga della conversazione nemmeno l'ascoltarono. Giorgio scattava e scattava, e si bagnava.

L'anziana si rassegnò e decise di circumnavigare i due, scendendo dal marciapiede. Era un rischio ridotto, si trattava di fare un paio di metri sulla strada e in quel momento non c'era traffico. Giorgio scattava e scattava, e si bagnava.

Marcella, «quella zoccola», parve convincersi e annuí.

Il riportato dalla cerniera lampo facile sorrise, trionfante.

Si sentí il rombo di una moto, e un tonfo.

Giorgio scattò ancora.

VII.

Il tizio con la coda diresse il complessino nello stacchetto musicale concludendo con un elegante gesto di chiusura della mano, poi si girò in favore di telecamera.

– Ed ecco a voi la meraviglia di TeleSirena, che è lei stessa una sirena. La conduttrice di *Il canto della Sirena*: Suuuusy Raaastelli!

A sottolineare il concetto, il complessino emise un si bemolle. I denti del tizio con la coda luccicarono – giustificando cosí almeno un paio di rate dell'onorario del dentista – prima che comparisse Susy nella sua aurea biondità.

La donna sfolgorava, anche grazie a un paio di filtri utilizzati dal cameraman e al lavoro di Nancy & Victor, che quando si trattava di creme con brillantini non lesinavano. Non c'era un capello fuori posto, un orecchino fuori posto, una tetta fuori posto. Susy Rastelli era la perfezione fatta conduttrice.

In molte case del territorio, sguardi curiosi cercarono di percepire dalle bionde sopracciglia sulla bionda fronte e dall'arricciamento del biondo naso quale sarebbe stato il tema della trasmissione. *Il canto della Sirena* era un contenitore assai vario: si spaziava da storie vere comiche a storie vere tragiche, passando per storie vere sentimentali e storie vere drammatiche. Come recitava lo spot che senza sosta annunciava la trasmissione da cinque minuti dopo la fine a cinque minuti dall'inizio della puntata successiva, era il racconto vero della verità vera della città vera. *Repetita iuvant*.

Quella sera il viso intenso e biondo di Susy era improntato a un sincero, partecipato dolore. Prima ancora che parlasse con voce profonda e bionda, l'attenzione del pubblico si era già fatta spasmodica: stasera il fatto è serio, mormorò una casalinga a Casavatore. Tutto il vesuviano trattenne il fiato, e a Procida ci fu chi versò una furtiva lacrima.

Susy fissò il cuore di ogni spettatore attraverso l'obiettivo.

– Buonasera a tutti e a tutte dalla vostra Sirena. Il canto oggi è triste, sapete? Triste e doloroso, perché è il canto della morte di ogni speranza. Vi mostreremo il colmo del degrado, l'orrore della povertà, immagini che indurrebbero alla pietà persino se venissero da lontano: e invece ci giungono da vicino. Troppo vicino. Guardate.

Il tono della prolusione era stato cosí grave che da Casoria a Pozzuoli, passando per Melito e Bagnoli, centinaia di forchette si fermarono a mezz'aria davanti a bocche aperte e congelate nell'attesa.

In video apparve l'inquadratura fissa di una telecamera nascosta. L'angolazione e l'immobilità della ripresa fornivano l'impressione di una videosorveglianza, quindi di una cruda veridicità.

Era uno slargo, forse un cortile. Ingombro di ogni genere di rifiuti, montagne di spazzatura all'interno della quale si intravedevano movimenti di piccola entità, topi o altri animali. Transitò un'enorme blatta. Pareva di percepire l'olezzo della decomposizione. Il ritratto dello squallore.

In campo entrò un cane, spelacchiato e rognoso. Prese a fiutare qua e là. Susy taceva, incrementando la suspense. L'Irpinia fremette di disgusto. Al sopraggiungere del cane, i movimenti sotto la superficie della spazzatura si allontanarono, a testimoniare la scarsa inclinazione dei ratti a fare amicizia. L'animale sembrò trovare qualcosa, non si distingueva bene, poteva essere un tozzo di pane. Parve soddisfatto. Nel cortile e quindi nell'inquadratura irruppe un bambino. Era lercio, in canottiera e mutandine di un colore marrone che non era certo la tinta originaria. Il Sannio trattenne il respiro, il giuglianese mormorò di pietà.

Il bambino si avvicinò al cane. La voce di Susy spezzò il silenzio, facendo sobbalzare il Cilento al colmo della tensione.

– Questa creatura si chiama Geppino. Ha sette anni, e ha fame. Tanta fame, quanta ne ha il cane randagio. Guardate adesso cosa succede.

L'esortazione sembrò inutile, perché non c'era teleutente nell'area raggiunta dal segnale che non fosse ipnotizzato dallo schermo. Geppino si attaccò al pezzo di pane, trattenuto dal cane. Le motivazioni erano forti per entrambi, ma il cane era meglio attrezzato alla lotta per il cibo e non mollò. Geppino riuscí a strapparne solo un pezzetto, e si mise a mangiarlo avido seduto su un cumulo di rifiuti.

La regione intera fece tornare indietro le forchette, le bocche si richiusero. A Secondigliano si piangeva senza ritegno, a Caivano pure.

Susy si espresse a corredo delle immagini che scorrevano impietose.

– Questa scena alla quale state assistendo non si svolge nel terzo mondo, né in luoghi dove imperversano guerra e malattie. Geppino non è sbarcato da un gommone sgonfio, e nemmeno è in un centro di accoglienza dove, credetemi, queste cose non accadono perché si ha cura dell'infanzia.

La telecamera andò sulla Sirena, e fu come tornare alla vita. Gli occhi biondi adesso fiammeggiavano di rabbia e di sdegno. Non erano opulenza e bellezza ad arrivare dal viso filtrato, truccato e parruccato con sapienza, ma dolore e desiderio di vendetta condivisi all'istante nei quattro punti cardinali come da un epicentro sismico.

La voce di Susy tuonò.

– Geppino è un bambino di qui, dei Quartieri Spagnoli. Un luogo dove, come vedete, imperano il degrado e la povertà, nel silenzio delle istituzioni e nel disinteresse dei servizi sociali.

Il pubblico in studio emise un suono come di cembalo, una specie di accordo della disperazione. Il tizio con la coda, sullo sfondo insieme ai cinque orchestrali, abbassò la testa quasi fosse colpevole in qualche maniera della sorte di Geppino. Il bassista addirittura fissò lo strumento con evidente vergogna, chiedendosi con quale coraggio avesse comprato delle corde nuove mentre a breve distanza da lí un bambino si contendeva il pane con un cane rognoso.

Susy sembrò interpretarne il pensiero.

– Queste immagini sono un'accusa a ognuno di noi, amici e amiche della Sirena. Perché qui, nella terza città di uno dei paesi piú industrializzati del mondo, a pochi metri in linea d'aria dalla via dello shopping sfrenato, mentre ci poniamo il problema di come vestirci per andare alla tale cena o ad assistere al tale spettacolo in teatro, un bambino piccolo, simbolo del nostro futuro e della nostra speranza, per mangiare deve strappare il pane a un cane randagio!

Migliaia di sguardi di genitori straziati si rivolsero a bambini obesi che, incuranti delle immagini e in attesa di tornare ai videogiochi, inghiottivano alimenti ipercalorici masticando come betoniere, e si chiesero cosa potessero fare per i figli che già non facessero.

Susy continuò, bionda e adirata.

– E secondo voi, amici e amiche della Sirena, dev'essere una semplice emittente televisiva, ancorché sensibile alla verità, ancorché presente sul territorio, ancorché attenta ai vostri bisogni di conoscenza e cultura, a scoprire questo degrado? Secondo voi dev'essere una semplice redazione, anche se formata da professionisti del massimo livello, anche se pronta a recepire ogni sospiro, ogni sofferenza della città, a denunciare quest'inciviltà? Non dovrebbero essere altri, profumatamente retribuiti con quello che voi pagate in tasse, a impedire che accadano queste cose?

Legioni di commercianti che non facevano scontrini, di artigiani che non emettevano fatture, di professionisti che erogavano prestazioni al nero si alzarono in piedi indignati, urlando il proprio sano disgusto.

Susy conferí alla propria bionda espressione sia la soddisfazione legittima di appartenere a una Tv che era l'assoluta eccellenza sia la volontà di non sorvolare sulla questione.

– Quello che la Sirena vi può promettere, amici e amiche, è che non lasceremo le cose come stanno. Indagheremo e approfondiremo, denunceremo e faremo nomi e cognomi. Vi porteremo in studio Geppino, la sua famiglia, e chi è stato responsabile della sua sofferenza pagherà. Ve lo posso garantire.

Migliaia di testoline nutrite e piene di superfluo furono accarezzate, con la muta assicurazione che mai avrebbero dovuto contendersi le merendine ai cinque cereali con nessun animale, tigre del Bengala o cane dei Quartieri che fosse. E tonnellate di rabbia attraversarono il territorio come uno tsunami, nella determinazione a conoscere chi aveva messo il piccolo Geppino in quelle condizioni per poi orientarsi verso la lapidazione, la carcerazione a vita o, nella peggiore delle ipotesi, un post di denigrazione sui social.

La Sirena sorrise, appagata.

– E ora, pubblicità.

VIII.

Marco unse di nuovo le mani e le sfregò.

Aveva l'espressione concentrata, i grandi occhi neri fissi sulle gambe morte e smagrite della sorella, distesa sul letto. Spuntavano dall'asciugamano come rami di un albero rinsecchito.

Ester mormorò, in un soffio:

– Dobbiamo per forza fare questa cosa ogni sera, Marco? Che senso ha? Potremmo pure finirla con questa recita, no?

Il ragazzo riprese il massaggio con maggiore foga.

– No che non possiamo finirla. La fisioterapia ha un senso se viene praticata con continuità, e quindi...

– Ma tu non sei un fisioterapista, e lo sappiamo che questa è una fissazione. La lesione è irreversibile, non si può fare niente. Perché non mi lasci stare e ti abitui anche tu all'idea?

Marco continuava il massaggio.

– Camminerai, invece. Perché con i massaggi terremo la circolazione attiva, il tono muscolare buono e la parte stimolata. Poi, quando farai quella cura svizzera, potrai...

Ester rise, amara.

– Dài, per favore, smettila! Non farò nessuna cura. Invece di stare qui a giocare al dottore, faresti bene a trovarti una ragazza e a vivere. Altrimenti è come se fosse successo a tutti e due, a me alle gambe e a te al cervello, paralitici entrambi.

Il giovane sbuffò ma non fermò il massaggio. Allora la sorella si addolcí, guardò l'avambraccio del fratello che andava su e giú.

– Mi ricordo come fosse adesso quando tornasti a casa dopo averlo fatto. Mamma si incavolò come una belva, non l'avevo mai vista cosí arrabbiata.

Il giovane seguí lo sguardo della sorella e fece una smorfia.

– Ero un ragazzino, mi lasciai convincere. Lo sapevo che era una fesseria, e sapevo pure che mamma si sarebbe arrabbiata. Ma sai, era una di quelle fasi che...

– Sí, una di quelle fasi. Eri arrabbiato col mondo intero, facevi la vita sbagliata, frequentavi un pianeta e venivi da un altro. Un extraterrestre.

– È il problema di questa città, no? Anche quelli come noi, nelle nostre condizioni, si possono trovare nella stessa scuola e nello stesso banco di quelli che vivono in un modo diverso dal nostro.

– Però può succedere che tipi che finiscono come noi, soli con una mamma che va a servizio e si fa un mazzo cosí intendo, siano invece bravissimi a scuola. Che prendano voti alti, che passino i compiti agli altri, pure a quelli ricchi. Tu eri cosí, no?

– E a che accidenti serve, me lo sai dire? A me, per esempio, a cosa è servito? Loro sono entrati nelle aziende di famiglia, vanno al circolo la domenica e in montagna nelle vacanze invernali. Sai che me ne faccio io, ora, del mio bel diploma col massimo dei voti, sí?

– Mamma diceva che non è soltanto questo. Mamma diceva che prima o poi i meriti vengono a galla, che è questione di tempo. Mamma diceva che...

– Ester, smettila, maledizione! Mamma diceva, mamma diceva, e adesso non dice piú niente! Anche lei era brava, era intelligente, e a che le è giovato? Ha sposato l'uomo sbagliato ed è morta povera e disperata. Tu e io questa fine non la faremo, te lo posso assicurare.

– Cominci a farmi paura, sai? Continui a dire questa cosa, quasi sapessi fatti che io non so. Quasi avessi un piano. Allora lascia che ti dica io una cosa, vuoi?

Il ragazzo si sollevò dalle gambe della sorella e si asciugò la fronte sudata.

– Dài, dimmi. Purché sia un pensiero tuo e che non inizi la frase con «Mamma diceva». D'accordo?

– Non esistono modi onesti di trovare tanti soldi tutti insieme. Ma non è questo il punto: onestà e disonestà sono concetti relativi, se uno non fa male a nessuno non credo sia malvagità, almeno per quello che ne so il mondo gira anche così. Il problema è un altro: farla franca o non farla franca. Nel senso che tu potresti anche provare a fare qualcosa di disonesto, ma devi essere certo di non andare in galera, o che qualcuno non ti faccia fuori.

Marco pareva imbarazzato.

– Ascoltami, Ester, io non…

– No, no, mi ascolti tu adesso. Quelli come noi camminano su un filo a cento metri d'altezza, dalla mattina alla sera: senza rete. Se tu cadi, Marco, ti schianti. E con te mi schianto anch'io.

Il ragazzo abbassò il capo.

– In pratica, mi stai dicendo che dobbiamo rinunciare a cambiare la nostra situazione. Che tu, la ragazza piú bella e dolce del mondo, dovrai rimanere inchiodata su una sedia perché…

– Io non sono la ragazza piú bella e dolce del mondo!

Marco non si lasciò interrompere.

– … perché un maledetto padre ubriaco ti ha spinto giú per le scale visto che piangevi e lui stava dormendo, e poi…

Ester si fece rossa in viso.

– Marco, abbiamo giurato che non ne avremmo parlato mai piú!

– ... e poi, sempre ubriaco, si è schiantato di notte contro un palo della luce e si è tolto dalle palle, lasciando quella povera pazza con le sue manie di grandezza.

Ester si tirò su con le braccia.

– Ti proibisco di parlare cosí di mamma! Lei ha dato la vita per noi!

Lui alzò la voce.

– Ce l'ha rovinata, la vita! Ci ha lasciato in questa maledetta giungla senza denti e senza unghie, non lo capisci? Se non facciamo qualcosa, se io non faccio qualcosa, resteremo cosí come siamo finché tu non dovrai andare in un istituto e io non creperò di fatica a sei euro all'ora ai mercati generali, o mi cadrà un carico addosso, o precipiterò da un'impalcatura!

– Non ne posso piú. È una lotta inutile. Dimmi, però: che hai intenzione di fare? Questo almeno credo di avere il diritto di saperlo.

– Sai, è curioso che tu mi abbia ricordato di quando tornai a casa dopo aver fatto questo –. Mostrò l'avambraccio a Ester. Muovendo i muscoli, il tatuaggio impresso sulla pelle sembrò danzare sinuoso. – Quando decidemmo di farlo, scelsi io la figura. Loro pensavano ad altro, supereroi, motociclette, cuori e nomi di ragazze. Io invece volli questa qui. Non te l'ho mai detto, vero?

– No, non me l'hai mai detto. E perché proprio questa?

– Per te. Perché sei tu, non lo vedi? Bella, dolce, con una voce che è un incanto.

La ragazza rise, divertita.

– E senza le gambe. Sono proprio io.

Marco rise a propria volta, senza distogliere gli occhi dalla sirena che aveva sul braccio. La figura sembrò restituire lo sguardo.

– Lei non le ha, no. Tu sí. E camminerai ancora, e io farò in modo che tu corra nel sole. Te lo posso assicurare. Che tu ci creda o no.

IX.

Sembra incredibile, ma il silenzio distrae.

Soprattutto se è una strana bolla senza tempo, incastonata in uno spazio dove il silenzio non c'è mai, nemmeno quando notte e alba combattono le ultime fasi della battaglia quotidiana.

E pure il tempo è incline a sparire, con quest'albero che stende rami e foglie e fiori al di qua del muro antico, e chiude il cielo e la luce e lascia un chiarore incerto che potrebbe essere del tramonto o dei lampioni o del mezzogiorno, e il tufo stesso rilascia calore se fa freddo o fresco se c'è il sole, come fa il mare non lontano, e le stagioni non sono mai feroci da queste parti.

Non so nemmeno se sono pensieri miei o se è il tono della Signora, suadente ma espressiva, con le voci dei personaggi del racconto rese bene da quel suono basso, con l'inflessione nostra e un lievissimo accento straniero.

Comunque devo essermi distratto, forse per il silenzio, forse per la voce: perché ora non sta più spezzando ziti ma sbucciando melanzane.

Adesso l'hai capito il filo conduttore tra gli antefatti, no, giovino'? Adesso è chiaro. Perché cosí funziona, si deve trovare un elemento da seguire, altrimenti non si capisce niente. Per carità, può essere qualsiasi cosa, un oggetto, una parola, un sentimento. Se non fai cosí, in un posto come questo non si arriva mai a ricostruire una storia. È come le sinfonie, quelle che si facevano una volta, hai mai sentito una sinfonia? C'è un motivo, una specie di ritornello, che per quanto può essere *lunga o elaborata l'opera ricorre ogni tanto, lega le frasi, unisce le parti. E alla fine, magari, è quello che ti rimane nella testa. Qua, nelle sue molteplici forme, c'è la Sirena. O meglio, quello che la gente di qua pensa sia la Sirena, che cosa faccia di mestiere e come si presenti. Che non sempre è quello che è in realtà, poveretta.*

Io una volta, dice la Signora, stavo a Pizzofalcone. Non è lontano da qua, mi capita di tornarci quando mi viene la nostalgia di quando ero giovane. È bello, si vede il mare e si sente il vento, da qualsiasi parte arrivi. Ma all'epoca era troppo solitario, non si udiva cantare, o litigare, o spettegolare. Pensai di trasferirmi e trovai questo posto qua, che invece è tutto il contrario, un rumore continuo, gente su gente e famiglie su famiglie, un tale groviglio che è difficile pure per me che sono allenata trovare il filo conduttore, quello che rende tutto una sinfonia.

Tu dirai, giovino', che non si sente niente. Che in questo vicolo chiuso, dove non affaccia nemmeno una finestra e non si capisce se è giorno o notte, dove il tufo assorbe ogni suono, c'è fin troppo silenzio. Un poco ti inquieta, eh? Ci stanno momenti in cui si avverte un'ansia sottile. Ti dici: chissà fuori che sta succedendo. Chissà quanto tempo è passato. Chissà se qualcuno mi voleva rintracciare, magari per dirmi qualcosa di urgente. Perché qua, come dite voi?, non c'è campo. Quei cosi non pigliano, insomma, non funziona niente. Ma stai tranquillo, quando uscirai di qui, vedrai che nel frattempo nessuno ti ha cercato, nessuno ti ha chiamato. Il mondo ha girato lo stesso, pure se tu non c'eri.

Il silenzio, dicevo. A te sembra che non si senta niente, io invece sento tutto. È una questione di allenamento, sono cosí vecchia che mi sono abituata a sentire sussurri e movimenti anche da qui. È per questo che conosco le storie, è per questo che le posso raccontare.

La Sirena.

Mi fa ridere che la raccontano mezzo pesce. Che assurdità, eh? Come se un pesce potesse cantare, per attirare i marinai e farli schiantare sugli scogli. Come se un pesce, per una delusione d'amore, potesse prima salire su un monte e poi gettarsi in mare per ammazzarsi.

Prima di tutto, il canto. Chi è che canta, in natura? Me lo sai dire, giovino'? Chi è che può andare sulla cima di un monte in un momento, che può guardare tutto dall'alto? Non credo un pesce, no? Non credo proprio.

In effetti, chissà per quale motivo si pensa che la Sirena sia una donna a metà con un pesce. Figlia di Acheloo, divinità fluviale e marina, e nipote di Oceano. La Signora continua a sbucciare melanzane, e il gesto se possibile è ancora piú ipnotico della frattura metodica degli ziti, perché ne prende una, la taglia a metà, poi ogni metà a metà, dopo pela con un unico gesto, e via tutto con un tonfo umido nella bacinella di destra che, me ne accorgo adesso, è di metallo. E la voce racconta ritmata, quasi quel tonfo fosse una percussione musicale che dà il tempo, una musicista in penombra, un grembiule fino a terra, spalle all'antro scuro.

E comunque, dice, questo adesso non conta. Quello che conta è che abbiamo trovato già un sacco di sirene. Quella sul braccio del ragazzo, per esempio, e anche la stessa sorella, che in effetti tiene una bella voce, giovino', certe volte si mette a cantare e fa commuovere la gente del vicolo, che conosce la situazione sua e fa tenerezza a tutti.

E ci sta TeleSirena, con la trasmissione «Il canto della Sirena», piú chiari di cosí non si può essere. Qua il ragionamento si fa simbolico, perché il canto della sirena si intende illusorio e traditore, anche se poi non è cosí, è piú... un lamento, ecco. Un richiamo di solitudine.

Ma qui, quella signora bionda cosí bella (io non mi perdo una puntata) ha fatto davvero la storia della televisione, non vi pare? Come dite, voi? Ha scosso le coscienze, ecco. Ha dato da pensare.

Certo, ci stanno diverse cose da capire e da collegare. Per esempio, si deve ancora comprendere che ci azzecca il ragazzo che non voleva fare l'investigatore privato. E abbiamo pure voglia di sapere quel bambino della trasmissione televisiva, come si chiama? Geppino, eh, Geppino, la vita che fa, com'è possibile che la famiglia, in questa epoca di consumi sfrenati, consenta che si litighi il pane con un cane, addirittura. Che cosa strana, però; una cosa strana assai. Ma se lo ha detto la televisione, come si dice, sarà vero, ti pare?

E l'altra cosa che rimane da collegare è la dottoressa col pigiama con Pippi Calzelunghe; perché è vero che pure là c'era una mezza sirena, la madre sulla sedia a rotelle, ma io ho l'impressione che il personaggio della storia sia lei. Come si chiamava? Il nome di un mese, vero?

Settembre, ecco. Mina Settembre.

Andiamo a vedere che c'entra la dottoressa col resto della storia.

E due quarti di melanzana finiscono nel secchio, con un tonfo.

x.

Una delle croci che la dottoressa Settembre Gelsomina doveva trasportare in cima al monte era senz'altro il tragitto per arrivare al Consultorio Quartieri Spagnoli Ovest, dove impavida e sprezzante del pericolo prestava il proprio servizio in qualità di assistente sociale.

Il motivo principale era che non aveva *le physique du rôle*.

Non si trattava di forma fisica o di fiato: era sempre stata una sportiva e non era certo la lieve salita tra i vicoli a impensierirla. E non erano nemmeno l'angusto spazio fra le masserizie, la merce in esposizione impropria e i tavolini abusivi: pur non possedendo l'estetica di una mannequin, era in grado di scavalcare gli ostacoli con agilità.

Il problema era che Mina si faceva notare. Era cosí dai tempi del liceo, quando aveva dovuto imparare a non ritrovarsi nei corridoi da sola, o nei bus affollati, allorché esercitava l'attrazione di una calamita per i palmi degli uomini presenti; nei cinema, dove si sistemava in un posto isolato per poi essere accerchiata da bavose entità nel buio; nei bar, dove per bere un caffè in pace doveva chiarire di non essere alla ricerca di fidanzati occasionali.

Nulla l'offendeva quanto l'essere attraente suo malgrado. L'autostima, già presente in lei in dosi minime, era ancor piú depressa dalla costante analisi negativa della madre Concetta; quindi non si vedeva per niente bella e veniva presa in contropiede dalle reazioni maschili – e talvolta pure femminili – quando riscuoteva apprezzamenti anche molto espliciti.

La realtà era che Mina aveva un'anima e una mente rinchiuse, per un qualche errore di fabbrica o per la divertita perfidia del Celeste Architetto, nell'involucro sbagliato. Passione civile, istanze sociali, un senso della giustizia che rasentava l'ossessione, una determinazione feroce a osteggiare qualsiasi sopruso; e un corpo e un viso di fronte al quale si scatenavano i più bassi istinti, e che non accennavano, nonostante il passare degli anni, a sottostare alla legge di gravità.

Concetta diceva che era questione di mesi, forse di ore, e Mina non avrebbe più avuto strumenti per evolvere in quello che una donna deve fare, cioè la mantenuta di un uomo ricco; la figlia rispondeva che, in tal caso, non vedeva l'ora di perdere i suddetti strumenti. E si difendeva con abiti informi e scarpe basse, non truccandosi mai e raccogliendo i capelli in pratiche code. Ma non centrava il bersaglio, giacché la platea si allargava comprendendo gli speleologi del fascino, quelli che avevano la presunzione di saper guardare oltre la superficie.

Tutto ciò rendeva il percorso di Mina fino al consultorio davvero complicato. Non ci si poteva arrivare in macchina, perché l'ultimo posto libero per un parcheggio era stato avvistato nei primi anni Novanta e c'era chi diceva fosse addirittura una leggenda metropolitana. Il taxi avrebbe assorbito in sei giorni l'intero stipendio figurativo percepito da Mina (nel senso che si viaggiava con un semestre di arretrati per lungaggini nelle imputazioni di spesa dell'asfittico bilancio comunale), e la proverbiale tendenza di lei alla distrazione avrebbe reso il ricorso a uno scooter un temibile strumento di morte, per sé stessa e per il prossimo, in contraddizione coi principî del mestiere che si era scelta. Restava la metropolitana, con annesse colluttazioni quotidiane, calci negli stinchi e gomitate negli sterni. Fin qui, tutto relativamente normale. Il problema erano i trecento metri che separavano l'uscita della sotterranea dal cadente palazzo del consultorio. Un tragitto popolato da maschi con precedenti e ottime prospettive penali, con l'alibi di svolgere finte attività commerciali ma esercitando l'insidia di donne sole. Si andava dal fischio alla profferta, passando per ipotesi di interazioni anatomiche raffigurate con descrizioni approfondite. Autentici esperti, affinatisi tramite lunghe sessioni di studio su giornali porno i piú anziani, e su supporto telematico i piú giovani, che avrebbero dato del filo da torcere persino a insegnanti di educazione sessuale con un trentennio di esperienza.

Col tempo Mina aveva sviluppato un udito selettivo, in grado di effettuare una cancellazione del rumore esterno come i piú avanzati auricolari. E d'altra parte l'espressione truce era univoca, la bomboletta di peperoncino ostentata nella mano e la mascella rigida facevano il resto: nessun rischio effettivo, insomma. Anche perché il quartiere era il quartiere, e nessuno dei suoi fanatici ammiratori aveva dubbi su chi fosse e dove stesse andando.

Fu quindi ancora piú stridente il contrasto con ciò che avvenne quel giorno. Pure gli instancabili, quelli che non facevano mai mancare il proprio volgare apprezzamento, si girarono con decisione dall'altra parte per non vederla passare. Percepí ostilità, addirittura riprovazione; una donna dal peso stimabile attorno al quintale e mezzo, impegnata a debordare dalla sedia sulla quale stazionava, mimò con chiarezza la parola schifosa, salvo poi distogliere lo sguardo come non riuscendo a sopportare la vista di Mina.

Cosí andò per l'intero percorso, e all'istintivo sollievo per essere per una volta ignorata si sostituí ben presto una sempre meno vaga inquietudine. Che accidenti era successo?

La cartina al tornasole, lo spartiacque e l'ultima parola tutti insieme avevano un nome e un cognome: Rudy Trapanese. Un ometto di bassa statura fisica e morale, portiere dello stabile dove aveva sede il consultorio, un satiro assatanato la cui unica missione era collezionare donne. Nel suo caso il Celeste Architetto aveva voluto esercitare al contrario l'ironia che aveva usato con Mina: lo spirito, l'autostima e la convinzione di un pornoattore di primo livello, nel fisico di un ragioniere del catasto in pensione incrociato con un piccione affetto da alopecia. Giorno o notte, pioggia o neve, Rudy – all'anagrafe Giovanni ma per tutti Rudy quale necessario tributo a Valentino, alle gesta del quale il portinaio aveva ispirato la propria esistenza fin dalla pubertà risalente al Cretaceo inferiore – non ometteva mai di fingere di scontrarsi con Mina per un fugace contatto col petto di lei, che aveva per l'uomo lo stesso peso religioso di una reliquia per un frate. Non era mai accaduto che Rudy mancasse all'appuntamento mattutino, col suo sorriso sdentato, i baffi e i capelli tinti a pelo a pelo di nero con riflessi blu, gli occhi porcini, la lingua lasciva sporgente e le sedici mani pronte ad abbrancarla in maniera in apparenza casuale.

Ebbene, accadde quel giorno. Lo intravide nel cortile, in un punto dove lei non sarebbe di certo passata perché al di là dell'accesso alle scale che – in assenza dell'ascensore fossile su cui ormai da anni nessuno piú contava – portavano al consultorio. L'ometto dava le spalle, in mano una scopa. L'oggetto fu interpretato da Mina come una comunicazione subliminale di disinteresse, dal momento che a memoria d'uomo e di assistente sociale Rudy non aveva mai svolto alcuna attività di pulizia dello stabile che non fosse scavare nel proprio ampio spazio interdentale dopo colazione.

Mina si agitò. Tutto sembrava preludere a qualcosa di grave, o perlomeno di molto seccante, il che poteva essere anche peggio a quelle latitudini. La porta era accostata, come sempre, per consentire l'accesso a chi aveva necessità; dava su un corridoio che aveva alla fine lo studio del ginecologo e a metà un altro corridoio meno lungo, dove stava il suo ufficio. Da quando il ginecologo era il dottor Gammardella Domenico, il quartiere aveva riscoperto il valore della sanità genitale e c'era sempre un'interminabile, ciarliera fila di signore in abiti sgargianti e provocanti, stivali in pelle e bigiotteria a quintali. Mina, che provava per quell'abiezione della femminilità un fastidio scevro – come avrebbe falsamente giurato – da ogni forma di gelosia, attraversava la piccola folla con un grugnito, attirandosi allegre battute sugli effetti della mancanza di una sana attività sessuale. Stavolta invece non c'era quasi nessuno, se non un gruppetto di signore di una certa età che, quando entrò, le voltarono le spalle fissando in silenzio la porta di Domenico, in attesa.

Mina rifletté sull'opportunità di domandare che cosa accidenti prendesse a tutti, quella maledetta mattina. Decise che non stava a lei chiedere giustificazioni, perché non aveva fatto proprio niente che non fosse corretto.

Di pessimo umore, si diresse in quello che con una certa pomposità chiamava il suo ufficio.

XI.

Il maresciallo dell'Arma Gargiulo Antonio odiava capitare in due situazioni. Non che ritrovarsi con una pistola spianata in faccia gli piacesse; né essere nel mezzo di un conflitto a fuoco, o a pranzo con la suocera. Ma quelle erano condizioni estreme, non pianificabili, di cui aveva facoltà, volendo, di contenere la durata. Queste due, invece, poteva solo subirle senza poter fare nulla che non fosse pensare a quando sarebbero passate. La filosofia, rifletteva Gargiulo, induce alla pazienza.

La prima delle due situazioni invise a Gargiulo era andare in ospedale.

Immaginava non fossero molti quelli che lo gradivano: giusto il personale sanitario, che se avesse avuto la sua stessa fobia avrebbe peraltro scelto mestieri differenti. Aspettando all'esterno di una stanza, aveva osservato alcuni infermieri ridere raccontandosi barzellette, e non avevano certo l'aria sofferente. E anche un medico giovane soffermare lo sguardo sul didietro di un'amministrativa in transito, con un miglioramento dell'umore testimoniato da un sospiro sognante.

Lui invece stava proprio male, quando era costretto a stazionare in quell'ambiente. Per fortuna accadeva di rado, perché grado e funzione gli consentivano di delegare a sottoposti l'onere. Talvolta però, e quella era l'occasione, la gravità della congiuntura prevedeva che fosse lí di persona, e allora doveva prendere in carico tutta l'angoscia che gli schiacciava il petto e gli spezzava il respiro.

Le ragioni macroscopiche erano due: il contatto forzato con il dolore e la paura del contagio.

Gargiulo era un carabiniere dolce e sensibile, amante dell'arte e del bello. Gli piaceva stare in mezzo a gente felice, sorridere e ricevere sorrisi, infondere tranquillità nel prossimo. La condizione ideale alla quale aspirava era passeggiare in un viale alberato, con la divisa in perfetto ordine e salutando – con cortesi cenni del capo o portando due dita alla visiera – mamme che spingevano carrozzine mentre attorno gli uccelli cantavano e non c'era nulla da temere. L'ospedale era l'esatto contrario: chi moriva di qua, chi si lamentava di là, barelle spinte da portantini ciabattanti con sopra gente con occhi semiaperti, bocche spalancate e flebo sospese in equilibrio precario, familiari attoniti o piangenti assiepati nei corridoi. La sofferenza trasudava dalle pareti.

C'era poi la questione dell'igiene personale, per Gargiulo un moloch irrinunciabile. Nella certezza di contrarre oscuri morbi che lo avrebbero condotto a una morte pustolosa e orrenda, provava a non entrare in contatto con alcuna superficie, a non sfiorare nessuno, a inalare meno aria possibile. Ciò gli conferiva un incarnato pallido, il respiro corto e una smorfia di disgusto che lo rendevano piú simile a un ricoverato che a un visitatore.

La seconda situazione che il carabiniere odiava era rimanere da solo con il sostituto procuratore della Repubblica Claudio De Carolis, pubblico ministero al quale era assegnato secondo la logica perfida di un destino cinico e baro. Un uomo cattivo, dall'intelligenza enorme ma votata al male, in possesso di un sarcasmo ignobile e di un senso dell'umorismo incomprensibile, che aveva il dono di mortificare il maresciallo senza rivolgergli la parola o guardarlo, ma soltanto mostrando il profilo.

Quella mattina le situazioni si coniugarono, e Gargiulo si ritrovò in una stanza d'ospedale al capezzale di una paziente che era il ritratto stesso della morte imminente, in compagnia di De Carolis impegnato a dare il meglio di sé in termini di imperscrutabilità.

Il magistrato era giunto dopo venti minuti di disagio di Gargiulo, aveva accennato a un saluto con la testa in risposta al doppio battere di tacchi del carabiniere ed era entrato nella stanza. Dopodiché si era collocato ai piedi del letto e fissava l'occupante dello stesso, le mani intrecciate dietro la schiena, la mandibola rigida e lo sguardo da rettile sotto gli occhiali.

Dopo quella che al maresciallo sembrò un'èra geologica, disse freddo:

– Mi presenti la signora, Gargiulo.

Il carabiniere resistette alla tentazione di prendere fiato, pensando alla tonnellata di germi che avrebbe ingerito.

– Avitabile Rosa, di anni ottantadue, vedova, insegnante in pensione. Aveva appena ritirato appunto la mensilità alla posta e stava tornando a casa, in via Speranzella 112, dove vive da sola. Ha un figlio che lavora al Nord, lo abbiamo avvisato ma dice che non può venire perché deve lavorare.

De Carolis annuiva, come ricevendo costanti conferme di ciò che pensava. A Gargiulo ricordava il pupazzo raffigurante un cucciolo di dalmata dalla testa basculante che negli anni Ottanta suo padre teneva nella Giulietta.

– E mi dica, Gargiulo, come sta la signora?

Il carabiniere restò interdetto. La donna era avvolta in fasciature che le ricoprivano l'intero corpo, era attaccata a un monitor che rimandava un bip costante e oscure informazioni in rosso e in verde, aveva accanto due cavalletti con delle sacche di liquido, uno opaco e uno trasparente, erogati attraverso aghi nel braccio, e un'altra sacca sotto il letto in cui confluivano, spettacolo orribile per Gargiulo, le urine.

– Non in perfetta forma, direi, dottore. Purtroppo non possiamo assumere in via diretta l'informazione perché la signora non è cosciente, ma le assicuro che appena potremo...

De Carolis girò piano la testa verso di lui. Non completò il movimento, ritenendo che la spesa non valesse l'impresa.

– Intendo: qual è l'entità delle lesioni? Le sue condizioni, Gargiu'. Quelle che mi auguro si sia fatto dire dal medico di guardia.

Il maresciallo batté i tacchi e prese un foglietto dalla tasca.

– Ah, certo, dottore. Dunque, la signora Avitabile ha riportato le seguenti lesioni, a seguito della rapina subìta stamattina alle dodici e trentacinque nei pressi della metropolitana di via Toledo. Gliele elenco: frattura del bacino; frattura di due coste, le chiamano cosí ma sono le costole, me lo sono fatto chiarire, dottore; frattura del radio e dell'ulna, scomposta; sublussazione della spalla destra; trauma cranico con esiti da accertare, nel pomeriggio fanno la Tac, adesso la macchina è occupata e pare che i sintomi non facciano pensare alla possibilità di un intervento a breve. La signora è tenuta in sedazione profonda.

De Carolis annuí soddisfatto, quasi avesse effettuato la stessa diagnosi coi raggi X di cui era dotato per natura.

– Sappiamo qualcosa della dinamica?

Gargiulo cambiò foglietto battendo i tacchi.

– Le testimonianze sono vaghe, dottore, raccolte dalla squadra antiscippo. Un grosso scooter nero o blu, scuro insomma, due a bordo col casco integrale. La signora ha opposto resistenza, non ha mollato la borsa, è caduta ed è stata trascinata per un paio di metri, pioveva e i rilievi non sono stati facili. Per fortuna c'era un'ambulanza in zona ed è stata subito soccorsa.

De Carolis fissava il viso coperto da ecchimosi dell'anziana, quasi gli stesse parlando lei.

– E gli scippatori?

– Dileguati, dottore. Lo sa, là di fronte...

– Ci sono i Quartieri Spagnoli, lo so. E basta che ci si infilino dentro e non sono piú raggiungibili. Come un pesce che si tuffa nel mare.

Gargiulo sbatté le palpebre, domandandosi da dove potesse mai venire un pesce per tuffarsi nel mare. L'odore del disinfettante lo confortava, ma gli dava anche la nausea.

Dopo qualche attimo, De Carolis chiese:

– Lei cosa vede in questo letto, Gargiulo?

Il maresciallo si sentí morire. Era arrivato il momento dell'interrogatorio, quello al quale veniva sottoposto con sottile perfidia dal magistrato, nella precipua finalità di rendergli noto di essere un deficiente. Tossicchiò, incerto.

– Avitabile Rosa, di anni ottantadue, vedova, residente in...

– In questo letto, Gargiulo, c'è un fallimento. Il fallimento delle istituzioni, delle forze dell'ordine, di chi dovrebbe mantenere sicure le strade. In questo letto c'è il suo fallimento, Gargiulo.

Il carabiniere lanciò un'occhiata di sfuggita alla donna che respirava pesantemente, spargendo batteri che si guardavano un attimo attorno e subito gli si fiondavano verso le narici.

De Carolis continuò, sommesso.

– Perché se dopo una vita di lavoro una donna di oltre ottant'anni non può andare a ritirare la pensione e tornare a casa in tranquillità, lei, Gargiulo, a che serve?

Il maresciallo batté i tacchi, e il magistrato seguitò alzando via via il tono.

– Se una donna è stata abbandonata da un figlio che ha preso per tutta la vita dalla madre e poi nemmeno trova il tempo di venire a vederla morire, lei, Gargiulo, a che serve?

Gargiulo vide sé stesso in lacrime al capezzale della donna, in sostituzione del fantomatico figlio al lavoro al Nord, e ritenne la cosa poco plausibile.

De Carolis era ormai approdato all'ottava superiore.

– Se una donna che ha insegnato a migliaia di ragazzi i valori e l'educazione e la grammatica e le tabelline deve soffrire le pene dell'inferno e morire da sola, lei, proprio lei, Gargiulo, mi sa dire a che cazzo serve?

L'istinto di sopravvivenza portò in sequenza il carabiniere a battere i tacchi, rivolgere lo sguardo indomito mutuato dai ritratti di Salvo D'Acquisto verso un punto nel vuoto e assumere un'espressione consapevole. Di base avrebbe voluto estrarre la pistola d'ordinanza e suicidarsi, o uccidere quel serpente, o entrambe le cose.

De Carolis tornò a un tono piú sommesso.

– Voglio parlare con quelli dell'antiscippo, Gargiulo. E voglio trovare chi ha fatto questo, e toglierlo dalla strada per impedirgli di rifare la stessa cosa a un'altra povera donna. E sa perché lo voglio fare, Gargiulo?

Stavolta si era girato del tutto verso di lui. Stavolta aspettava una risposta. Gargiulo sudò, e ci provò.

– Perché ha compiuto un reato ai sensi dell'articolo 628 del vigente codice penale, dottore?

De Carolis emetteva disgusto come onde radio.

– Per dare un senso alla sua esistenza in vita, Gargiulo. Solo per questo. E a proposito, non ha affatto una bella cera. In ospedale si contraggono strane infezioni. Stia attento. Ci vediamo tra poco in procura.

Gargiulo pensò di gettarsi dalla finestra.

XII.

La ripetitività dei gesti, una volta arrivata in ufficio, era per Mina di gran conforto. Aveva un'indole ordinata e precisa, forse un riflesso del desiderio di mettere le cose a posto secondo giustizia, per cui nel suo habitat pretendeva di potersi muovere anche bendata. Accese il computer – un reperto di archeologia industriale che presto avrebbe raggiunto un certo valore sul mercato del vintage – consentendo alla macchina di dare inizio ai quaranta minuti necessari per l'avviamento; sistemò il telefonino nell'unico spazio sfuggito alla totale assenza di campo, l'angolo destro del davanzale dell'unica finestra che dava forse su un cortile interno (la formula dubitativa era dovuta agli strati di sporco che rendevano la lastra trasparente quanto l'acciaio); appese l'impermeabile a un chiodo che un tempo, secondo la volontà di chi l'aveva preceduta, aveva sorretto la fotografia di un presidente del Consiglio da lei ritenuto antitetico ad alcune attività che si portavano avanti in quel luogo; depose la borsa dal contenuto sedimentario, per gran parte ignoto a lei stessa ma dal peso specifico affine all'osmio. Sedette, riscuotendo il solito gemito dell'antica sedia con lo schienale alto e miracolosamente confortevole, cercando di spiegarsi lo strano comportamento rilevato lungo il tragitto verso il consultorio.

Udí un bussare discreto alla porta. Da uno spiraglio si affacciò il sosia di Brad Pitt in *In mezzo scorre il fiume*, che con aria smarrita chiese se poteva entrare. All'interno della cassa toracica, Mina sentí confrontarsi due emozioni di segno opposto, come sempre le accadeva quando si trovava a tu per tu con il dottor Gammardella Domenico: la voglia di baciarlo e di costringerlo a una sessione di sesso estremo contro la parete, e il desiderio di prenderlo a calci nelle stesse parti basse in precedenza agognate.

Di volta in volta, le ragioni della seconda istanza variavano con decisione. Quella mattina non era intenzionata a perdonargli il defunto fidanzamento con Viviana e l'aver corteggiato in sogno la fidanzata bionda dell'ex marito. Irrazionale? Assurdo? Campato in aria? Certo, avrebbe risposto. Perché, il mio stomaco deve rendere conto a qualcuno? La risultante fra i due sentimenti fu una distanza glaciale.

– Ah, sei tu, Gammardella. Prego, entra pure e dimmi. In fretta, però, ché ho da fare.

Era una bugia bella e buona, non c'erano persone in attesa e non aveva adempimenti burocratici da compiere. Ma non riusciva proprio a essere cordiale con uno che nemmeno un'ora prima flirtava con una tizia nella foresta pluviale.

– Chiamami Mimmo, ti prego. Mi fai sentire un estraneo, cosí.

Mina emise un suono a metà fra uno sbuffo e un grugnito. Il medico si strinse nelle spalle, sconfitto.

– Stamattina avevo una dozzina di appuntamenti, anche quattro clienti fisse di quelle ipocondriache, che non hanno niente ma vengono sempre, chissà perché.

Mina emise di nuovo quel suono, piú spostato verso lo sbuffo che verso il grugnito.

– Già, chissà perché. Sí, sí, so della tua clientela, in effetti. E allora?

– Be', io sono mattiniero. Arrivo qui e non trovo nessuno. Saranno in ritardo, penso, e mi metto a compilare le cartelle, sono sempre in arretrato, queste utenti non mi lasciano mai il tempo, chissà perché.

– Già, chissà perché. E allora?

– E allora passa una mezz'ora, ne passa un'altra. Vado giú, pensando che magari Trapanese ne sappia qualcosa, lui sa sempre tutto, chissà perché.

Mina si domandò come fosse possibile che l'uomo non sapesse di essere identico a Brad Pitt in *Fuga dal mondo dei sogni*, e lo odiò un po' di piú per questa inconsapevolezza.

– Già, chissà perché. E allora?

– E allora, non ci crederai: tu lo sai com'è Trapanese, no? Basta dargli un dito e si prende tutta la mano, a volte ti tiene a parlare per ore dei suoi acciacchi, io cerco sempre di spiegargli che non sono il medico adatto per lui, ma lui risponde, be'? Sempre un dottore siete. E invece stavolta risponde a monosillabi, come se ce l'avesse con me. Chissà perché.

Mina ebbe l'impressione di essere in una commedia musicale degli anni Sessanta, quelle in cui i protagonisti si dànno la battuta e poi cominciano a cantare. Resistette alla tentazione di rispondere in rima.

– Guarda, anche a me stamattina è parso strano. Invece di venire a dare il solito fastidio, se ne stava per conto suo. Io però credo sia un fatto positivo e lo lascerei com'è. Ora, se vuoi scusarmi…

– Ah, ma io non sono qui per Trapanese, Mina, capirai, no, no; è che poi sono arrivate queste tre donne che adesso stanno qui fuori. Credevo avessero bisogno di una visita, e ho detto: non avete appuntamento, ma poiché credo di essermi liberato sono a vostra disposizione. Invece loro mi hanno detto che… che…

Mina si agitò sulla poltrona. Uno può assomigliare pure al limite della clonazione a Brad Pitt in *Sette anni in Tibet*, ma non può mettersi a balbettare in conclusione di un concetto.

– Senti, qui dentro vige un principio: ognuno gestisce
il proprio ambito professionale. Per cui mi dispiace, ma io
adesso dovrei...

Gammardella la fissò amareggiato.

– Questo infatti è un problema del consultorio, Mina.
Non certo mio. Anzi, a voler essere precisi, è piú un problema tuo. Molto di piú.

– Che vuoi dire, scusa?

Il medico aprí la porta. Al di là, in attesa, c'erano tre donne di mezza età. Una, i capelli tirati all'indietro in uno chi-
gnon noto nel luogo come *tuppo*, sembrava una matrioska
allo stadio terminale: sferico l'addome, sferico il seno, sferico il collo, sferica la testa, teneva le mani incrociate sulla
pancia come sul davanzale di una finestra, e gli occhi semi-
chiusi avevano l'aspetto sferico anch'essi. Alle sue spalle,
come due agenti di custodia, una seconda magrissima e al-
lampanata dall'adunco naso d'uccello che accentuava l'impressione ornitologica muovendo la testa a scatti a destra
e a sinistra, e una piú giovane che sembrava l'apprendista
della prima ma con i cubi al posto delle sfere.

Le tre e Mina si squadrarono. Mancava la colonna sonora
di Ennio Morricone per completare l'atmosfera da imminente duello. L'assistente sociale si rivolse a Mimmo, senza
mostrare cedimenti.

– Be', Domenico? C'è qualcosa che non va?

La donna sferica rispose al posto del dottore, accreditan-
dosi come portavoce della delegazione.

– Non parlate col dottore, signori'. Parlate con noi. Perché siamo noi che vi siamo venute a dire che sí, c'è qualcosa che non va. Qualcosa di grosso, per la precisione.

Mina annuí, sollecita.

– Bene, allora siete nel posto giusto. Dica pure, signora,
che succede? Abusi, violenze, usura?

L'uccello alle sue spalle fece un verso tipico della propria specie, che ricordò lo stridio di un gabbiano.

– E per queste sciocchezze venivamo qua, quant'è bella la signorina!

Mina guardò Domenico che si guardò le scarpe.

– Che vuol dire?

La portavoce rispose, lugubre:

– Che è peggio, signori'. Peggio assai. E siccome siete voi ad aver combinato il guaio, adesso lo dovete mettere a posto.

Mina sentí montare la rabbia.

– Non capisco per quale motivo vi rivolgiate al mio collega col suo titolo, giustamente, e io devo essere solo signorina.

La donna cubo, che masticava una gomma da sei etti con un rumore che ricordava un mescolatore di calcestruzzo, disse:

– Uh, e come vi dobbiamo chiamare, se non tenete nemmeno un marito? Stronza rovinafamiglie?

Poco ci mancò che Mina si mettesse a urlare.

– Maledizione, volete dirmi che accidenti volete stamattina?

Soddisfatta di aver suscitato la giusta emozione, la portavoce disse:

– Siamo qui per la trasmissione di ieri sera. Che avete da dire?

Mina guardò di nuovo Domenico, che a propria volta scrutò Mina con identica sorpresa.

– Quale trasmissione? Non ho visto nessuna trasmissione. La sera leggo, non guardo la televisione.

L'ammissione provocò sconcerto nelle tre donne. Trasalirono, mormorarono incredulità.

La piú giovane commentò:

– Non guarda la televisione e legge, la sera. E poi dicono che i delinquenti siamo noi.

L'uccello assentí con vigore, parve sul punto di beccare a terra con sussiego.

La portavoce provò a credere all'assurdità che era stata appena pronunciata e disse a Domenico:

– Dotto', allora spiegatecelo voi all'amica vostra.

Mimmo bilanciò il peso da un piede all'altro.

– Veramente, signora, io ieri avevo degli argomenti di lavoro da approfondire e non ho potuto...

La donna alzò la mano. In quel gesto apodittico c'era tutta la consapevolezza dell'altrui ignoranza, e l'abbracciarsi la croce di dover portare la cultura nel mondo.

Riassunse dunque con affrante e sentite parole il contenuto di *Il canto della Sirena*, dilungandosi sulla scena del piccolo Geppino e della lotta per il pane col randagio rognoso. Dimostrò un'inaspettata attitudine al racconto immaginifico, cosí da incatenare l'attenzione dell'uditorio già alla seconda frase.

Quando concluse, nella stanza cadde un silenzio attonito. Mina balbettò:

– Ma... ma dove, come? In questo quartiere? E quella, quella conduttrice ha detto proprio che la colpa è...

Le tre annuirono come una sola. L'anziana disse:

– Sí. Ha detto che i primi responsabili sono i servizi sociali, che consentono questo... come ha detto?

– Terribile degrado, – disse l'uccello.

– E siccome i servizi sociali siete voi, voi adesso dovete togliere questa vergogna dalla faccia del quartiere. Perché noi, cara signorina, siamo gente che fatica dalla mattina alla sera, che possiamo pure fare qualcosa di sbagliato ogni tanto...

Il cubo riuscí nell'impresa di sussurrare masticando la gomma enorme.

– Sí, ma sono sciocchezze, che sarà mai...

L'altra continuò.

– Ma una cosa teniamo e ce l'abbiamo sempre avuta: alle creature ci stiamo attenti. Non le abbandoniamo a lottare coi cani per un pezzo di pane. Se la famiglia non può, allora ci pensa qualcun altro.

Mina sembrava non capire.

– E io che ci posso fare? Se questo bambino è stato ripreso dalla televisione, non credo che...

Il cubo disse minaccioso:

– Signori', non ci siamo capite allora. Questa cosa non è vera. Non è di questo quartiere. Ma a noi non ci stanno a sentire, quindi siete voi che la dovete risolvere.

L'uccello aggiunse:

– E se non la risolvete, se ci lasciate lo *scuorno* in faccia, allora non siete una di noi. Né voi né il collega vostro. E non siete piú graditi.

A Mina sembrava di trovarsi in un incubo.

– Ma... ma quale televisione è, si può sapere? Quale trasmissione...

La portavoce disse, solenne:

– TeleSirena, signori'. La trasmissione è *Il canto della Sirena*, e la presentatrice è quella bionda, Susy. Vedete come dovete fare, avete tre giorni. Dopodiché, per favore, o ve ne andate voi o vi dobbiamo cacciare noi.

Si avviò veleggiando verso il corridoio, seguita dalle attendenti. Nessuna ritenne di salutare, a meno di considerare un saluto il fatto che il cubo sputò a terra l'enorme gomma prima di andarsene.

Domenico non aveva piú chiuso la bocca dacché la piú anziana aveva cominciato a raccontare. Lo fece ora, con uno scatto percepibile.

– Che volevano dire, scusa? Chi sarebbe questa Susy? E che cos'è *Il canto della Sirena*?

Mina avrebbe voluto rispondergli che Susy era quella che, col nome di Viviana, aveva amoreggiato con lui la notte precedente, approfittando del fatto che lei non potesse intervenire a causa di Pippi Calzelunghe; ma comprese che due racconti del genere nella stessa mezz'ora avrebbero potuto alterare le già ridotte capacità di intendimento dell'uomo. Per cui disse:

– Dobbiamo procurarci la registrazione della trasmissione. E dobbiamo farlo subito.

XIII.

Dopo che ebbe tossito, Gargiulo rimase impalato in attesa. I due alle sue spalle si fissarono dubbiosi. Uno ridacchiò, gelato da uno sguardo torvo del maresciallo.

La porta era spalancata. All'interno si vedeva una scrivania ingombra di documenti e faldoni, alla quale sedeva una sorta di rappresentazione in marmo di un magistrato in maniche di camicia, i polsini rivoltati e la cravatta allentata, raffigurato nell'atto di leggere un foglio dattiloscritto. Doveva per forza trattarsi di una statua, perché gli occhi dietro le lenti non si muovevano né in orizzontale né in verticale, non sembrava esserci respiro, e nonostante il discreto bussare del carabiniere e il successivo colpo di tosse non si era verificata nel mezzobusto alcuna reazione.

Dopo quasi un minuto, la statua si animò e sollevò il capo, sbattendo le palpebre nel ritorno dall'iperuranio alla squallida realtà materiale. La porta spalancata era per De Carolis una questione di principio e un simbolo: significava che ciò che si faceva in quell'ufficio era trasparente, un Servizio Pubblico per i Cittadini di un Grande Paese in cui la Giustizia era un Valore, e quando lo diceva le maiuscole si sentivano tutte. Il che non voleva dire che se qualcuno entrava senza bussare non si incazzava come una biscia, non mancando di far ricadere gli effetti dell'arrabbiatura sul malcapitato. Trasparente, ma vendicativo. Gargiulo aveva compreso l'antifona, e di fatto abitava sulla soglia in attesa di un placet, che qualche volta arrivava presto e qualche altra tardi, ma che bene o male arrivava.

– Dica, Gargiulo.

Il maresciallo, senza muoversi dal centimetro antistante la porta, disse stridulo:

– Dottore, sono qui coi colleghi dell'antirapina. Come lei ha chiesto, dottore. Cioè, sono stati convocati come da suo ordine. E sono qui.

Il concetto era abbastanza chiaro. I due uomini alle spalle di Gargiulo si scambiarono una nuova occhiata. Cominciavano a sentirsi a disagio.

Il mezzobusto fece cenno di entrare, e Gargiulo come un ripetitore di segnale fece altrettanto. Una volta al cospetto del magistrato, i due si fermarono e De Carolis li squadrò. Uno aveva i capelli lunghi con un'incipiente calvizie sulla sommità della testa e un paio di baffoni spioventi, indossava un pullover arancione troppo pesante per la stagione con due macchie di grasso di motore sulla manica, e un paio di jeans in cattive condizioni. L'altro, piú giovane, aveva chioma e barbetta rossa, e portava un giubbotto in pelle nera con pantaloni dello stesso materiale e colore. Entrambi calzavano pesanti anfibi.

Il magistrato si era sempre domandato due cose, sui cosiddetti falchi: per quale motivo si mascherassero da motociclisti anni Settanta, e perché dubitassero di essere riconoscibili a un chilometro di distanza.

Gargiulo tossicchiò.

– Il sovrintendente Capuano e l'agente Florio, dottore. Sono stati i primi a intervenire sul luogo della rapina, hanno chiamato loro l'ambulanza per la signora Avitabile.

Una volta presentato, il sovrintendente Capuano, quello piú anziano coi baffoni, ritenne di essere catalogabile come un vecchio amico e si stravaccò sulla poltroncina davanti alla scrivania. Vent'anni di antiscippo ti liberano dalla zavorra delle formalità. Florio, il giovane imitatore di Diabolik che seguiva in ogni cosa i comportamenti del collega, occupò l'altra poltrona e per soprammercato si grattò il pacco in pelle con uno sgradevole rumore di plastica.

Gargiulo, inorridito per la lesione della maestà, arretrò di un passo e portò le dita alla pistola, deciso all'irreparabile. De Carolis, senza distogliere lo sguardo dai due, sollevò una mano per richiamare il cane. Poi disse, piatto:

– Prego, accomodatevi. Sentitevi a casa vostra.

I due si guardarono. Lo facevano in continuazione, pensò Gargiulo. Non riusciva a liberarsi dalla sensazione che Capuano e Florio imitassero qualche ignobile telefilm sulla polizia americana. L'idea gli diede un brivido di disgusto.

De Carolis continuò, pacato:

– Vi ho convocati per avere qualche notizia in merito alla rapina di stamattina. Dal verbale che il maresciallo Gargiulo mi ha consegnato, non mi pare che emergano notizie in base alle quali si possa compiere un'indagine vera e propria, e...

Capuano, che si godeva la comodità della poltrona, ridacchiò.

– Dotto', e che ci sta da indagare? È uno scippo, sugli scippi non si indaga, si fa un inseguimento e si prova a incatastare i figli di puttana in faccia a un muro. Se si fa in tempo, prima che quelle zoccole si rintanino nella topaia loro.

Florio concordò.

– Quegli stronzi subito fanno, a scappare. Si deve essere veloci, ma ci si deve trovare in zona. Se non ci si trova in zona, non si acchiappano piú.

Gargiulo incassò la testa nel collo, come quando dopo un lampo si aspetta il tuono. Ma De Carolis restò freddo, quasi quella dimostrazione di clamorosa indisciplina formale fosse usuale.

– Mhhh… Ho capito. Quindi se non ci si trova di pattuglia davanti al fatto, nel momento in cui succede, ci si rassegna. È cosí?

Il sovrintendente Capuano si strinse nelle spalle.

– È uno scippo, dotto'. Ne succedono, quanti?, tre, quattro alla settimana nella zona nostra. Nel grosso dei casi non succede niente, nessuno si fa male, un Rolex, una borsa da ufficio, una collanina. Un poco di spavento, qualche lacrimuccia.

Florio aggiunse, senza smettere di grattarsi l'inguine che in tutta evidenza pativa la finta pelle dei pantaloni:

– Qualche volta li pigliamo, ragazzi di una ventina d'anni. Escono subito, dotto'. Altre volte recuperiamo la roba. I documenti e le borse, perché i soldi spariscono.

De Carolis annuiva, un mezzo sorriso sulle labbra. Gargiulo, che conosceva bene il soggetto, capí che la sorte dei due era segnata.

– Mhhh… mhhh… Chiaro. E se qualcuno si fa male?

Capuano e Florio, manco a dirlo, si guardarono. Il piú anziano ridacchiò, l'altro si uní divertito.

– Eh, dotto', che ci possiamo fare noi? Noi se ci troviamo li inseguiamo e li schiattiamo capa e muro, potete crederci; altrimenti, dove li andiamo ad acchiappare? Se qualche vecchietta poi si mette a girare coi soldi della pensione in mano, noi che ci possiamo fare? Sono ragazzi, ve l'ho detto.

Ci fu un lungo silenzio, durante il quale De Carolis continuò a sorridere e i due a ridacchiare. Una bella compagnia di amici in attesa di una buona birra, uomini di mondo che sapevano come vanno le cose e capivano che al destino non si comanda e non ci si può opporre. Gargiulo era una statua di sale, fissava l'orizzonte all'esterno della finestra.

Poi De Carolis, senza distogliere gli occhi dai baffi di Capuano, prese un foglio. Dal quale lesse:

– La signora Avitabile Rosa, di anni ottantadue, è ricoverata all'ospedale dei Pellegrini in prognosi riservata. Ha un vasto trauma cranico con ematoma subdurale oltre a un certo numero di fratture, ed è in serio pericolo di vita. La tengono in coma farmacologico, perché se la lasciassero sveglia il dolore sarebbe insopportabile. Questi ragazzi, come dite voi, hanno inflitto lesioni gravi che con ogni probabilità diventeranno omicidio.

Il risolino dei poliziotti si appannò e si spense come una candela nel vento.

De Carolis disse, piano:

– In piedi. E sull'attenti.

I due si guardarono, perplessi. Florio fece un'incerta, residua grattata. Il magistrato alzò la voce di una frazione di decibel, ma fu come se avesse urlato.

– In piedi, cazzo. E sull'attenti, altrimenti domani siete a un semaforo a fare multe. E ci rimanete fino alla pensione.

Capuano scattò sull'attenti, seguito subito da Florio. La performance fu tutto sommato buona, anche se Gargiulo rilevò l'assenza del prescritto schiocco di tacchi.

De Carolis li fissò inespressivo. Poi disse, neutro:

– A partire da adesso, senza curarvi di alcun altro incarico, procederete a un'attenta indagine sul caso. Contatterete informatori, amici e parenti, commercianti e ambulanti o chi accidenti volete, ma mi porterete qui notizie precise. Io devo sapere chi ha fatto questa cosa, fosse l'ultima indagine che supervisiono. E se non trovate niente, scappate lontano, perché io vi vengo a cercare e vi faccio un culo tale che non potrete piú sedervi su una moto per il resto della vita. Se avete capito fate un cenno con la testa. Uno solo. Senza rivolgermi la parola. Perché le prossime parole che mi rivolgerete dovranno essere: dottore, abbiamo delle notizie utili.

Capuano e Florio fecero un rigido cenno di assenso, all'unisono. De Carolis ghignò soddisfatto, e fu come un lupo nell'attimo prima di saltare al collo della preda. Gargiulo sentí il brivido di terrore e di sollievo che si prova quando, essendo testimoni di qualche disgrazia, si è felici di non esserne vittime.

Il magistrato li lasciò rosolare per un altro minuto, durante il quale l'imperlatura della fronte di Capuano divenne sempre piú evidente.

– Ora potete andare. Il maresciallo Gargiulo si occuperà di comunicare al vostro superiore il distacco su questa operazione. Resta in sospeso un mio personale reclamo in merito al vostro atteggiamento, che ritengo al di fuori dell'esercizio della professionalità e della disciplina. Ma tale questione, in caso di successo nell'incarico, verrà archiviata. Buon lavoro.

Tornò a leggere il documento che aveva davanti.

Con la coda dell'occhio, Capuano rivolse una richiesta d'aiuto a Gargiulo, che ebbe pietà e li portò via.

XIV

Nel silenzio spettacolare dell'alba, l'uomo cercava l'errore. Se ne stava seduto da un'ora sul divano, davanti alla grande vetrata che sostituiva una parete del salone e dava sul golfo. Il sole aveva fornito un'avvisaglia di sé una ventina di minuti prima, mostrando il sospetto di un chiarore dietro la montagna. Il mare era ancora una massa scura, e le luci della città tremavano al pari di stelle cadute. L'uomo aveva in mano un bicchiere. In cristallo, di quelli larghi. Si era alzato già due volte per riempirlo, dal mobile bar addossato alla parete opposta, con tanto di sgabelli alti e rastrelliera di bottiglie alle spalle, che la moglie aveva voluto perché faceva tanto cinema americano degli anni Sessanta. Almeno utilizziamolo, si era detto. E adesso la testa faticava a concentrarsi su un argomento, tuttavia avrebbe dovuto.

Perché da qualche parte, sepolto nel passato, c'era un errore. Grosso. Altrimenti non si spiegava.

A volte, rifletteva l'uomo, andiamo dritti e nemmeno ci rendiamo conto di aver attraversato un incrocio; ci pare talmente ovvio continuare sulla strada principale, all'inseguimento di quello che vogliamo, da non sembrare possibile prendere altre vie. E invece qualche considerazione andrebbe fatta, alla resa dei conti. Perché poi si fanno gli errori.

Scegliere, si disse. Mentre il cielo dietro la montagna si faceva sempre piú nitido e le luci meno evidenti, e la massa scura cominciava a distinguersi dal resto divenendo grigia, l'uomo considerò le scelte. Pure le piú ovvie, quelle quasi necessarie, comportano l'abbandono di qualcosa. La rinuncia a piccole realtà che poi, col tempo, diventano gigantesche. Devo aver sbagliato, mormorò l'uomo. Nell'immensa stanza che dava sul mare non c'era nessuno. Al piano di sopra, nella propria camera, dormiva la moglie con la sua perenne emicrania. La visualizzò con la mascherina sugli occhi e i tappi nelle orecchie, supina come una mummia egizia e con altrettanta propensione alle relazioni umane.

Ecco, quello poteva essere l'errore. Immaginare che fosse una plausibile compagna di vita, una che non aveva un solo problema da generazioni, cresciuta nel velluto, figlia e nipote di tanti di quei soldi da ritenere sempre di essersi buttata via, anche se lui, l'uomo, era ai vertici della professione, anche se era il consulente di punta di ogni grande società operante sul territorio, anche se avrebbe potuto ottenere una cattedra universitaria schioccando le dita, anche se i suoi tre studi avevano quattro associati e sedici dipendenti, anche se fatturava quanto un'industria, e quello che fatturava era un quinto dei pagamenti accreditati su conti cifrati all'estero.

E sí, sorseggiando quel liquido che gli ottenebrava la mente e gli bruciava l'esofago, sí, Maresa poteva essere l'errore. Bella e fatua com'era, nel mondo irreale in cui viveva, sempre piú simile alla madre, Maresa non era stata all'altezza del compito. E quella non era sembrata una scelta, ma un'ovvietà. Gli serviva il prestigio di quel nome, gli servivano le entrature, i soldi da spostare. All'epoca, non si poneva certo il problema di che madre sarebbe stata Maresa.

Adesso invece, di fronte all'alba impietosa, in attesa di un confronto che non sapeva se gli sarebbe stato concesso, l'uomo scopriva che quello era stato un errore. Magari non «l'errore», ma di sicuro un errore. Perché nel silenzio da non rompere con una musica soft o con un bicchiere di cristallo lanciato con rabbia al centro di una vetrata sul mare, doveva ammettere che se Maresa non era stata una madre diversa dalla propria o da tutte le amiche del ristretto circolo che frequentava, be', lui non era stato il padre che avrebbe dovuto essere.

Anzi, a stretto rigore di termini e dovendo essere sinceri con l'aiuto del terzo whisky consecutivo, era piú colpa sua che di Maresa. Perché mentre lei non aveva esempi diversi e non poteva definirsi una donna dall'elevata sensibilità relazionale, lui invece sí, eccome. Era lui, l'uomo seduto sul divano davanti all'alba, a essere cresciuto in una famiglia della media borghesia; una di quelle famiglie che vivono di stipendio, coi genitori che vanno ai colloqui scolastici e non ne saltano uno, che controllano le presenze dei figli in classe, che ogni sera sentono quali sono i compiti da fare. Di quei genitori che guardano cosa c'è nelle tasche dei pantaloni dei ragazzi, o che di notte vanno a controllare le braccia per vedere se ci sono buchi.

Lui, l'uomo sul divano, nemmeno se l'era sognato di controllare cosí. Il massimo che aveva fatto era stato pretendere che il figlio si iscrivesse a una scuola pubblica, ancorché di un quartiere bene, mettendosi di traverso al collegio svizzero proposto dalla famiglia di Maresa, un'altra delle stanche, esangui tradizioni da passare di generazione in generazione.

Era stato fiero di quella scelta. Gli era sembrata giusta sul momento, come far fare a Ettore una gavetta e una scuola di vita che lo avrebbero reso forte. Adesso, da quel divano con vista sul mare, gli pareva una immensa, futile stronzata. Come se la scuola superiore di un quartiere difensivo e supponente, dove le case costavano quindicimila euro al metro quadrato, fosse una trincea della Grande guerra. Che scelta ridicola.

Certo, se qualcuno lo avesse accusato di essere stato un padre poco presente avrebbe reagito male. Avrebbe alzato la voce. Avrebbe detto: io mi sono fatto un mazzo cosí! Ho procurato benessere, ricchezza, agi. Ho un futuro pianificato per lui, anche se fosse un deficiente.

Ma al giudice che vedeva riflesso nella lastra davanti a sé, con l'immagine che andava sbiadendosi nel chiarore minuto dopo minuto, non poteva mentire. E nemmeno avrebbe avuto senso, giacché era alla ricerca dell'errore. Avrebbe dovuto piuttosto apprezzare la critica spassionata e condividere le conclusioni. Era quello che faceva, quando durante le complesse fusioni o acquisizioni societarie lasciava cadere qualche parola qui e qualche altra là, orientando decisioni e atteggiamenti.

Chissà se sono ubriaco, si disse. Chissà se poi vale la pena, parlargli in queste condizioni.

Il limite vero, incredibile a dirsi, era l'imbarazzo. Non avendo mai cercato confidenza o amicizia, non avendo dialogo su questioni che non fossero l'ordinaria gestione delle cose, tratteneva l'impulso a rampognarlo. Non l'hai fatto per vent'anni, avrebbe potuto dirgli Ettore, e lo vieni a fare adesso? Cosa avrebbe risposto lui, magari con la voce impastata dall'insonnia e dal whisky? Da quale pulpito avrebbe chiesto conto al figlio della sua vita, di quello che faceva, di come lo faceva?

E con chi lo faceva?

Se arrivi a cinquantadue anni e hai vergogna di tuo figlio, se ti imbarazza parlargli, allora c'è un errore. Bello grosso.

L'immagine dalla vetrata, quasi indecifrabile nell'imminenza del primo raggio del sole nuovo, gli sorrise luciferina e gli domandò: sei sicuro che sia solo un problema di imbarazzo? Che sia solo il fatto di non aver mai parlato con lui da uomo a uomo, di non avergli mai chiesto niente delle donne, della droga, delle amicizie? Sei sicuro che non sia una banale paura di quello che potrebbe dirti? Prima che potesse rispondere, sentí il rumore della chiave nella porta. Capí che era troppo tardi per far finta di niente, per alzarsi di soppiatto e tornare a letto rimandando una volta di piú quell'incontro, in un'ora e in un luogo che non potevano essere casuali, che non potevano essere mascherati.

Ettore entrò, il passo incerto. Cosí simile a lui, cosí simile a com'era stato suo padre. Cosí simile a com'era da bambino, e lui lo guardava giocare a pallone nel campetto con un orgoglio che adesso, a distanza di dieci anni, non ricordava di aver provato mai piú.

Nell'ombra gli parve che avesse qualcosa in mano, ma doveva essersi sbagliato perché quando si alzò non aveva niente.

Ettore strizzò gli occhi e lo guardò sorpreso.

– Ma… papà? Sei tu? Che ci fai qua, a quest'ora?

– Ti aspettavo. Lo so, è tardi. O presto, dipende. Posso chiederti dove sei stato? Da dove vieni, alle cinque e tre quarti di un giorno feriale?

Il ragazzo ondeggiava e aveva le gambe un po' piegate. Emanava un odore acuto, sconosciuto.

– Davvero me lo stai chiedendo, papà? Davvero pensi che la cosa ti riguardi?

Il tono era divertito, piú che circospetto o adirato. L'uomo trasse un respiro.

– Sono tuo padre, mi pare. Fino a prova contraria abiti qui, e fuori della porta c'è il mio nome. Quindi sí, te lo sto chiedendo davvero.

Il ragazzo gli sorrise. Un sorriso spaventoso, perché vuoto. Non c'era divertimento, non c'era complicità. Tantomeno c'era affetto, o riconoscimento di un'autorità.

– Hai detto bene, papà. Fuori della porta. Perché qui dentro di te non c'è niente, proprio niente. Ci sono i soldi della famiglia di mamma, qui dentro: che infatti dorme, come vedi, e si fa i cazzi suoi. Ti consiglio di fare altrettanto, come del resto hai sempre fatto.

Si fronteggiarono, al di là del divano. Il giovane e il vecchio, imprigionati in una cortina di alcol e risentimento, in un tempo che non era né giorno né notte, nella consapevolezza nuova che quello che poteva essere stato adesso non c'era piú.

E non ci sarebbe mai piú stato.

Ettore si avviò verso la sua stanza. Non era in pieno equilibrio e urtò contro un tavolino, bestemmiando feroce.

L'invettiva fece trasalire l'uomo, mostrandogli un essere che non conosceva, che non aveva mai conosciuto.

Andò al bar a versarsi un altro whisky.

Il sole si affacciò dalla montagna.

Anna, l'autrice della trasmissione *Il canto della Sirena*, era una tipa concitata.

Arrivava concitata, parlava concitata, se ne andava concitata. Metteva un'ansia insopprimibile in chiunque avesse la disgrazia di esserne interlocutore.

Con sottile ironia, riferendosi all'aspetto fisico, la redazione la chiamava Topo Spennato, Tiesse per brevità e per non risultare comprensibili dalla stessa. Nancy & Victor, Trucco & Parrucco, la ritenevano inguardabile e vivevano nel terrore che chiedesse loro, come spesso tutti i dipendenti di TeleSirena facevano, di essere «messa in ordine». La ritenevano, in sintesi, una *mission impossible*.

Quando irruppe nell'ufficio di Susy sventolando un foglio pieno di grafici e numeri, era al colmo della concitazione.

– Oh, Susy, ma li hai visti i dati di ascolto della trasmissione? Li hai visti? Dimmi, dimmi, per caso li hai visti?

Mitragliava le parole a velocità inaudita. Susy aveva addirittura l'impressione che per ribadire, in maniera concitata, gli stessi concetti avesse appreso una tecnica che le consentiva di inspirare ed espirare parlando.

Già serafica di suo in quanto bionda, e quindi per definizione tendente all'angelico, quando si trovava con Anna diventava pacata piú di quanto non fosse. Sollevò pertanto il volto dal giornale, privandosi di leggere chi fosse il vero padre del figlio di una showgirl che viveva seminuda e con le labbra sporgenti di una decina di centimetri rispetto al naso, si tolse gli occhiali biondi e disse, piano:

– No, tesoro. Non li ho visti. Ma confido nel fatto che me ne parlerai tu, no?

Durante il tempo in cui la conduttrice era arrivata al termine della domanda, Anna aveva fatto un concitato balletto passando da un piede all'altro, quasi stesse attraversando un campo minato.

– Non puoi capire, una cosa incredibile! Guarda, guarda qui le curve, guarda, guardi? Stai vedendo? Insomma, più delle televisioni nazionali! Ma capisci questa cosa? Le-te-le-vi-sio-ni-na-zio-na-li!

Era un'altra delle fastidiose abitudini di Tiesse, quella di enfatizzare le informazioni con una inutile dimostrazione di conoscenza della divisione in sillabe. Susy sospirò.

– Ma davvero, che bello! Ne sono davvero felice, Top... Anna, e per me è importante condividere con...

La ragazza ricominciò a saltellare. Susy sospettò che dovesse fare pipí.

– No, no, no, Susy, non mi spiego, forse non mi sono spiegata, o non ci siamo capite: uno share maggiore delle nazionali! Mi sono spiegata, sí? Ti rendi conto? Ti-ren-di-con-to-di-quel-lo-che-suc-ce-de-a-des-so?

– No, cara. Cosa succede, adesso?

Il Topo fece un saltello in avanti, avvicinandosi pericolosamente allo spigolo della scrivania. Susy si ritrasse, spaventata.

– Succede che la curva degli ascolti, guarda, ha avuto un'impennata fortissima proprio qui, quando è andato in onda il filmato del bambino, guarda, lo vedi il picco, lo vedi, lo vedi il picco?

Susy provò a quantificare vie e tempi di fuga. Quella donna era pazza, e lei era bionda. Le vittime di omicidi sul lavoro, aveva letto in piú studi, erano per la maggior parte donne bionde.

– Anna, calmati, lo vedo il picco. Ti ho già detto che ne sono felice.

La ragazza scosse la testa in segno di diniego, continuando a saltellare. L'impressione era di una pellerossa, di nome Topo Spennato, impegnata in una qualche danza tribale.

– No, no, no, cazzo, no, Susy, non è questo il punto, proprio non lo è! Non lo capisci? Dobbiamo continuare, al di là dei dati non si parla d'altro! Teniamo la città in mano, teniamo.

Susy fece un'espressione di bionda perplessità.

– Mah, sei sicura? Non lo so, noi siamo una trasmissione varia, alterniamo momenti di inchiesta hard alla trattazione di argomenti piú leggeri. Stavo appunto leggendo del vero padre del figlio di Melén, sai, la showgirl della pubblicità di tutto l'intimo prodotto nel paese. Pensavo che potremmo invitarla, e…

Topo Spennato, secondo la propria zoologica natura, emise uno squittio disperato.

– Cheee? Sei pazza, dimmi? Non sei in te? Hai avuto un problema psicologico, hai una fobia o…

– Sí, sí, il concetto è chiaro, e no, non sono pazza. Dico solo che insistere su certi argomenti potrebbe dare l'impressione che il nostro programma…

La giovane piazzò il foglio con le curve dei dati sulla scrivania e vi picchiò sopra il palmo. Susy, che in quanto bionda non secerneva sostanze, si accorse con orrore che le mani di Tiesse lasciavano un alone, con ogni probabilità indelebile, sul piano in legno lucido.

– Questi, mia cara, non sono dati che si possono ignorare, sai? No, non-si-pos-so-no-i-gno-ra-re! Se per la prima volta questa piccola emittente regionale, non so se mi sono spiegata, re-gio-na-le, si prende un po' del basso Lazio e pure un po' di Puglia ma resta di carattere regionale, bisogna tenerne conto! Non si può certo pensare che cosí, si piglia questo dato e ci si pulisce il cu...

– Ascolta, Anna: non ho intenzione di snaturare il principio di fondo della mia... perché è la mia e vorrei te ne ricordassi... della mia trasmissione per inseguire un picco di ascolti peraltro basato su un bambino, che per inciso, secondo la legge, non avremmo potuto nemmeno mostrare in viso. Mi aspetto da un momento all'altro...

La concitata interlocutrice l'interruppe battendo la mano sulla scrivania. L'impronta, secondo Susy, avrebbe dovuto essere abrasa con la fiamma ossidrica.

– E no, cara Susy, su questo puoi stare tranquilla, abbiamo tutte le liberatorie necessarie, e comunque non sono problemi tuoi. I problemi tuoi, che poi sono nostri, è che questa impennata, que-sta-im-pen-na-ta, viene dopo una sequenza di puntate in cui si è registrato un certo calo, se lo vuoi sapere. Sai che quando hai ricevuto quei due scrittori e quel pittore, non mi ricordo come si chiamavano...

Susy protestò, con bionda indignazione.

– Guarda che sono i personaggi culturali piú rappresentativi della città, che...

– Sarà, non dico di no, anche se farei volentieri un sondaggio per sapere chi cazzo li ha mai sentiti nominare, ma vabbe', ormai è fatta. Però quella sera TvSpazio, nello stesso segmento, ospitando due chef che sono venuti alle mani, anzi, ai coltelli, sai quanto ha fatto? Lo sai? Dài, dài, dimmi quanto ha fatto. Il doppio, ha fatto! L'esatto doppio.

Susy scosse il capo, nella perfetta imitazione di un cigno altero che vuole liberarsi di un'anatra starnazzante che occupa la stessa porzione di lago.

– Io non ci sto a questa rincorsa al trash. Noi siamo eleganti, e se facciamo un'inchiesta è per migliorare la città.

L'altra saltellò, concitata.

– Proprio cosí! E la città la miglioriamo mettendo all'indice lo sconcio, il degrado, gli effetti della povertà dilagante. Ecco per quale motivo ci conviene battere questo ferro finché è caldissimo.

Susy era incerta, bionda e incerta. Allora il Topo calò l'asso.

– E per un'altra puntata la sezione pubblicità ci ha confermato richieste degli sponsor per il doppio delle inserzioni. Capisci, Susy? *Il canto della Sirena* avrà il-dop-pio-del-le-in-ser-zio-ni-pub-bli-ci-ta-rie!

La bionda guardò la concitata, e sorrise.

XVI.

L'operazione fu tutt'altro che banale, data l'esiguità delle risorse che avevano a disposizione. Serviva reperire sul web la trasmissione di TeleSirena del giorno precedente, quella oggetto della reprimenda della delegazione diplomatica del quartiere con annessa minaccia per la sopravvivenza del consultorio.

Per un qualsiasi sedicenne dotato di smartphone, la cosa avrebbe comportato venti secondi di impegno compresa la ricerca sul relativo motore, ma Mina e Domenico accoppiavano a una propensione digitale vicina allo zero la disponibilità di una linea che andava a intermittenza, con un computer che risaliva agli ultimi anni del Regno d'Italia.

Alla fine lo schermo disabituato ai filmati, e quindi poco propenso alla novità, divenne biondissimo con l'irruzione della Sirena in persona, alias Susy Rastelli.

Ora, sarebbe stato di enorme interesse per una squadra di psicoanalisti, mentalisti e interpreti del linguaggio non verbale porsi spalle al monitor e osservare le reazioni di Mina. Non era per Susy, verso la quale nutriva un sincero, partecipato cordoglio per doversi sorbire l'immensa noia erogata dall'ex marito, insieme a una sottile, umana antipatia essendo il tipo di donna opposto a lei, attenta all'abbigliamento, al trucco, con segreti ma palesi sconfinamenti nella chirurgia estetica e attenta a ogni mossa, espressione o parola: no, non era per lei.

Ma agli occhi della sua mente venne perfetto e realistico il sogno che aveva fatto quella notte, in cui a causa di Pippi Calzelunghe non aveva potuto interrompere l'approccio sessuale di Mimmo, del suo Mimmo, con quella specie di tigre bionda. Poco importava che nel sogno si chiamasse Viviana: era lei, e non c'era da dubitarne.

Quindi l'assistente sociale si trovava, in spregio della realtà, alla presenza del proprio uomo e della donna con cui lui l'aveva tradita. E nulla interessava se non era vero, se non era mai accaduto, se la Sirena non era lí in persona ma solo in video e se Susy nel sogno portava un improbabile costume da esploratrice sexy. Erano là tutti e due, dopo aver fatto sesso davanti a lei. Una mancanza di rispetto insopportabile.

L'inconsapevole fedifrago, il traditore suo malgrado, l'ignaro infedele aggravò la sua posizione esclamando sommesso:

– Ah, però non è male, lei.

Mina si girò piano verso di lui, chino alle sue spalle per guardare la trasmissione. Non gli fece niente, lo fissò soltanto. La squadra di psicoanalisti emise un felice brusio, rilevando dall'espressione di Mina la conferma della teoria che avevano elaborato in merito alla gelosia ossessivo-compulsiva con risvolti fobici e conseguenze lesionistiche da cui era con tutta evidenza affetta.

Domenico incrociò gli occhi della donna. Provò la sensazione del pangolino che, svoltato l'angolo, si ritrova di fronte un boa constrictor; gli passò davanti tutta la vita in una frazione di secondo.

Balbettò:

– Nel senso che si esprime benissimo, no? Cioè, voglio dire, mi sembra spigliata, a proprio agio, ti pare? No?

Mina parlò, e il tono evocò gli sconfinati ghiacciai antartici battuti dal vento.

– È la fidanzata del mio ex marito. La conosco.

La squadra di psicoanalisti e di interpreti del linguaggio non verbale spostò l'attenzione sul bel viso di Mimmo, rilevandone l'impressionante somiglianza col Brad Pitt di *Vento di passioni*; ciò perché si materializzò davanti a loro la rivoluzionaria teoria che la gelosia potesse essere contagiosa, e che l'infezione potesse avvenire mediante lo sguardo.

Gli occhi di Mimmo si fecero vacui. Le palpebre sbatterono piú volte, la fronte si corrugò e il viso si allontanò da quello di Mina. La mascella si serrò. Trasse un respiro e lo trattenne. I mentalisti presero furiosi appunti.

– Ah, non lo sapevo.

Il tono riportò alla mente le cime dolomitiche in una mattina di tramontana, a gennaio. Mimmo pensava che l'atteggiamento negativo e carico di risentimento della donna potesse significare solo una cosa: che era gelosa della bionda conduttrice bionda, perché le aveva tolto il marito. Di cui era di sicuro ancora innamorata, al quale pensava e che era tuttora nei suoi sogni. Non sapeva che la presenza onirica di Claudio per Mina non andava oltre un bagliore di lenti su un ramo di baobab. Mentre lui invece si sbottonava il camice sul torace nudo.

Fu cosí che i due litigarono senza sapere di averlo fatto, alzando un muro di sanguinoso livore basato su un sogno di cui uno dei due nemmeno conosceva l'esistenza. La squadra di psicoanalisti fece la ola.

A spizzichi e bocconi la trasmissione andò avanti. Domenico si era spostato all'indietro, sdegnato, privando la spalla di Mina del morbido contatto che le era cosí piaciuto fino a pochi istanti prima. La donna interpretò l'atteggiamento come un modo per meglio guardare la bionda, e incrementò l'istinto omicida.

Si arrivò al punto del filmato.

Osservarono in silenzio, e alla fine Mina ricollocò il cursore in modo da rivederlo senza che sembrasse una breakdance per le cadute della linea.

Domenico parve colpito, allineandosi all'ondata di sentimento popolare che la diretta aveva suscitato.

– Ma davvero qui può succedere una cosa del genere? Ma dov'è questo posto? Incredibile!

Mina taceva, le labbra serrate e gli occhi fissi sullo schermo. Era tutto orribile, ma c'era qualcosa di strano; sentiva come un campanello squillare al di sotto del dolore per ciò che aveva visto.

La Sirena, con biondissima indignazione, stava completando la sua tirata contro il disinteresse istituzionale, con tanto di richiamo allo spreco della spesa pubblica.

Mimmo disse, perdendo le attenuanti generiche:

– Be', ha proprio ragione se è cosí.

Mina avvertí montare una rabbia gelida, sufficiente ad alimentare un movimento terroristico per un decennio.

– Guarda che sta parlando di noi. Dello stipendio che non ci dànno, per essere precisi.

Lui fece mente locale.

– Ecco perché il quartiere ci guarda con odio, adesso. Pensano sia colpa nostra.

Mina andò verso il pesante schedario arrugginito che riempiva una parete.

– No, stai tranquillo: per questa gente non abbiamo nessun peso, né in positivo né in negativo. Facciamo parte del panorama, tutto qui: una visita medica per un certificato, un nulla osta, un timbro su un foglio. Siamo solo un ostacolo burocratico, che se si può scavalcare non esiste e se non si può scavalcare si deve accettare, come la pioggia. Noi facciamo del bene loro malgrado, questo devono comprendere. Altrimenti non si va da nessuna parte.

Parlava spulciando nello schedario, aprendo e chiudendo cassetti con un fastidioso cigolio metallico. Domenico disse alla schiena di lei:

– A parte il fatto che, per quanto mi riguarda, mi sembra che le signore vengano a farsi visitare sempre piú spesso anche acquisendo una nuova e auspicabile attenzione alle patologie ginecologiche, quindi escluderei questo pensiero. Io rilevo gratitudine per quello che facciamo. Quindi penso che il tuo cinismo sia deleterio, soprattutto a te stessa.

La squadra di psicoanalisti mormorò un deciso assenso e un paio di loro accennò un applauso. Mina aveva recuperato alcuni fascicoli dallo schedario, tornò alla scrivania con espressione concentrata.

– Ah, sí? Senti, lascia perdere le preoccupazioni per il mio stato d'animo che non solo non ti competono, ma che come tutti i maschi non sei in grado di comprendere. E fammi lavorare, per cortesia.

Si mise a scartabellare, escludendo di volta in volta gli incartamenti.

Domenico reagí piccato.

– Sempre acida e maleducata. Guarda che potresti anche essere non dico grata, ma almeno cosciente che se uno dice qualcosa su di te è anche perché gli interess…

Mina sollevò un documento, gli occhi luccicanti.

– Eccolo qua! Trovato! Lo sapevo che ce ne eravamo occupati, era assurdo che potesse sfuggirmi.

– Che cosa? Che hai trovato?

Mina gli sorrise, feroce. Suo malgrado, Domenico pensò che era bellissima.

– Ruocco Giuseppe. Nove anni, orfano, vive coi nonni paterni, che sono fruitori di una pensione sociale. Li conosco, curai io la perizia per l'affido, otto anni fa. E c'è pure l'indirizzo.

– Allora andiamo a vedere come sta la situazione. Almeno proviamo a capire.

Mina stava già muovendosi verso l'impermeabile.

– Sí, però abbiamo bisogno di qualche informazione. E
per questo è necessario ottenere l'attenzione di Rudy. Dobbiamo parlargli, e dobbiamo farlo presto.

Domenico consultò l'orologio.

– Manca mezz'ora alla fine del suo turno. Lo chiamo e gli
dico di salire qui prima di andarsene. Meglio non parlarci di
sotto, magari per non farsi vedere dalla gente del quartiere
ricomincia con quella manfrina del non avere contatti con
noi. Faccio prima una telefonata. A tra poco.

Mentre parlava si sbottonava il camice, procurando in
Mina un déjà-vu che le fece salire il sangue alla testa.

Gli psicoanalisti si salutarono soddisfatti, scambiandosi
strette di mano e numeri di telefono.

XVII

Il sovrintendente Capuano e l'agente Florio sorpassarono Gargiulo, in deferente attesa sulla soglia della porta aperta, ed entrarono nell'ufficio di De Carolis. Il carabiniere restò cristallizzato dall'orrore, poi, dopo una breve ma (sperò) significativa esitazione, si lanciò all'inseguimento, assumendo l'espressione raccapricciata di un maggiordomo inglese davanti alla violazione di un protocollo consolidato.

De Carolis non sollevò gli occhi dal computer, creando una tensione che il maresciallo sapeva essere proprio l'effetto che voleva ottenere.

Soltanto in Gargiulo, però. I due poliziotti interpretavano una porta aperta per quello che era: una porta aperta. Ragion per cui erano entrati, e se il magistrato era distratto forse era il caso di richiamarne l'attenzione. Si guardarono, giusto per non perdere l'abitudine, e dopo un cenno d'assenso del piú giovane, il piú anziano aprí la bocca per manifestare la propria esistenza.

Ora, tutto poteva permettere Gargiulo, tranne che qualcuno accedesse all'ufficio di De Carolis senza che fosse lui stesso ad annunciarlo. Disperato, tentò la vecchia carta del colpo di tosse; consapevole che non bastava il semplice schiarirsi la voce, sembrò Violetta nel terzo atto della *Traviata*.

Tutti sobbalzarono, preoccupati. De Carolis disse:

– Gargiulo, gliel'avevo detto che in ospedale bisogna stare attenti. Lei ha preso di sicuro un virus polmonare della peggiore specie, perché non si prende qualche giorno, che so, per salutare i suoi cari?

Il carabiniere, che aveva assunto un delizioso color arancione scuro, riuscí nell'impresa di asciugarsi la bocca con un fazzoletto, passare una mano fugace sul cavallo dei pantaloni e indicare i poliziotti.

– Grazie, dottore, solo un po' di raucedine, presenterò in famiglia. Sono qui i colleghi Capuano e Florio, venuti a relazionare in merito all'incarico loro conferito, cioè l'indagine sulla prossima defunta Avitabile Rosa di anni ottan...

– Lo so quale incarico è stato conferito ai suoi colleghi, Gargiulo, gliel'ho conferito io stesso, ricorda? E la signora Avitabile allo stato non è ancora defunta, per fortuna. Il che non ci esime dall'indagare, e dal farlo con urgenza e attenzione. Buongiorno, signori. Ditemi pure.

Gargiulo batté i tacchi, fece un passo indietro per lasciare la scena ai poliziotti e li ribatté, il che lo rese simile a un ballerino di flamenco. Florio lo fissò affascinato e si grattò dubbioso il pacco.

Capuano disse:

– Dotto', devo dire in premessa che avevate ragione, non so se per istinto o per ragionamento, ma avevate ragione, pur non essendo uno... di strada, come diciamo noi. Perciò, voglio dire, siete stato bravo. Complimenti.

Gargiulo emise un sibilo, come un bollitore per il tè. De Carolis reagí, atono.

– La ringrazio, sovrintendente. Valuterò se mettere la sua considerazione sui biglietti da visita che devo far stampare a breve, perché ho finito i vecchi. Come mai mi dice questo?

Capuano ghignò sotto gli enormi baffi macchiati da secoli di nicotina.

– Figuratevi, dotto', quando ci vuole ci vuole. L'ho detto perché abbiamo passato i Quartieri al pettine stretto, come si dice. Abbiamo sentito tutti i nostri informatori, e pure quelli dei colleghi; abbiamo parlato con la gente, coi commercianti, e anche con qualche delinquente... che ha però già scontato la pena. Ci siamo resi conto dell'importanza della questione, e vi posso assicurare che siamo stati molto, molto convincenti, eh, Florio?

Il collega ammiccò allusivo, quasi le parole di Capuano gli avessero sollecitato qualche ricordo.

– Uh, se siamo stati convincenti... Ma proprio convincenti assai, dotto'.

De Carolis assentí.

– Sí, il concetto mi è chiaro, e qualcosa mi dice che non mi convenga approfondire i metodi di dialogo che avete scelto. E insomma, siamo giunti a qualche conclusione?

Fu Capuano a rispondere.

– Dotto', qui viene il motivo dei complimenti che vi ho fatto prima: vi possiamo assicurare, e non ci sbagliamo, che non è stato nessuno.

Il silenzio attonito che seguí l'informazione criptica fu variamente interpretato. I poliziotti si scambiarono un tenero sorriso, tipico di una coppia che sta per convolare a nozze. De Carolis restò surgelato come un sofficino e Gargiulo avviò il movimento del battitacchi senza arrivare al compimento.

Alla fine De Carolis parlò. Aveva cominciato a muovere la gamba destra, su e giú, come fosse animata da una specie di elettricità. Gargiulo, che se ne accorse, rammentò che l'unica altra volta in cui gli aveva visto fare la stessa cosa era stata in occasione del maxiprocesso ai casalesi, quando si era convinto che uno dei sedici imputati non avrebbe avuto il terzo ergastolo.

– Capuano, glielo chiedo una volta sola prima di passare al concreto, e cioè prima di ordinare al maresciallo Gargiulo di procedere al vostro arresto in vista del successivo processo per direttissima causa indegnità. Le chiedo: in che cazzo di senso, non è stato nessuno? Non era una rapina? È stato un incidente? Una vendetta? Un delitto passionale? La signora aveva un amante, per caso?

Gargiulo intervenne, stridulo.

– Dottore, la signora Avitabile Rosa è vedova, quindi un'eventuale relazione sentimentale non avrebbe le caratteristiche dell'adulterio, a meno che l'uomo fosse sposato, il che però qualificherebbe la signora come amante, non il partner, che sarebbe invece un adultero.

L'attenzione degli altri tre si appuntò sul carabiniere. La gamba di De Carolis si bloccò, e prese a tremargli la sinistra. Questo non si era mai visto.

Un aiuto insperato arrivò proprio da Capuano.

– No, dotto', no, che sia stato uno scippo non ci sta nessun dubbio, ci mancherebbe, anzi. Il fatto è che certo, e sottolineo certo, i due tizi, il conducente della moto e quello che ha strappato la borsa alla signora, non sono abitanti dei Quartieri. E nemmeno della Sanità o della Vicaria. Ve lo posso garantire.

De Carolis metabolizzò l'informazione.

– E va bene, non erano appartenenti ai clan o scippatori in servizio permanente effettivo, magari i vostri informatori non li conoscono di persona, ma non vuol dire che...

Il sovrintendente lo interruppe.

– No, no, dotto', scusatemi, non mi avete capito o io non mi sono spiegato. Allora, funziona cosí: non ci può essere mai, dico mai, un fatto come questo senza che quelli lí, i grossi diciamo, non lo sanno. È impossibile. Là non è come nel settore pubblico, dove parlando con rispetto ci stanno piú buchi che nel formaggio svizzero. Là le cose funzionano benissimo, ci sta una sorveglianza stretta ventiquattr'ore su ventiquattro, non so se mi spiego. Se non è stato nessuno di loro, non è stato nessuno di loro. I vostri uomini non sono professionisti della zona.

De Carolis richiuse la bocca, lasciata aperta per disabitudine alle interruzioni. Poi domandò:

– Quindi, se ho capito bene perché come ha visto sono un po' tardo, non dobbiamo cercare in quell'ambito. Ma perché rapinatori di altre zone avrebbero dovuto arrivare fin lí?

Rispose Florio.

– Non è impossibile, dotto'. E c'è un'altra possibilità: che non sono professionisti. Che sono dilettanti allo sbaraglio, ragazzi che si divertono, o che hanno bisogno urgente di qualcosa di soldi. Ja', ma chi è che si mette piú a scippare le vecchiette con la pensione nella borsetta? Quello che pigliano vale comunque meno di un telefonino nella tasca di una guagliona per strada nei quartieri alti, e ci sta pure piú sfizio a metterle le mani addosso, non so se mi spiego, e di sicuro non ti muore per terra.

De Carolis chiese:

– E allora? Se è cosí, come ci si arriva a trovare chi è stato?

Capuano allargò le braccia.

– Dotto', che vi devo dire, dal quartiere non esce piú niente, lo abbiamo rivoltato come un calzino. E se i colpevoli sono due ragazzi che si dovevano solo comprare una dose, o che andavano cercando qualcosa di soldi, può essere stato chiunque. Abbiamo bisogno di un colpo di fortuna.

Florio concordò, grave.

– Sí. Qualcuno che viene fuori perché ha visto un dettaglio che ci mette sulla strada giusta.

De Carolis ponderava. A Gargiulo parve di sentire il ronzio delle rotelle che giravano. Alla fine disse:

– Mhhh…

XVIII.

La telefonata che Domenico doveva fare l'aveva già rinviata un centinaio di volte nell'ultimo mese e mezzo.

Doveva dire alla madre che il fidanzamento con Viviana era stato rotto. Cioè, che lui aveva rotto il fidanzamento con Viviana: se non sapeva essere sincero con sé stesso, come poteva sperare di esserlo con sua madre?

Non sarebbe stato facile. Giuliana Procacci in Gammardella era una donna volitiva e astuta. Domenico non ricordava una sola circostanza, dalle elementari a quando era andato via di casa prima per l'università e poi per la professione, in cui era riuscito a ingannarla. Aveva una maniera particolare di piegare di lato la testa, di stringere gli occhi, di fissarli nei suoi e dire: *davvero, Mimí?*, che lo fregava ogni volta.

Era l'unica a chiamarlo Mimí. L'unica a rimproverarlo. L'unica a vedere al di là delle apparenze. L'unica a farlo sentire un bambino di cinque anni.

Il papà di Domenico era un impiegato comunale dedito al lavoro, alla televisione e al cibo, e col quale i figli avevano la stessa confidenza che si poteva avere con un caro animale domestico: qualche saltuario grattino, un abbraccio ogni tanto e via cosí. Ma lei, Giuliana, era ben altra cosa. A lei non la si faceva. Durante l'adolescenza, Domenico aveva avuto l'impressione che la madre addirittura interpretasse le posture dei figli desumendone la condizione psicologica e l'eventuale omissione della frequentazione scolastica.

Era la cosa piú notevole che ricordava, insieme all'attitudine al lancio dello zoccolo che funzionava come un missile Scud a ricerca termica del bersaglio. Gli zoccoli di Giuliana svoltavano angoli, percorrevano curve, salivano scale e colpivano. Sempre.

Nell'ultimo periodo Domenico se l'era cavata con semplici telefonate, millantando la mancanza del computer lasciato in ufficio. Alla fine la madre aveva prescritto una videochiamata dal posto di lavoro finalizzata a un giudizio sulla corretta nutrizione del figlio, per guardarlo negli occhi e pesarne la condizione psicologica. Solo dalla faccia avrebbe capito come stava in realtà.

Mimmo era preoccupato. La madre aveva un forte legame con Viviana, sua fidanzata storica, frequentatrice abituale delle festività della famiglia Gammardella, durante le quali le due donne cucinavano quantitativi industriali di alimenti. Domenico aveva due fratelli, e Viviana era la figlia femmina che la madre aveva tanto desiderato e non era venuta. Gli domandava sempre di lei, pur consapevole che la ragazza era impegnata in missioni umanitarie in zone pericolose del globo.

La scelta era stata accettata dopo un lungo periodo di non condivisione: per Giuliana una donna innamorata doveva sposarsi e fare dei figli restando al fianco del proprio uomo, in buona sostanza per dominarlo e muoverlo come una marionetta, pensava Mimmo. Questo fatto di andarsene per il pianeta a guarire gente di altre razze le era sempre risultato incomprensibile e perverso, ma anche Viviana era una donna volitiva e risoluta, e non restava che rispettarne le decisioni. Tanto, diceva la madre, una volta salvato il mondo o capito che non poteva essere salvato, che ai fini di Mimmo era lo stesso, sarebbe tornata e avrebbe ripreso il suo posto.

Adesso stava a Domenico comunicare che lui, giusto lui, l'aveva lasciata. Certo aveva avuto il coraggio di farlo di persona, non con un vile messaggino come pure aveva piú volte pianificato; certo, aveva dovuto ubriacarsi con l'Aglianico del Taburno, un nettare prezioso che ti dava la temerarietà che non avevi; e soprattutto la reazione di Viviana gli era parsa di netto sollievo, a meno che non avesse scelto, e ciò era da lei, di fargli sembrare che fosse cosí per non farlo sentire in colpa. Un medico è un medico, e pensa sempre al benessere altrui anche a discapito del proprio.

Insomma, era venuto il momento. Non poteva differire oltre. Peraltro si avvicinava l'estate, e la madre si sarebbe aspettata per prima cosa la visita della ragazza. Non vederla sarebbe stato un dolore troppo grande.

Mentre faceva partire la chiamata, Mimmo si domandò perché poi l'avesse lasciata, Viviana. Si conoscevano da sempre, avevano un progetto, c'era questo meraviglioso rapporto con la madre mentre il mondo era pieno di suocere e nuore pronte a scannarsi. Era una ragazza straordinaria, una medica straordinaria, aveva una sensibilità civile straordinaria. Ed era anche bellissima, ai tempi dell'università camminare con lei era un continuo veder donne che tiravano gomitate e calci negli stinchi ai propri compagni.

E allora, perché l'aveva lasciata?

Alla sua mente si propose l'immagine di Mina. Inutile mentire a sé stessi, rifletté. Lo hai fatto perché ti sei innamorato di Mina. Ecco perché l'hai lasciata. Non riuscivi piú a vivere nella menzogna.

C'era però il seccante particolare che Mina non solo non sembrava affatto coinvolta nei suoi riguardi, ma anzi, non perdeva occasione di maltrattarlo. Non era uno di quegli uomini dotati di vena masochistica, che amano essere presi a ceffoni. Lui amava la tenerezza, la dolcezza, la passione;

ed era convinto che in fondo, molto in fondo per la verità, Mina fosse capace di grandi slanci. Doveva solo farla sciogliere. Ammesso e non concesso che non fosse ancora innamorata dell'ex marito, come con ogni probabilità Viviana era ancora innamorata di lui e lo sarebbe stata per sempre. L'idea gli inoculò una punta di acuta sofferenza che non si spiegò. La squadra di psicoanalisti, ormai liquidata, gli avrebbe spiegato che si trattava di semplice gelosia, sentimento fino ad allora sconosciuto a Domenico. Avrebbe dovuto approfondire come si poneva Mina nei confronti dell'uomo che non era piú suo marito, avrebbe dovuto scoprire se l'aveva lasciata lui e per quale motivo, se era per la bionda che lei odiava, anche se non riusciva a capire come si potesse preferire quella specie di insulso manichino a una donna meravigliosa come l'assistente sociale.

Lo schermo si illuminò e comparve il bel viso di Giuliana. Nessuno dei due lo sapeva, ma era identica alla madre di Brad Pitt.

– Uè, Mimí, e finalmente ti vedo! Come stai? Aspe', fatti guardare. Mettiti di profilo... adesso dall'altra parte... Ma stai mangiando, sí? Guarda che occhiaie, ma che fai, non mangi? Non è che ti sei messo a bere o a fumare, eh? Non è che stai frequentando brutta gente?

– No, ma', che vai a pensare, sei pazza? No! Sto lavorando molto, sapessi quante persone vengono qua a farsi visitare, pare che non l'hanno mai visto un ginecologo. Tu come stai? Pa'?

La donna lo scrutava, le labbra serrate. Non aveva ancora piegato la testa di lato, per fortuna; ma Mimmo sapeva che sarebbe successo a breve. Sudò.

– Bene, tutti bene. Tuo fratello Alfonso continua a giocare a calcetto il giovedí e a farsi male, se facevi l'ortopedico invece che il ginecologo lavoravi soltanto per la famiglia. Per il resto a posto, tuo padre ieri addirittura ha parlato, pensa, ha chiesto che ci stava per cena. Per poco non chiamavo la polizia, mi credevo che c'era un estraneo in casa. La leggenda su quanto il padre fosse taciturno aveva i contorni dell'epica. Mimmo produsse un risolino sghembo, e fu allora che Giuliana piegò la testa.

– Adesso, per favore, mi dici che hai, Mimí. Perché io lo so che c'è qualcosa.

Domenico trattenne il fiato. Era arrivato il momento.

– Ma', senti, io... cioè, Viviana... in pratica io e Viviana, siccome sta lontana da tempo e... Però niente di irreparabile, si tratta di un momento di riflessione, perché... E io le voglio bene, intendiamoci, ma bene tanto, tu lo sai, ma', e lo so che pure tu gliene vuoi, chi lo può negare, ma... Succede che a stare lontani si fanno delle cose che magari ci appartengono poco, cioè, sembra che non ci appartengano, e invece...

Trasse un respiro profondo. Il viso della madre era inespressivo al pari di quello di una sfinge. Per un attimo, Domenico si chiese se non fosse saltata la linea e quindi lui stesse annaspando di fronte a un fermo immagine.

Poi Giuliana parlò.

– Ti ha detto di Bryan, allora. Le avevo consigliato di non farlo, ché ti avrebbe dato un dolore inutile, poteva aspettare di dirtelo di presenza. Mannaggia alla capa sua, è cosí testarda.

Domenico sbatté le palpebre.

– Bryan? E chi è... Il suo collega, dici? Quello palestrato? No, no, ma', sono solo amici, qualche volta si fanno compagnia dormendo nella stessa tenda, ma non c'è niente, figurati. Sono io che l'ho lasciata. E non ti devi dispiacere, ma', perché stiamo tutti bene e perché...

Il viso nello schermo si trasfigurò dal sollievo.

– Che bello, Mimí, che l'hai presa cosí. Non ti so dire quale peso mi togli dal cuore, stavo cosí in pensiero! Viviana è una brava ragazza, ma non è adatta a te, ci siamo scansati un fosso profondissimo.

Mimmo continuò a sbattere le palpebre.

– Cioè, non sei dispiaciuta, ma'? Io credevo che avresti sofferto!

La donna rise.

– Ho stappato una bottiglia di quelle vecchie che tuo padre nasconde nel ripostiglio, quando me l'ha detto! Hai fatto terno, figlio mio. Adesso puoi cercare una ragazza adatta a te, che ti ami, che ti tratti con tenerezza, senza mai prendersela e senza strapazzarti, perché se ti devo dire la verità, a me come ti rispondeva Viviana a volte non piaceva. Per me una donna dev'essere dolce e gentile col proprio uomo, perché...

Domenico guardò l'orologio.

– Scusami, ma', devo andare, ho una... una visita domiciliare. Ci sentiamo domani. Stai tranquilla, io sto bene. Ok?

La madre annuí, infastidita di non aver potuto concludere la tirata.

– Va bene, Mimí, vai. E non ci pensare piú a Viviana, sta bene dove sta. Ricordati solo: cercatene una dolce. Ciao.

Una dolce, pensò Mimmo fissando lo schermo ormai vuoto.

Come no.

XIX

Claudio De Carolis pensava che la cravatta fosse un abito mentale.

Quell'innocua – almeno in apparenza – striscia di stoffa di varie lunghezza e larghezza, sobria o sgargiante, multicolore o uniforme, a strisce o a pallini si indossava nella testa: e non era necessariamente un indumento maschile. Anzi. La cravatta, ragionava Claudio che per lavoro la portava da quando aveva poco piú di vent'anni, era un inutile, formale orpello. Non serviva a niente, se non a comunicare al mondo l'adesione piú o meno condizionata a un conformismo consolidato e riconoscibile. Una maniera di essere, e quindi di comportarsi.

La considerazione affiorò alla sua coscienza durante la cena, mentre ascoltava Susy raccontare gli eventi epocali che avevano attraversato la di lei giornata. Il pilota automatico che regolava cenni di assenso, mugolii di approvazione e smorfie di riprovazione era stato già attivato, il che gli consentiva di lasciare che la mente andasse libera dietro i fatti suoi. E d'altronde Susy, come quasi tutte le donne che aveva incontrato, aveva solo bisogno di una sponda, come una palla da biliardo in corsa. Un monosillabo contro il quale poter rimbalzare, seguendo la traiettoria che aveva predeterminato.

La cravatta, sí. Susy per esempio la cravatta non la toglieva mai.

La cena ne era un plastico esempio. Uno avrebbe voluto tornare a casa, strapparsi i vestiti di dosso, mettersi una tuta e spiaggiarsi su un divano, telecomando in mano e una partita di calcio purchessia, anche un campionato olandese andava bene. Sarebbe stato un valido modo di raccogliere idee e pensieri, di ridurre a sistema le sensazioni. Uno fa il magistrato, cazzarola, pensava Claudio. Raccogliere le idee è fondamentale.

Invece per Susy la cena in casa doveva testimoniare che le occasioni pubbliche non erano affatto piú importanti dell'unico incontro che una coppia aveva a fine giornata. E quindi pretendeva, subdola e crudele, e cioè senza dirlo apertamente ma minacciando un sottile risentimento che avrebbe potuto durare per sempre, che la cena fosse un atto formale.

Per cui si vestiva di tutto punto, attivava la cameriera cingalese con tanto di crestina e grembiulino, accendeva due candele, sistemava calici a gambo lungo per il vino e prendeva posizione, truccata e parruccata quasi stesse per andare in onda. Dal punto di vista di Claudio, insomma, non toglieva la cravatta. Ci era nata, Susy, con la cravatta.

Si collegò per un istante, rilevando che Susy stava parlando ancora dell'argomento del giorno: la necessità di ulteriori puntate sul bambino protagonista del degrado dei Quartieri Spagnoli.

– Capisci, amore? Da un lato si stravolge il principio stesso della trasmissione, che è la variazione dei toni, l'alternanza degli argomenti, e io su questo ho insistito, è il tratto che ho voluto dare, perché lo sai che io sono cosí, solare, variabile, divertente e profonda allo stesso tempo, non ho ragione a insistere?

Claudio cadde nella trappola.

– Sí, certo, tesoro, hai ragione. Hai proprio ragione.

Come un falco, Susy si avventò sulla preda.

– Eh, ma neanche loro hanno torto, perché dicono: noi ci manteniamo con gli sponsor, sono loro che ci pagano, e se rilevano un'impennata degli ascolti allora perché non cavalcare l'onda? In fondo, che sarà mai se per due o tre puntate reggiamo il gioco e parliamo del bambino?

Con un presagio di pericolo, il magistrato commentò.

– Be', sí, capisco anche queste motivazioni, sono una televisione commerciale e quindi...

La donna assunse un'aria ferita e offesa.

– Ecco, ne ero certa. Dunque pure tu sei convinto, come del resto tutte le persone che pretendono di essere concrete e realistiche, che il dio denaro debba avere il sopravvento sulla coerenza artistica, sui principî morali e sul discorso generale che si porta avanti tra mille difficoltà.

Simile a una volpe ormai circondata dai cani nello Yorkshire settentrionale, Claudio tentò un accordo.

– No, no, amore, non voglio dire questo, per carità, sei comunque tu a costruire la trasmissione, e d'altra parte non potrebbero fare a meno di te, no?

Susy gli rivolse lo stesso sguardo che Didone deve aver riservato a Enea, ritrovandoselo di fronte nell'Ade. Chiamò la cameriera.

– Tilaka, servi pure il dolce, grazie. Speriamo giovi.

Claudio sospettava che la cingalese ritenesse entrambi due cretini, per quella pantomima serale. Ma siccome la pagavano, si metteva in costume e recitava il suo ruolo lí a Downton Abbey.

– Susy, nessuno piú di me apprezza il tuo valore, credimi. Dicevo solo che la storia del bambino mi sembra interessante, in effetti, ne parlavano anche oggi alcuni colleghi in procura, si chiedevano se non ci fosse qualche fattispecie di reato, se non si dovesse aprire un fascicolo. E parlavano proprio di te.

Un sopracciglio della donna si sollevò di una frazione di millimetro. Colpita, si complimentò Claudio tra sé.

– Davvero? Addirittura lo hai sentito?

– Certo che sí. È un'inchiesta importante, un successo giornalistico.

Il magistrato sapeva dove andare a parare: pur avendo fondato la carriera sull'aspetto e sull'essere bionda, utilizzando l'estetica a piene mani per scalare posizioni a danno di legioni di colleghe e colleghi magari piú bravi ma di certo meno gradevoli a vedersi, Susy si riteneva anzitutto una bravissima giornalista. E nonostante passasse circa il quadruplo del tempo fra palestra, estetista, truccatore, parrucchiera e boutique rispetto a quanto stazionasse davanti al computer, combatteva con tutte le forze contro il fatto che la gente rimanesse sorpresa quando scopriva che era alfabetizzata.

– Io del resto ho la striscia mattutina, quella della lettura dei giornali. Lí il pubblico mi segue perché ho qualcosa da dire, sia nei commenti sia nelle notizie che fornisco. Sono una giornalista vera, io.

La volpe colse lo spiraglio e ci si infilò, involandosi verso la brughiera.

– Ah, ma non c'è dubbio! Anzi, a questo proposito, volevo dartelo io un argomento intrigante. Che però deve restare riservato per quanto riguarda la fonte. Qualcosa che può essere complementare al *Canto della Sirena*, però spostando l'ottica del problema.

Gli occhi della donna, al di là delle candele e al di sopra del cristallo che luccicando la rendeva ancora piú bionda, si strinsero per l'interesse. Il cane da caccia aveva fiutato un'altra pista, e la volpe era in salvo.

– Davvero? E sarebbe?

Claudio ingollò un profiterole intero, masticò con soddisfazione, si pulí la bocca.

– Nella trasmissione serale parlate di un bambino, giusto? Be', perché nella striscia mattutina non parli di un'anziana? Pensaci, in qualche modo chiuderesti il cerchio. E potresti aiutarci in un'indagine che è piuttosto complicata e vive una fase di stallo.

La bionda disse, e sembrò il verso di una tigre appostata:

– Racconta, dài.

Claudio descrisse la storia della signora Avitabile Rosa di anni ottantadue, infiorettandola di bisogno e solitudine, di tristezza e sofferenza, insistendo sul suo lavoro di insegnante elementare e sul fatto che versava in gravi condizioni in un letto d'ospedale. Le fiamme morenti delle candele luccicavano insieme alle lacrime nei biondi occhi di Susy. Anche Claudio, quando ci si metteva, era in grado di commuovere: si divertiva sempre a farlo, appena gli capitava l'occasione.

– E insomma, se riuscissimo a trovare un testimone, qualcuno che ha visto un dettaglio dello scippo, saremmo in grado di dare giustizia a questa poveretta. Ci pensi? Potresti fornire un contributo importante, avresti un ruolo civile. Il vero giornalismo produttivo.

Il cane da caccia sorrise alla volpe.

Claudio pensò che perlomeno quella notte non ci sarebbero state cravatte fra loro.

XX.

A volte la Signora smette di parlare e canta.
La cosa è notevole e strana.

Notevole, perché sembra che non cessi di raccontare: cioè, sembra che la canzone, non proprio cantata ma canticchiata, anzi, mugolata, a fior di labbra e a bocca chiusa, in qualche assurda maniera faccia parte della storia. Che la integri e la completi, come una colonna sonora, come una contestualizzazione. Capisco che se provassi a narrare io la stessa storia, senza quel canto sommesso sarebbe tutta diversa; magari coinvolgente, ma diversa.

E poi strana, anzitutto perché la voce della Signora – che è vecchia, cosí vecchia da rendere impossibile indovinare quanti anni abbia, e nemmeno le si crederebbe se li dichiarasse – è quella di una ragazza: ferma e delicata, priva di tremore o esitazione. E anche la canzone in sé è strana, stranissima. Non la conosco, ne sono certo, non l'ho mai sentita. Eppure la riconosco, quasi avesse in sé tutti i suoni e le melodie di questa terra, quasi fosse fatta dei pezzi di ogni canzone che abbiamo cantato o sentito cantare; o forse sono le nostre canzoni a nascere da questa che la Signora canta senza voce, come fosse la madre di tutte le melodie.

La Signora si ferma dal cantare e dallo sbucciare patate con un unico ricciolo continuo, bucce di là e patate di qua, e riflette. Poi dice: perché alla fine, giovino', devi capire che le storie a un certo punto si mettono a rotolare. Chi le racconta è come *il personaggio di quella storia, sai, che spinge un masso pesantissimo su per la montagna, e fa uno sforzo incredibile, e ogni momento pensa: ecco, adesso cado e il masso mi frana addosso e mi uccide. E dopo arriva in cima e lo lascia andare, e il masso rotola e rotola lungo il pendio fino al fondo della valle.*

Le storie fanno cosí, e sembra faticoso raccontare piccoli antefatti e singole situazioni, e questo fa questo e quello fa quello, sembra che tutto sia immobile e che niente possa cambiare.

Poi però i pezzi della storia si incontrano e ogni cosa si mette ad andare piú veloce. Prendi la cena del magistrato, come si chiama?... Sí, Claudio, mi dimentico sempre. Lui perché ha detto alla fidanzata Susy della povera signora che sta in ospedale? E perché, perché. Perché si era sentito spalle al muro nella conversazione, perché Susy, che chiamano la Sirena, non dimentichiamocelo, si stava arrabbiando, perché anziché darle ragione in un modo gliela dava in quello sbagliato, noi donne siamo cosí e andiamo prese per il verso giusto.

Invece, dicendole della signora in ospedale, ha creato una connessione. Le vite delle persone, giovino', e quindi le storie, sono fatte di connessioni. È come se questo quartiere, con tutta questa gente, e la città con tutta questa gente e il mondo intero con tutta la gente che c'è fossero un unico, immenso arcipelago di isole che però sono disancorate, si possono muovere, senza ponti, alla deriva, e ogni tanto due vengono a contatto e qualcuno si sposta da un'isola all'altra. Ti piace, questa immagine? Bella, eh? Me la devo ricordare. Gira e volta, sempre al mare andiamo a finire.

E quindi si è formata una nuova, insospettabile connessione, perché mai, in nessun caso, la Sirena sarebbe venuta a sapere di quella disgrazia. E adesso che lo sa, ne vuole parlare e ne parlerà, nella trasmissione della mattina. E dirà in diretta, alla gente che sta facendo colazione o lavandosi i denti, o guardandosi disperata allo specchio perché la giacca non si chiude piú, che in questa città nemmeno si può andare a ritirare la pensione, ma che schifo, guardate quella povera maestra elementare come è stata ridotta da un delinquente scippatore.

E dirà, la bionda conduttrice, che se esiste un minimo di cuore, se c'è ancora qualcuno che vuole potersi guardare allo specchio per vedere se è ingrassato, deve passarsi una mano sulla coscienza e se ha visto qualcosa lo deve andare a dire alla polizia, o ai carabinieri, o alla procura della Repubblica.

E magari – dico magari perché non lo posso sapere, per il semplice motivo che a questo punto della storia non è ancora successo – qualcuno c'è. E magari la voce bionda della Sirena, che pare quella della coscienza o di un angelo vendicatore, raggiunge questo qualcuno proprio mentre sta uscendo di casa per andare a fare un mestiere che non gli piace, che gli ha tolto ideali, fantasia e sogni.

I sogni, giovino', sono importanti. Spesso uno nemmeno se li ricorda, e lasciano un alone come una macchia che non si toglie del tutto, un retrogusto di buono o di cattivo umore, dipende. Altre volte uno se li ricorda fin troppo bene, vedi la signora bella col pigiama brutto che ancora non riesce a perdonare a quel poveretto di essersi avvicinato alla bionda, che poi non era nemmeno lei ma l'ex fidanzata di lui. I sogni sono importanti.

Come a seguire il concetto, la Signora si rimette a cantare la canzone di tutte le canzoni, e sbuccia un'altra patata. Poi si riscuote, quasi venendo fuori da un sogno o forse entrandoci, e dice: e quindi, appena domani mattina la voce della Sirena bucherà il televisore proprio mentre quel famoso qualcuno starà uscendo di casa, lo raggiungerà in quella parte del cuore dove abitano insieme, stretti dal crudo realismo eppure resistenti, i sogni e la coscienza. Che si metteranno a fare baccano, lo so, sono vecchia e sono rimasta solo io a dire baccano, ma è quello che faranno i sogni e la coscienza. E diranno a muso duro a quel qualcuno: senti, noi lo sappiamo che tu sei quello che sa qualcosa, perché guardando e riguardando le fotografie che hai fatto sotto la pioggia per documentare la relazione tra il tizio col riporto e la signorina col bel sedere, be', senza volere hai fotografato pure altro.

E quel qualcuno dirà ai sogni e alla coscienza: no, non è vero. Ma pure se fosse vero, e intendiamoci, non l'ho ammesso, come farei a dirlo senza mettere nei guai l'agenzia di zio Giacomo e senza rivelare il motivo per cui mi trovavo là, e anche i fatti privati del tizio col riporto e della signorina col bel sedere?

E sarà allora che i sogni e la coscienza, che sono subdoli e vigliacchi, credimi, giovino', diranno a quel qualcuno: ma ti ricordi chi eri prima di diventare uno spione di corna, sí? Sei sicuro di voler essere questo? Perché sai che ti diciamo, noi? Che se ti tieni per te questa cosa, e fai morire quella povera vecchia che per inciso è tale e quale a tua nonna che ti raccontava favole e perdeva ore per farti mangiare un piatto di pastina in brodo, se la fai morire noi ce ne andiamo. Sí, proprio cosí: perderai i sogni e pure la coscienza. Certo, potrai rimanere per sempre quello che sei adesso, uno spione di corna; e starai pure meglio senza di noi, perché ci rendiamo conto che siamo di ostacolo alla tua serenità.

Ma senza di noi non potrai tornare indietro. Non sarai mai piú chi volevi essere, dovrai rinunciare a essere te stesso. Senza contare che, e te lo diciamo per dimostrarti che non siamo autolesionisti, potrai sempre subordinare quell'informazione al rispetto di una assoluta riservatezza. In fondo mica sei tu, il criminale.

Lo vedi che significa una connessione, giovino'? Lo vedi quanto è casuale, come è impossibile da prevedere? Mo' se la bionda non stava nervosa e non voleva litigare, se il magistrato non pensava fammi cambiare discorso altrimenti qua finiamo a mille e una notte, non si sarebbe mai scoperto chi aveva ridotto la signora in quella maniera.

Ma siamo sicuri che sia la cosa migliore? Magari in questa storia sarebbe meglio se non si scoprisse chi è stato. Magari la scoperta può avere conseguenze terribili. Magari questa scoperta, o anche questo sospetto, tira dentro la storia gente che mai ci sarebbe entrata, i cosiddetti innocenti che subiscono conseguenze di ciò che non hanno fatto, chi lo può sapere.

Quello che posso dirti io, giovino', è che stanotte ci stanno tanti sogni in giro: ma a fare piú tenerezza a me che ti sto raccontando una storia che è composta di tante storie, è proprio quello che fa la signora che lotta con la morte nel suo letto a pochi metri da qui, in ospedale,

Perché sta sognando di tenere in braccio il suo bambino, lo stesso che adesso è diventato un uomo pratico e concreto, cosí concreto da essere impegnato nel lavoro e non poter prendere un aereo per dare un bacio in fronte alla sua mamma.

Nel sogno la signora sta raccontando al bambino una storia, che è pure una bella storia. Proprio bella, per stare in un sogno.

Adesso però stiamo raccontando questa, e non ci possiamo distrarre. Quindi andiamo avanti.

Ma invece di parlare, la Signora si rimette a cantare a bocca chiusa. Ed è cosí bella, la sua canzone, che decido di aspettare con pazienza che finisca.

Tanto la notte è dolce. Dolcissima.

XXI.

Trapanese Giovanni detto Rudy, di professione satiro e per hobby portiere dello stabile del consultorio, scivolò all'interno senza spostare la porta, passando dallo spiraglio. Teneva ancora in mano la scopa civetta, brandendo la quale aveva evitato di parlare con Mina sbavando, come gli succedeva d'abitudine.

Aveva l'aria circospetta, e anche un po' incazzata. La prima espressione gli era piú o meno consueta, se non quando provava ad affascinare donne sviluppando a latere un interessante strabismo di Apollo, che decrementava il già assai ridotto livello estetico di almeno un quinto; la seconda era invece rara e ridicola in un uomo alto meno di un metro e sessanta che calzava scarpe 37 e giacche di taglia 42.

Impettito, guadagnò il centro dell'ufficio di Mina, dove era arrivato anche Domenico.

– Ci tengo a dire che sono qua a mio rischio e pericolo, ché se mi vede la gente del quartiere perdo in un minuto tutta la popolarità che ho guadagnato a fatica in decenni di...

Mina lo interruppe, stizzita.

– Trapane', non diciamo sciocchezze. Noi con questa follia di trasmissione non c'entriamo proprio niente, e lei che ci vede lavorare ogni giorno lo sa meglio di chiunque. Quindi, per favore, niente paternali, almeno qui dentro.

– Dottore', che c'entra, lo so benissimo che voi non avete niente a che fare con questa storia. Ma che cambia? In questo momento tutta la città, anzi, tutta la regione sta dicendo: ma che schifo, guarda che brutte cose che succedono in quel quartiere, ma che vergogna, eccetera. Ma voi vi credete sul serio che quello che è vero o quello che non lo è conta qualcosa?

Domenico protestò.

– Ma nemmeno è giusto correre dietro a queste chiacchiere, maledizione! Noi ci facciamo un mazzo cosí per portare un po' di benessere alle persone in difficoltà, e all'improvviso ci troviamo sul banco degli imputati, che dico, condannati senza processo, proprio da chi ci dovrebbe difendere. Non è giusto.

Rudy sbuffò.

– Sentite, io non sto sui social perché non ci vedo bene e gli occhiali mi fanno perdere il fascino, anche se mi dicono che si acchiappano un sacco di belle femmine con questo strumento; ma Gigino, il garzone del salumiere di fronte, mi ha letto qualcosa. Stanno scrivendo tutti l'ira di dio perché si tratta di un bambino, e quando ci stanno i bambini di mezzo, non…

Mina l'interruppe di nuovo.

– Ecco, appunto: un bambino. Lei, Trapanese, ha capito chi è?

– E come? Con quell'inquadratura fissa, che non lo faceva vedere bene in faccia? E nemmeno sono riuscito a indovinare il posto, ha qualcosa di familiare ma non so dire dov'è.

– E non le pare strano? Lei è nato qui, conosce tutti ed è stato dovunque. Non identifica il bambino e nemmeno il cortile, eppure una discarica come quella dovrebbe essere un bubbone, dovrebbe puzzare, pullulare di topi, cani e gatti. Qui i palazzi sono uno a ridosso dell'altro, per carità, il quartiere non brilla per pulizia e decoro urbano, ma un posto cosí non crede che lei lo individuerebbe?

Mimmo fissò Mina, ammirato e sorpreso.

– Lo sai che non ci avevo pensato? In effetti, non era nemmeno un'area piccola. Almeno non pareva, nel filmato.

Rudy fece spallucce.

– Dottore', il quartiere è grande e ci sono posti dove uno che ci è nato potrebbe non essere mai passato. Voi camminate per i vicoli e vedete i portoni, molti sono chiusi, e non avete idea di quello che ci può essere dietro. Io ho visto giardini meravigliosi, archi e scale che non si credono; come ci stanno queste cose, ci possono stare quelle.

Mina convenne.

– Sí, certo. Ma non le sembra strano che una troupe televisiva scopra un posto del genere, cosí nascosto, arrivi con le telecamere e i microfoni, piazzi tutto e nessuno li veda?

Di nuovo il portinaio rispose scettico, ma si capiva che il seme del dubbio aveva attecchito.

– Qua si girano documentari dalla mattina alla sera, dottore'. Ci stanno piú registi che fruttivendoli, nei vicoli nostri. Magari non ci hanno fatto caso.

L'assistente sociale non si diede per vinta.

– Parliamo del bambino, per favore. Lei è sicuro di non sapere chi è?

– No, dottore', e siccome non ho riconosciuto nemmeno il cortile, ho pensato che fosse proprio ai margini del quartiere e che quindi non ci ero mai entrato in contatto. E cosí dev'essere, perché da stamattina non si chiacchiera d'altro e nessuno, nemmeno Carmela la sarta, che parlando con rispetto conosce le corna di tutti, pure di quelli che ancora le devono ricevere ma se lo dice lei le riceveranno di sicuro, ha idea di chi possa essere.

Mina si alzò, prese la cartella che aveva estratto dallo schedario e la porse a Rudy.

– Legga qua, Trapanese. Legga, legga.

L'uomo allontanò il documento, ma il braccio non era lungo abbastanza da consentirgli un'agevole lettura.

– Dottore', ve l'ho detto, gli occhiali mi deturpano. Abbiate pazienza, ditemi voi.

Mina lo guardò disgustata e lesse.

– Ruocco Giuseppe, detto appunto Geppino, nato in città e proprio in questo quartiere il 7 gennaio 2012. Orfano di madre, padre emigrato in Germania, vive coi nonni, che sono...

Rudy era rimasto a bocca spalancata. Era il ritratto dell'incredulità.

– Il nipote di Maria la tabaccaia, ma siete impazzita, dottore'? Non scherzate, li conosco benissimo, non sono affatto gente di quel tipo, per carità, sono poveri, il marito di Maria, don Pasquale, è pure invalido, ma prendono la pensione, e il bambino va regolarmente a scuola! Non è possibile, non possono essere loro, stanno a poca distanza da qua e non ci sta nessuna discarica, ve lo posso garantire!

Domenico intervenne.

– Rudy, calma. Non possiamo esserne sicuri, le immagini non sono chiarissime come hai notato tu, e non possiamo dire niente per ora. Ma tu capisci che se dovesse essere come dice Mina, e lei è una che non si sbaglia su queste cose...

Nell'intento di ammansire il portinaio, Mimmo si era fatto cosí conciliante da passare con naturalezza al tu.

Lungi dal superare il rapporto sessuale fedifrago al quale aveva assistito in sogno, Mina chiese piccata:

– Perché, scusa, Gammardella, su quali cose invece mi sbaglio?

Lungi dal superare il tono ferito e di rimpianto con cui Mina si era riferita alla bionda conduttrice come alla fidanzata dell'ex marito, Mimmo disse piccato:

– Moltissime. Ma non su fatti di lavoro, si deve dire.

Rudy, che pareva uno spettatore del Foro Italico alla se-
mifinale degli Internazionali di tennis, disse grave:

– Non può essere, dottore'. Perché se fosse cosí sarebbe
fatto tutto ad arte, e per organizzare una cosa del genere
ci vuole tempo. E poi, perché mettersi questa vergogna in
faccia? Io non ci posso credere, abbiate pazienza.

Mina addolcí il tono.

– Trapanese, la gente fa cose strane per tanti motivi. Io
non lo so perché i signori Ruocco hanno accettato di fare
questa cosa, ma sono sicura che il bambino è quello. Io mi
ricordo di tutti quelli che assisto, e le posso giurare che per
ognuno porto una ferita nel cuore. Il bambino, quando il
padre è stato arrestato per traffico di stupefacenti, perché
questo è il motivo della sua assenza e non l'emigrazione come concordammo di far sapere, doveva andare in una casa
famiglia. Fui io a spingere perché fosse adottato dai nonni,
anche se allora il signor Ruocco non era invalido. Abbiamo
mancato nel monitoraggio, è vero. E abbiamo sbagliato.

Rudy passò dalla meraviglia alla rabbia.

– Se hanno finto, hanno messo il quartiere in una brutta
situazione. È una cosa brutta, e la devono pagare.

Domenico provò di nuovo a placarlo.

– Non diciamo fesserie, Rudy. Questo non è un tribunale,
e nemmeno siamo sicuri di come sia successo e perché. Prima dobbiamo andare a vedere, e ci serve il tuo aiuto. Fino
a quando non sapremo con esattezza tutto, nessuno dovrà
sapere niente. Evitiamo condanne sommarie, per cortesia.

Lo disse lanciando un'occhiata in cagnesco a Mina, che
ricambiò.

XXII

Successe l'incredibile: Gargiulo galoppò all'interno della stanza di De Carolis, senza fermarsi sulla soglia in religiosa attesa.

Il magistrato, che stava compilando sull'agenda una lista di adempimenti, restò basito con la penna a mezz'aria e fissò il carabiniere da dietro le lenti, simile a uno zoologo che si ritrova di fronte un cavallo a due teste.

Il maresciallo fu colpito dallo sguardo mentre stava per completare un passo, e raggelato restò nella posizione, un piede in avanti e uno indietro, le braccia aperte per tenere l'equilibrio. Sembrò che i due stessero giocando a un, due, tre, stella.

Gargiulo fu il primo a riaversi, rendendosi conto in ritardo dell'accaduto. Riportò al suolo il piede sollevato, batté i tacchi e fece un balzo ricollocandosi sulla porta, come una moviola che fa andare una scena a ritroso. De Carolis, ancora una volta, si domandò se le scelte universitarie fatte all'epoca fossero state quelle giuste.

Fece un vago cenno con la mano affinché Gargiulo entrasse, e il militare balzò di nuovo in avanti.

– Dottore, c'è una novità in merito all'indagine sulla rapina con lesioni ad Avitabile Rosa, di anni ottantadue, attualmente degente presso...

– Allora, Gargiu', arriviamo a un accordo. Ci stiamo forse occupando di altri casi? Ci sono, che so, terroristi islamici in azione sul territorio, o un pluriomicida latitante, o una tratta di prostitute minorenni provenienti dall'Albania? Gargiulo fece mente locale, poi batté i tacchi.

– Nossignore, dottore.

– E quindi, possiamo riferirci alla rapina ai danni della signora Avitabile eccetera di anni eccetera attualmente eccetera come allo «scippo»? Cosí, per convenzione. Una specie di abbreviazione per andare dritti al punto. Che dice, ce la possiamo fare, sí?

Incerto e preoccupato, come uno che sta concludendo un affare di cui non riesce a valutare la convenienza, il carabiniere batté i tacchi. De Carolis sospirò.

– Andiamo avanti. Che novità ci sono sullo scippo?

Il maresciallo prese fiato.

– Alla nostra stazione di Borgo Loreto si è presentato un giovane, ha detto di essere in possesso di informazioni utili sulla rap… sullo scippo nei confronti di Avitabile Rosa, di anni ottantadue, attualmente degente presso l'osp…

Gargiulo si interruppe perché il magistrato si era tolto gli occhiali e aveva portato le mani sul viso, quasi stesse per scoppiare in lacrime. Nel dubbio, batté i tacchi. De Carolis apprezzò il silenzio e decise di essere indulgente: non avrebbe disposto l'immediato trasferimento del militare a Macomer.

– E questo giovane, dov'è adesso?

Come nella migliore tradizione dei programmi televisivi a sorpresa, Gargiulo accennò al mondo al di là della porta.

– Qua, dottore. Posso farlo passare, se crede. A meno che non abbia impegni piú rilevanti, perché in effetti non ha preso un appuntamento. Cioè, non poteva prenderlo perché non sapeva chi fosse il magistrato incaricato dell'indagine, è un'informazione che i colleghi di Borgo Loreto non sapevano dare, per cui hanno chiamato qui e noi abbiamo chiesto di tradurlo subito. Resta però che non ha un appun-

tamento, e siccome non ha commesso reati e non è in stato
di fermo, mi chiedevo se vada trattato come un visitatore,
e in tal caso dovrebbe allora prendere un appuntamento,
oppure come un convocato da noi, cosa che nemmeno è, e
dunque non sapevo come...

De Carolis recedette dal proposito di non disporre il trasferimento, ma amava molto la Sardegna e non ritenne di
colpirla cosí duramente. Puntò la penna verso Gargiulo, e
qualcosa nella sua espressione convinse il carabiniere che
l'oggetto potesse esplodere un colpo. Il maresciallo batté i
tacchi e si diede alla fuga.

Rientrò un attimo dopo, assieme a un giovane con capelli ricci e lenti spesse, in lieve sovrappeso e dall'espressione diffidente. De Carolis gli fece cenno di avvicinarsi e gli
chiese chi fosse.

Il ragazzo si schiarí la voce.

– Giorgio. Mi chiamo Giorgio, dottore. Il cognome, mi
scuserà, non avrei intenzione di dirlo.

– Mi dica, *Giorgio*, – e il nome sembrò gravido di disgusto, – lei pensa davvero di poter venire in questo palazzo,
accompagnato da un carabiniere, riferire su un reato gravissimo e andar via senza dire il suo cognome?

Il giovane resse lo sguardo.

– Dottore, sono qui di mia volontà. L'elemento in mio
possesso è di mia esclusiva proprietà, e che possa concernere
un reato è solo una mia idea che potrebbe non rispondere a
verità. Se volete prenderne visione, dovrete farlo senza che
io sia coinvolto, quindi il mio cognome è un'informazione
che non intendo dare.

Il magistrato si fece conciliante.

– Gargiulo, provveda subito al fermo del signore, ipotesi
di reato: reticenza aggravata e resistenza a pubblico ufficiale,
con occultamento di prove di ulteriore reato. Proceda pure

alla schedatura, con tanto di impronte digitali e fotografie, lo traduca alla casa circondariale e ce lo lasci. Tra una decina di giorni andremo a sentirlo. Buona giornata.

Il ragazzo sbiancò e parve sul punto di stramazzare al suolo. Poi, alzò le mani come per arrendersi.

– Luciani, Luciani Giorgio, di anni venticinque, residente in corso Umberto I numero 72, terzo piano, interno C! E sono a disposizione, dottore, ma la prego, nessuno deve sapere che sono stato qui! Mia madre mi ammazza!

De Carolis considerò la questione.

– E perché sua madre dovrebbe ammazzarla, signor Luciani?

– Dottore, io sono un ingegnere ma non ho trovato ancora lavoro, quindi l'unico impiego è presso l'agenzia di investigazioni del fratello di mia madre. La fot... l'informazione in mio possesso è casuale, ottenuta nel corso di... dell'attività per mio zio. Se si venisse a sapere sarebbe una grave violazione, mio zio passerebbe un guaio e mi caccerebbe, e mia madre mi ucciderebbe. Senza dubbio.

Gargiulo lo calmò, paterno.

– Ma no, ma no, è difficile che una madre uccida il figlio per la violazione di una normativa interna a un'azienda, glielo garantisco. Sono situazioni particolari, che avvengono in caso di esaurimenti nervosi, assunzione di stupefacenti o elevate quantità di alcol. Sua madre fa per caso uso di stupefacenti?

Il ragazzo fissò il carabiniere, perplesso. De Carolis intervenne.

– Non dia retta, Luciani. Il maresciallo Gargiulo è tanto una brava persona, ma a volte ha un difetto di collegamento fra le sinapsi. Mi dica invece quando e come ha assunto l'informazione, e soprattutto perché la ritiene utile alla nostra indagine.

Giorgio si asciugò la fronte con la mano. Ci fosse stato un campionato di disagio, sarebbe andato perlomeno ai quarti di finale.

– Ero alla fermata di via Toledo, attorno alla mezza, perché... c'è il marito di una cliente che, insomma, forse si doveva vedere con una signorina, cosí aveva detto la cliente. L'incarico era documentare l'incontro. Lo so che è una cosa che fa schifo, e magari è anche illegale, ma io ho una laurea specialistica col massimo dei voti eppure non trovo lavoro, che dovevo fare? Potevo mai restare a casa a vivere sulle spalle di mia madre, che...

De Carolis sospirò. Ma perché nessuno riusciva a mantenere la rotta in un discorso, soggetto, predicato e complemento? Non gli sembrava una faccenda complicata.

– La prego, Luciani, vada avanti. Non mi costringa a ritornare sull'idea del fermo per reticenza.

– Mi deve credere, dottore, ero cosí concentrato sui due tizi che non avevo capito niente di quello che stava succedendo a poche decine di metri, in quella zona è un caos, e poi pioveva, non vedevo l'ora di andarmene perché non avevo l'ombrello. Me ne sono accorto dopo, quando ho scaricato le foto nel computer. È incredibile, a pensarci, cosa può succedere in questa città a poca distanza, e uno nemmeno se ne accorge.

De Carolis attendeva. Solo la mano con la penna si muoveva, ruotando l'oggetto tra le dita, dal pollice al mignolo, dal mignolo al pollice. Il valore simbolico di qualcosa che gli girava non sfuggí al ragazzo, che accelerò l'esposizione concettuale.

– E comunque, in una delle fotografie compare questo... questo particolare. La fotocamera del cellulare, che usiamo nelle occasioni in cui siamo in pubblico e l'utilizzo di una macchina fotografica sarebbe troppo evidente, non è certo una Reflex, ma la qualità è ottima. Soprattutto di questi ultimi modelli.

Gargiulo confermò.

– È vero, dottore, con mia moglie a volte fotografiamo il cane e certe immagini meriterebbero di essere stamp...

De Carolis fermò la penna e ruotò la testa. Il carabiniere chiuse la bocca con uno scatto.

Giorgio tirò fuori dalla tasca un piccolo oggetto e lo appoggiò con delicatezza sulla scrivania di De Carolis.

– E insomma, dottore, in questa chiavetta c'è la fotografia che le dicevo. È in alta risoluzione, quindi si vede bene. Resterò a disposizione, ma davvero non so né potrei dirvi altro; mi fareste solo passare un guaio, e vincerebbe la parte di me che non ci voleva venire e mi ha fatto tacere fino a oggi. Quindi, se non mi cercherete piú, ve ne sarò grato.

De Carolis prese la chiavetta.

– Va bene. Le prometto che se non sarà necessario, e non credo che lo sarà, questo resterà il nostro unico incontro. Gargiulo prenderà in via riservata i suoi estremi e farà la fotocopia del suo documento. Un'ultima cosa, Luciani, una curiosità: come mai ha deciso di venire?

Il ragazzo arrossí.

– Dottore, io adoro Susy Rastelli, la Sirena. Sentirle dire stamattina di essere triste perché nessuno aveva a cuore la giustizia per quella povera signora che a seguito dello scippo forse morirà, mi ha fatto sentire un verme. E io posso essere un disgraziato, uno spione di corna e uno che per restare in questa città si adatta a fare un mestiere che non è il suo, ma non voglio essere un verme. Tutto qui.

Se ne andò, seguito da un giulivo Gargiulo.

XXIII

Non era poi lungo, il tragitto dal consultorio al vicolo dove stava la famiglia Ruocco; ma fu comunque penoso per Mina, Domenico e Rudy.

Il portiere aveva chiesto di poter camminare avanti, simile a uno sherpa impettito e disinvolto, a testimoniare che nulla aveva a che fare con chi aveva deturpato l'immagine del quartiere di fronte al mondo; ma fu inutile, perché, come annunciati da una fanfara, l'assistente sociale e il dottore percorrevano vie deserte, e se qualcuno c'era, voltava la faccia dall'altra parte.

Mina sibilò:

– Ci vuole coraggio, a comportarsi cosí. Davanti a me poi, che conosco le rogne di tutti. Ladri, spacciatori, uomini che praticano ogni tipo di violenza e donne che le subiscono in silenzio, e adesso guarda che spocchia e che superbia. Incredibile.

Un po' per sincera convinzione e molto per lo sfizio di contraddirla, Domenico scrollò le spalle.

– Boh... forse invece non è male che abbiano un senso di appartenenza e di orgoglio per il quartiere. È un buon sentimento, secondo me.

Il posto dove stavano i Ruocco era un basso, uno dei locali terranei creati per fare da bottega o da deposito negli antichi stabili, e da secoli divenuti abitazioni per quello che una volta era il proletariato. Mina diede un'occhiata a destra e una a sinistra: la stradina conduceva alla via principale, ma aveva dei dissuasori che impedivano l'accesso ai mezzi, perfino agli scooter. Era isolata a sufficienza per consentire l'entrata di un paio di operatori con telecamere a spalla senza che nessuno li vedesse arrivare.

Mina fece cenno ai due uomini e si affacciò al portone, di fianco all'abitazione. Attraverso un arco si accedeva a un cortile, sul quale davano dei finestroni incrostati di polvere.

Rudy spiegò, sottovoce:

– Il palazzo è stato sgomberato per il terremoto, poi l'hanno consolidato ed è diventato un'altra volta agibile, ma le famiglie non sono tornate perché se no perdevano le case popolari che gli avevano assegnato. Come tanti edifici qua attorno andrebbe ristrutturato, ma nessuno ha i soldi.

Mina si addentrò. Il cortile era trascurato, ma non sembrava una discarica come nel filmato. Solo in un angolo c'era un certo quantitativo di rifiuti: cartacce, contenitori in plastica, giornali. Niente di organico, e infatti c'era odore di muffa e di umido, ma non di decomposizione.

Domenico raccolse alcuni quotidiani.

– Le date sono tutte recenti. Non è roba vecchia, al massimo di un mese fa.

Rudy aveva un atteggiamento strano: guardingo, ferito ma attento. Quasi combattesse fra due ipotesi in contrasto, entrambe credibili.

– Che vuol dire, magari dopo la trasmissione per la vergogna hanno tolto l'immondizia peggiore e quella che ci sta adesso è nuova. Io poi ancora non ci posso credere che il bambino è il nipote di Maria, mi chiedo come avete fatto, dottore', a riconoscerlo da quelle immagini.

Mina lo fissò, dura.

– Trapane', lei non vuole vedere. Questo è il punto. Preferisce credere che sia tutto vero, che sia colpa di qualcuno con cui prendersela, invece di ragionare su cosa ci sia sotto. Andiamo dai Ruocco, e cerchiamo di capire.

Dovettero bussare un paio di volte prima che si affacciasse dallo spiraglio il viso bello ed espressivo di un bambino dagli occhi neri.

– A chi cercate?

Mina gli sorrise.

– Ciao! Tu sei Geppino, vero? Io mi chiamo Mina, volevo parlare con la nonna, se c'è.

Il bambino annuí e richiuse la porta. Che si riaprí qualche secondo dopo, mostrando l'occhio austero e arcigno di una donna anziana.

– Non ci serve niente!

La vecchia fu lí per richiudere, ma si fermò perché Rudy si fece avanti.

– Mari', buonasera, sono Trapanese, vi ricordate di me? Il figlio di 'Ntunettella 'a lavannara, eravate amiche da ragazze.

L'occhio non si addolcí, ma lo spiraglio si allargò.

– E che volete da noi?

– Volevamo chiedervi una cosa, Mari'. Possiamo entrare?

L'occhio esitò, poi l'uscio si aprí. I tre avanzarono, ma dovettero subito fermarsi perché la donna era arretrata solo di un metro.

Si trovarono in uno stanzone piuttosto ampio, con due porte chiuse. Di fronte all'ingresso, una specie di feritoia dava aria all'ambiente.

Era un'abitazione povera, ma manteneva un certo decoro. Tutto era pulito e ordinato: un tavolo con quattro sedie, una credenza, un divano molto liso in corrispondenza delle sedute e un monumentale televisore a tubo catodico addossato alla parete. Su quella opposta c'era un letto sul quale un uomo anziano dormiva a bocca spalancata, russando profondamente. Mina registrò che sul tavolo c'erano due testi scolastici aperti e un quaderno, e che due delle sedie erano disposte sullo stesso lato del tavolo. Il bambino stava facendo i compiti, e la nonna lo stava aiutando.

Un quadro incompatibile con una situazione di degrado tale da lasciar immaginare che il piccolo dovesse litigarsi il cibo con un cane.

Mina si rivolse alla donna.

– Signora, non so se si ricorda di me, ci siamo già incontrate. Sono una delle assistenti sociali che si occupò della pratica di affidamento del bambino a voi, a seguito della... della sopravvenuta assenza del padre e della morte della madre. Mi chiamo Settembre, si ricorda?

La donna la squadrò dalla testa ai piedi. Aveva i capelli candidi raccolti a crocchia dietro la testa e un vestito nero, consumato ma pulito.

– E perché siete venuta, signori'? Il bambino sta bene, va a scuola e riceve tutte le cure che deve ricevere. Qualcuno si è lamentato?

– No, no, niente del genere, e questa non è una visita ufficiale. Noi vorremmo...

L'anziana si irrigidí.

– E se non è una visita ufficiale, perché siete qua, scusate? Non vi ho invitato io, mi pare. Quindi se mi dite che volete, presto presto, perché il bambino deve finire i compiti e poi dobbiamo cenare.

Domenico cercò di alleggerire la tensione.

– Buonasera, signora, non mi sono presentato, mi chiamo Gammardella e sono un medico. Come sta vostro marito? Vedo una serie di medicinali sul comodino, se posso essere utile...

Il bambino ridacchiò:

– Eh, quello il nonno sta sempre cosí, il dottore ce l'ha già. Viene due volte alla settimana e...

La nonna gli mise una mano sulla spalla e lui tacque all'istante.

– Grazie, dotto', non abbiamo bisogno. Mio marito è invalido da molto tempo, ma come potete vedere è ben assistito e le medicine da prendere ce le ha. Scusatemi, ma non ve lo vorrei chiedere un'altra volta: che volete, da noi?

Mina trasse un respiro.

– Mi dispiace disturbarvi, ma abbiamo ragione di credere che ci sia stato un equivoco che vi coinvolge.

– Che equivoco, signori'?

Mina era in difficoltà, ma non intendeva arretrare.

– Non so se avete avuto modo di sapere che c'è stata una trasmissione televisiva, ieri sera. Si chiama *Il canto della Sirena*, la presenta una pseudogiornalista che si chiama Susy Rastelli, finge di fare indagini sociali...

L'anziana subí una metamorfosi, e passò da diffidente ad aggressiva. Anche il bambino si spaventò.

– Signori', noi la televisione non la vediamo e non ci interessa. Come vi ho detto, qua non siete gradita, né voi né gli amici vostri. Vi chiedo di uscire subito e di non tornare piú, altrimenti quant'è vero Iddio chiamo la polizia. È chiaro?

Il breve discorso, pronunciato a voce bassa, colse alla sprovvista Mina che pure si aspettava di dover convincere la donna a collaborare.

– Ma noi non vogliamo farle niente di male, signora, vogliamo solo...

La donna aveva estratto dalla tasca del vestito un vecchio cellulare e aveva inforcato gli occhiali che teneva al collo.

Domenico prese Mina per un braccio.

– Stia tranquilla, signora, ce ne andiamo. Buonasera.

E trascinò via Mina. Rudy era già a metà del vicolo, e non accennava a rallentare.

XXIV.

Gargiulo introdusse gli ospiti con la grazia di un maestro di cerimonie, ma l'effetto fu quello della maschera di una sala cinematografica: sia perché i posti erano assegnati, sia perché la stanza era illuminata dalle lampade nonostante fosse giorno, perché le tapparelle erano abbassate.

Erano presenti Capuano e Florio, la coppia di comici dell'antirapina, per l'occasione accompagnati dalla loro superiore, l'ispettrice Danise, una donna rossiccia, massiccia e forse alticcia, perché emanava odore di superalcolici e aveva anche l'occhio vacuo. Indossava quella che doveva essere la divisa della sua squadra, pantaloni in finta pelle e giubbotto dello stesso materiale.

Gargiulo provò nei suoi confronti un'immotivata attrazione. Da sempre subiva il fascino delle donne di potere, e piú erano autoritarie, informali e sbrigative piú gli piacevano. Nei secoli fedele anche alla moglie, non sviluppava mai queste tendenze: ma nel segreto del proprio cuore sapeva che quel modo di masticare la gomma a bocca spalancata, quel sedersi a cosce aperte e quelle manone callose incrociate sul torace avrebbero popolato i suoi sogni.

Era presente anche il vicequestore Parisi, dirigente del commissariato di Montesanto, competente per zona, un ometto sottile dalle movenze di un ballerino, impegnato a guardarsi attorno quasi temesse che qualcuno potesse approfittare della sua virtú col favore dell'ombra.

De Carolis prese la parola. Era in piedi con una bacchetta in mano, come un professore universitario, davanti a uno schermo montato su un cavalletto.

– Dunque, signori: come sapete, l'argomento della nostra conversazione è la rapina subita dalla signora Avitabile Rosa. Vi avviso subito che le sue condizioni sono gravi e stazionarie, il che non è una bella notizia, mi dicono i medici che l'hanno in cura, perché data l'età non sosterrà a lungo questa situazione. Le indagini finora, a quanto mi risulta, non hanno fornito particolari elementi che ci consentano di...

L'ispettrice Danise si dondolò sulla sedia, che gemette, poi disse con voce arrochita dal fumo e dal ruolo:

– Dotto', non è vero che non abbiamo elementi. I miei hanno lavorato parecchio sulla questione, e siamo arrivati a capire che non c'è un legame diretto coi soliti canali della criminalità organizzata e con la delinquenza abituale. Pure questo è un elemento, mi pare.

Gargiulo, che non si mosse di un centimetro dalla posizione di suppellettile nella quale si era collocato, pensò che mai gli era stato dato di vedere tanta competenza, tanta consapevolezza, tanta sicurezza in un elemento della polizia di Stato. Si chiese altresí se quella leggiadra fanciulla sapesse con chi aveva a che fare.

De Carolis fissò inespressivo l'ispettrice.

– Un elemento che però, ne converrà, non ci mette sulla strada del reperimento del colpevole. Rimangono fuori del novero a occhio e croce tre milioni di persone, ipotizzando la sola città metropolitana.

Parisi parlò dal suo cantuccio, rivelando una voce sottile da roditore in trappola.

– E però, dottore, come dice la collega, una volta esclusi gli ambienti in cui si possono reperire i sospettati, diventa difficile effettuare ulteriori indagini. E poi, mi scusi, ma si tratta di uno scippo.

– E quindi?

Il ballerino si strinse nelle spalle.

– E quindi, lo sa quanti reati del genere avvengono ogni giorno, dalle parti nostre, dotto'? Anche molto piú gravi, se è per questo. Se ci dovessimo mettere con molti uomini a indagare su ogni scippo, con le risorse che abbiamo e soprattutto con quelle che non abbiamo, diventerebbe impossibile presidiare...

Con gesto lento, De Carolis depose la bacchetta. Gargiulo comprese che la sorte dell'ometto era segnata.

– Non credo di averla convocata qui, Parisi, né di aver convocato i signori dell'antirapina, per stabilire le priorità del nostro lavoro di indagine. Che vogliamo fare, fissare un limite minimo? Che so, una strage? Quattro vittime, cinque? Nel frattempo, lasciamo che l'immagine della città sia quella di una specie di Far West, cosí non avremo piú turisti, d'accordo? E ci sarà ancora meno lavoro, che ne dice? E ancora piú giovani troveranno piú redditizio lo scippo o lo spaccio rispetto alla scuola alberghiera, sí? Perché non si propone per la politica, Parisi? Non farà differenza un senatore incapace in piú, mentre un poliziotto incapace in piú può fare molto danno.

Seguí un silenzio intenso quanto il rosso delle orecchie del vicequestore. L'ispettrice Danise ruttò in segno di approvazione. L'unico suono nella stanza era prodotto dalla mano di Florio, che si grattava il cavallo dei pantaloni in finta pelle.

De Carolis riprese la bacchetta.

– A volte, come sapete, si verificano dei colpi di fortuna. Una trasmissione televisiva che commenta una notizia, un post sui social, una radio che approfondisce un argomento.

E qualcuno che ha qualcosa da dire, viene da noi e la dice. O la fa vedere.

Fece un cenno a Gargiulo, che spense le lampade e attivò un proiettore. Sullo schermo comparve la coppia fotografata da Giorgio mentre discuteva sotto la pioggia.

La sedia di Danise gemette, e Gargiulo, al pensiero di quel considerevole deretano abituato a cavalcare motociclette di grossa cilindrata, sentí sussultare il basso ventre.

De Carolis disse:

– Cosa vedete in questa immagine?

Fu Capuano a parlare, incerto.

– Una con un bel culo?

Florio confermò, notarile.

– In effetti è proprio un bel culo. Non ce l'abbiamo una di faccia? Perché non so se ci avete fatto caso, ma una con un bel culo di rado ha un bel seno.

Capuano lo fissò, offeso.

– Oh, Florio, ma che dici? Perché, per fare un esempio, Sisina di Monteoliveto non ha quello e quello?

– Ma quella è rifatta, che c'entra! Parla piuttosto di Miriam, la nigeriana di San Nicola da Tolentino, quella sí che ha tutt'e due! Mi ricordo che una volta...

Gargiulo teneva la mano sul calcio della rivoltella, pronto ad aprire il fuoco al cenno di De Carolis. Parisi taceva, offeso, gli occhi sullo schermo. Fu Danise a sciogliere l'impasse, rivolgendosi ai due sottoposti.

– Imbecilli, scusate se interrompo il vostro dialogo da ottusi, è troppo chiedere un attimo di attenzione prima che vi faccia fare dodici piani a calci? Il dottore qua crede, forse in maniera erronea, che voi due avete un corredo normale di cromosomi. Non vi fate riconoscere.

Gargiulo si domandò se fosse reperibile nello schedario il numero di cellulare dell'ispettrice. De Carolis, invece, come

fosse possibile una qualsiasi lotta al crimine con quelle risorse. Danise disse, con un tono che bene avrebbe figurato
nell'interpretazione di don Basilio nel *Barbiere di Siviglia*:
    – Siccome non penso che vi riferiate al tizio col riporto
che supplica la zoccola in primo piano, dotto', state parlando di quello che si vede dietro: è cosí?
    De Carolis acquisí fiducia nel futuro, e Gargiulo capí di
essere innamorato.
    – Esatto, ispettrice. E adesso chiederei al maresciallo Gar-
giulo di mostrare la seconda immagine, che è l'ingrandimento
del particolare. Preciso che la cosa è consentita dall'ottima
risoluzione della fotografia, e anche dal fatto che la povera
signora Avitabile, facendo resistenza, ha fermato il movimento che quindi non è venuto sfocato.
    Gargiulo, puntuale e con innato senso del drammatico,
attese l'ultima sillaba prima di proiettare sullo schermo la
seconda diapositiva. Si vedeva con chiarezza il braccio destro della povera anziana, mentre il resto della figura risul-
tava coperto dal tizio col riporto calato per la pioggia. Si
vedeva la borsa, in orizzontale perché già ghermita dallo
scippatore. E, soprattutto, si vedeva l'avambraccio sinistro
del rapinatore, muscoloso e lucido d'acqua.
    Ci fu un attimo di silenzio, l'attenzione di tutti venne ca-
lamitata dall'immagine e quella di Gargiulo dalla mandibola
quadrata dell'ispettrice Danise, che ricordava un fumetto
di supereroi degli anni Sessanta.
    Fu proprio lei a esclamare con somma delicatezza:
    – Porcocazzo, porco.
    De Carolis annuí:
    – Proprio cosí. Quindi, come vedete, adesso un elemen-
to ce l'abbiamo. Eccome, se ce l'abbiamo.
    Nell'ansia di mostrare solerzia per riguadagnare punteg-
gio, Parise disse in falsetto:

– Chi ha prodotto questa fotografia, dottore? Potremmo torchiare il testimone, cercando di capire se sa altro. A volte si tratta di vendette fra gruppi, e si potrebbe...
De Carolis tagliò corto.
– No, no. La foto è arrivata in forma anonima, e per la privacy non può essere divulgata per intero. Quello che ci serve però, e che ci basta anche, è la seconda immagine. Ora, io vorrei che faceste delle copie e che non ci fosse posto di polizia, stazione dei carabinieri, bar o ritrovo in cui non si sappia che stiamo cercando una persona che ha questa cosa sull'avambraccio sinistro. Non possono essere in tanti, credo. No?
Tutti spostarono di nuovo l'attenzione sullo schermo, dove sul braccio dello scippatore si stagliava un elaborato tatuaggio raffigurante una sirena sorridente.
Danise ruggí.
– No, dotto'. Non possono essere tanti.

XXV.

L'uomo fece un cenno col capo alla ragazza. Lei non se
ne accorse. L'uomo sospirò, e si abbassò le lenti da sole blu
che avevano impedito di percepire all'esterno i molti oc-
chiolini che si era sforzato di esibire, tanto da riprodurre
un tic nervoso.

Non che fosse comunque facile catturare l'attenzione della giovane, impegnatissima nel suo lavoro e saltellante da
un punto all'altro del set come una cavalletta nella stagione
degli amori. Ammesso e non concesso, pensò l'uomo, che le
cavallette avessero una stagione degli amori; e se non ce l'a-
vevano, voleva dire che facevano davvero una vita di merda.

I pensieri zoologici erano una costante nella sua mente.
Era stato un regista di documentari, e solo il cielo sapeva
quanto tempo aveva passato sdraiato nel fango e divorato
dalle zanzare in attesa che due coccodrilli decidessero di ac-
coppiarsi, o di divorarsi, o entrambe le cose purché, porca
miseria, si dessero una mossa, e in fretta.

Adesso però lo scenario era cambiato, anche se in fondo
sempre di comportamenti animali si trattava. Adesso si occupava di sociale, di degrado e di denuncia. Adesso doveva
cambiare il mondo e ottenere soldi dagli sponsor, meglio se
le due cose insieme, e l'ordine non era rilevante.

Provò di nuovo ad accalappiare lo sguardo della ragazza.
Non voleva chiamarla davanti a tutti, era rischioso, specie
in prospettiva: aveva visto saltare teste per assai meno. Pe-

raltro, la convenienza reciproca creava una stabilità di rapporto superiore a ogni altra relazione, perfino al sesso che le condizioni della sua prostata rendevano ormai un nebbioso, piacevole ricordo.

Funzionava cosí: la sua agenzia, privata e indipendente, che come da sito informativo si avvaleva di professionalità avanzate e strumentazioni all'avanguardia, produceva programmi concordando con il proprietario dell'emittente una labile e malleabile linea ideologica. Per un imprenditore del Nord Italia nostalgico repubblichino aveva dovuto attraversare piú paludi di quando si occupava di alligatori, recuperando reduci che non avevano mai parlato una lingua comprensibile: era stata una fatica del diavolo, ma alla fine l'imprenditore e i suoi diciotto spettatori filonazisti erano risultati cosí contenti che erano state distribuite scarpe gratis a tutti.

Insomma, l'editore dava un'indicazione e l'agenzia creava il programma. Autori, scenografi, interpreti, colonna sonora... Stavolta, poi, la faccenda era stata improntata alla franchezza e all'onestà, perché l'editore – un trucido con una gomena d'oro al collo e il torace avvizzito lasciato nudo da una tamarra camicia a strisce aperta fin quasi all'ombelico – teneva una linea basata su un solo principio: la riscossione del maggior importo possibile dalla pubblicità. Che poi ciò avvenisse mediante programmi di avanzato livello produttivo o attraverso furti con destrezza, a quel laido non interessava.

Una breve ma intensa analisi di mercato aveva portato a ottimizzare le due principali risorse: una carismatica e angelica giornalista bionda fuori e dentro, la persona piú bionda che il regista avesse mai conosciuto, e un'area metropolitana vasta e composita, nonché incline alla disperazione e alla speranza quanto nessun'altra. Bastava inventarsi qualcosa che sfruttasse al meglio questi due fattori, il belloebuono e il bruttoesporco. Il vecchio, caro cortocircuito, lo spiazzante territorio della denuncia e del disgusto mescolati con la pietà e la rabbia.

Facile a dirsi, meno a farsi. Il regista sapeva che le interviste verità e le confessioni a occhi pixellati e voci alterate tendevano ad annoiare, specie se la concorrenza proponeva chef che si accoltellavano in diretta. Bisognava inventarsi qualcos'altro.

La ragazza, a metà di un saltello fra un operatore e l'altro, incrociò lo sguardo del regista stavolta privo delle lenti blu. Interpretandone la muta richiesta, attese qualche minuto e lo seguí nel container che faceva da ricovero per le riprese esterne, l'unico luogo dove fosse possibile mangiare un panino, fare la pipí o sniffare una pista in santa pace. Chiuse la porta alle sue spalle e si avvicinò saltellando.

Il regista, che non la conosceva da molto, si era fatto l'idea che l'andatura della ragazza non fosse dettata dalla fretta o dall'agitazione, ma che dipendesse dalla conformazione degli arti inferiori. Doveva essere nata proprio cosí, tendini, caviglie e polpacci maggiormente sviluppati. Come gli esseri umani discendevano dalle scimmie, lei discendeva dal canguro. Anche se l'aria era quella di un roditore, e infatti tutti la chiamavano Topo Spennato.

– Che c'è, che c'è, dimmi, che c'è, dimmi, è successo qualcosa?

Ansia. Gli metteva ansia. Era brava e priva di scrupoli, due qualità meravigliose e di rado coniugabili, ma metteva ansia. Elemento del quale peraltro lui era nato già provvisto, come avrebbe potuto confermare il suo cardiologo.

– Ascolta, non possiamo fare l'esterna.

La ragazza si produsse, manco a dirlo, in un urletto e un balzo di mezzo metro che le fece percuotere il soffitto del container con la sommità del cranio. Il regista immaginò che qualcuno all'esterno pensasse che stavano scopando, e l'idea gli fece orrore.

– Oh, stai attenta, cacchio, non ti far sentire, sei pazza? Ma lo sai che cosa rischiamo, sí?

Il Topo sussurrò in maniera tale da rendere sibilanti anche le vocali.

– Come sarebbe, non possiamo fare l'esterna? Sei diventato scemo? L'intera regione aspetta il dannato seguito della scorsa puntata, abbiamo organizzato tutto e...

– Oh, bella, l'esperienza ce l'ho io. I ragazzi sono andati a vedere nel cortile e hanno trovato una serie di personaggi che piantonavano il posto, truci e nervosi. Il quartiere si è offeso, c'è chi crede che la cosa sia stata preparata ed è rischioso. Troppo rischioso. Abbiamo, come dicevi tu, attirato l'attenzione sulla faccenda, e non si può piú predisporre un set all'esterno.

La ragazza ora era ferma, ma si vedeva che avrebbe voluto saltellare. Si capiva dal fremito degli arti inferiori. Il regista ricordò quando aveva seguito le migrazioni delle antilopi, e quello era il mood.

– Ah, sí, eh? E quindi, siccome il regista si caga nelle mutande che qualcuno gli chieda cosa stanno girando di bello per strada di sera, noi dovremmo perdere l'occasione di una vita, vero?

– Non ho detto questo. Serve solo che ci riorganizziamo.

Il Topo non si trattenne e fece un saltello. Uno soltanto, a piedi uniti, abbassando la testa per non picchiarla contro il soffitto. Il regista apprezzò lo sforzo.

– E come sarebbe questa riorganizzazione, sentiamo. Perché non so se te ne sei reso conto, ma la trasmissione sarebbe tra cinque ore circa. Che cosa ti riorganizzi, in un tempo cosí?

L'uomo si sporse in avanti, togliendosi gli occhiali con un gesto d'effetto ma che lo rendeva pressoché cieco.

– Tu con la vecchia hai parlato, no? L'accordo è fatto, vero? – La ragazza annuí. L'uomo continuò: – Be', aggiungi qualcosa, diciamo il trenta per cento, ci stiamo dentro comunque, e fai venire il ragazzino in studio. Gli scrivi cinque o sei battute, tanto nell'immaginario è ignorante come un animaletto, e lo fai intervistare dalla bionda.

Il Topo squittí, secondo la sua natura.

– Ma tu devi essere pazzo, è un bambino! Andiamo tutti in galera!

– No, se lo collochiamo dietro un velo. Io mostro soltanto la sagoma, è già magrissimo ma lo facciamo ancora piú sottile, e tu scrivi per la bionda le domande piú dolorose e tristi che si possano immaginare. Alla fine, lei gli darà da mangiare. Sposterà il velo, gli allungherà un dolce e lui lo divorerà. Facciamo piangere il mondo intero, facciamo.

Il Topo scuoteva la testa, ma qualcosa in fondo all'occhio luccicava.

– E la bionda lo farà, secondo te? E soprattutto, la vecchia accetterà? E ancora, il bambino sarà in grado?

Il regista aveva visto un leone sbranare una gazzella a trenta centimetri dall'obiettivo. Conosceva le reazioni degli animali feroci.

– Ti assicuro di sí. Devi solo scrivere in fretta. Assai in fretta.

XXVI.

Seduti all'esterno del bar, i tre giovani cercavano di entrare nella nuova giornata quando già mezzogiorno era passato da un po'.

Erano due ragazzi e una ragazza, ma avrebbero potuto essere gemelli. Occhiali scuri, capelli ricci, abiti casual. Magri e nervosi. Sul tavolino i resti della colazione tardiva: tazzine vuote, brioche sbocconcellate, bicchieri d'acqua a metà e un quantitativo considerevole di mozziconi di sigaretta.

La ragazza, rivelando cosí di non essersi addormentata al riparo delle lenti scure, disse roca:

– Io comunque con loro non ci vado, l'ho detto già.

Uno dei ragazzi, capelli biondi sporchi, braccia conserte e gambe distese, non diede cenno di aver udito. L'altro, dalla chioma lunga e nera, si girò piano verso di lei.

– Loro chi? E dove? Che vuoi dire?

Lei scosse il capo, a rimarcare il fatto di aver parlato a sé stessa. Il giovane tornò alla carica.

– Dài, Debby, dimmi! Lo sai che se no resto col chiodo piantato in fronte.

Il biondo si portò una mano alla tempia.

– Christian, abbassa questa cazzo di voce, a prima mattina mi fai diventare pazzo. Se te lo vuole dire te lo dice, se no non te lo dice.

L'altro insistette.

– Oh, ma se tu ti sballi ogni sera, poi non pretendere di non avere mal di testa la mattina. Io voglio sapere. Chi sono loro, e dov'è che non vuoi andare?

Piú per togliersi Christian dalle orecchie, la ragazza disse:

– Non vado con mia madre e il suo fidanzato in quella cazzo di Cortina. Due palle infinite, per un mese. Meglio quasi il vecchio, al circolo ad abbuffarsi ogni sera.

Christian ridacchiò.

– Seh... Come se non sapessimo che non ci vuoi andare perché in montagna è piú difficile trovare la roba.

Debby si girò, inviperita.

– Capirai, ci sono piú spacciatori a Cortina a dicembre che in Colombia, e poi c'è la riserva di mia madre che basta per una comune intera. Mica è questo. È che proprio mi faccio due palle cosí.

Prima che uno dei due potesse rispondere, uno scooter di grossa cilindrata accostò al marciapiede dove c'erano i tavolini, a una decina di metri. Il pilota, vestito di nero e col casco integrale, restò seduto in attesa.

Il ragazzo biondo, che si era mostrato disinteressato alle vacanze invernali di Debby, balzò in piedi. Gli altri due si voltarono a guardarlo, basiti. Lui si accorse della loro sorpresa.

– Devo parlare un attimo con quel ragazzo, è uno... uno che conosco.

Christian disse, eccitato:

– Ma chi? Non puoi conoscere qualcuno che non conosciamo anche noi, dài! Chi è? Hai qualche affare che non sappiamo? Dài, dài, dicci!

Il biondo gli rispose senza distogliere le lenti dal pilota dello scooter.

– Tu non sai un cazzo di me, Christian. E sai perché? Perché sei un idiota. Se andate via prima che ritorni, pagate il conto.

E si avviò a passo svelto verso l'uomo col casco integrale, avvertendo alle spalle gli sguardi curiosi dei due. Quando gli arrivò a tiro di sussurro disse:

– Ma sei impazzito? Come cazzo ti viene, di cercarmi qua? Ma lo sai dove abito io, sí? Quelli al tavolino con me, sono i piú pettegoli di tutto il...

L'altro, senza sollevare la visiera, disse:

– E secondo te, se non era per una questione seria, venivo fin qua in mezzo a questi fighetti di merda, che mi fa schifo pure di respirare l'aria loro?

Il biondo si guardò fugace attorno e montò sul sellino posteriore.

– Allontanati, presto. Vai di là, a destra e poi ancora a destra. C'è un viale privato.

Appena si furono fermati, il pilota tolse il casco. Aveva il viso butterato dai residui dell'acne, affilato e con un naso adunco. Gli occhi, piccoli e vivaci, erano neri.

– È successo un cazzo di guaio. Un guaio enorme.

Il biondo gli disse, piano:

– Calmati, Antone'. Calmati, perché se no balbetti e io non ti capisco.

– Non mi venire a dire di stare calmo, bello. Io in galera non ci vado. È meglio che lo sai. Non ci vado.

– Quale galera? Come ti viene in mente, la galera? Nessuno ci va, in galera.

Antonello camminava avanti e indietro. Tirò fuori un pacchetto di sigarette e ne accese una, nervoso.

– La vecchia. La vecchia di via Toledo, quella dell'altro giorno.

Il biondo annuí.

– La miserabile vecchia, vuoi dire. Per quattro soldi di pensione, e sotto la pioggia. Certe volte manco vale la pena.

Il pilota si fermò e lo fissò rabbioso.

– Be', sta morendo. È all'ospedale, ha battuto la testa e sta morendo. Hai capito? Sta-mo-ren-do! È omicidio!

Il biondo scrollò le spalle, ostentando indifferenza.

– E chi se ne fotte? Aveva cent'anni, poteva mollare la borsa invece di resistere. Se muore abbiamo anticipato il destino di quanto? Due, tre mesi? Qual è il problema?

L'altro sembrava soffocare dall'ira.

– Qual è il problema? Il problema è che una cosa è uno scippo di merda, e un'altra è un omicidio! Se ci trovano ci sbattono dentro e buttano la chiave, cazzo! Lo capisci, o sei tanto stupido da non rendertene conto?

Il biondo lanciò un'occhiata attorno.

– Senti, stronzo, se provi di nuovo ad alzare la voce ti prendo a calci e ti lascio a terra, proprio come con la vecchia. Nessuno può collegare lo scippo a noi due, perché non siamo delinquenti, non apparteniamo a un cazzo di clan, non abitiamo in un quartiere di merda. Nessuno ci può beccare, ricordi? È per questo che lo facciamo, da quando? Due anni? È divertente, ci frutta qualcosa di soldi ed è sicuro.

Antonello gli afferrò il braccio sinistro. Il biondo rimase talmente sorpreso che nemmeno si divincolò.

Con un gesto rapido e brusco, sollevò la manica della camicia facendo saltare il bottone, che rotolò in terra. Sull'avambraccio nudo si stagliò il disegno di una sirena.

– Questo dannato tatuaggio, che fa pure schifo, è stato visto da qualcuno, forse addirittura fotografato. E tutti, poliziotti, carabinieri, tutti cercano chi ha questo tatuaggio, con riferimento alla vecchia che sta morendo.

L'informazione era cosí enorme che il biondo non si divincolò. Scrutò l'altro, incapace di reagire. Alla fine disse, la voce rotta dalla preoccupazione:

– Non... non può essere. Stai mentendo, maledetto imbecille. Non può essere, è stato tutto troppo veloce e...

L'altro alzò la voce e subito la calò, per paura di essere udito.

– Può essere sí. Sei cosí arrogante e ottuso da crederti invulnerabile, sei sempre stato cosí, e quindi fai una cosa del genere col braccio nudo, come un fesso.

Con prudenza tardiva, il biondo si sciolse dalla stretta e si abbassò in fretta la manica della camicia.

– E chi ti avrebbe detto questa stronzata? Che hanno visto il tatuaggio, che è riconoscibile?

– Tutti. Lo spacciatore stamattina, poi ho parlato con Vito, il meccanico, e con quello al quale vendiamo la roba che troviamo nelle borse, il Professore, e tutti mi hanno detto questa cosa. È questione di tempo e ci trovano, lo capisci? Io parto, parto oggi, vado da mio zio in Germania e aspetto che si calmino le acque. Ti sono venuto ad avvertire, se la vecchia muore sono cazzi. E ti ho fatto un favore che mi potevo pure risparmiare.

Il biondo cercò di pensare in fretta.

L'altro montò sullo scooter e ripartí sgommando, senza salutare.

XXVII

A scanso di equivoci, anche l'introduzione della trasmissione serale fu diversa dal solito.

Non ci fu la sigla, nemmeno il tizio con la coda e lo stacco musicale del complessino. La Sirena non entrò sfolgorante e soffusa nel velo della sovraesposizione, non erogò biondi sorrisi all'ammaliato uditorio.

Ci fu solo un occhio di bue in uno scenario svuotato di tutto. Uno sgabello al centro del fascio luminoso. Silenzio. Dieci secondi. Venti. Il tempo giusto perché casalinghe avide giungessero al parossismo della tensione e andassero a chiamare sonnacchiosi mariti impegnati a vedere partite di calcio su schermi secondari, e figli cuffiati e joystickati negli antri maleolenti in cui bivaccavano. Quella sera, dal Volturno al basso Cilento, con propaggini daune e lucane, si doveva capire subito cosa aveva da dire *Il canto della Sirena*.

Il tacco dodici risuonò e comparve Susy. Il biondo che indossava quella sera non era il solito biondo: non c'era l'allegria di una bionda ironia o la gioia di una bionda promessa sexy. C'era il biondo della dea della giustizia, quella che prendeva a cuore gli ultimi ed era pronta a tutto per salvaguardare, con bionda determinazione, i diritti di ognuno.

Portava un sobrio vestito nero che metteva in risalto incarnato e capelli. Al termine di un'estenuante trattativa, aveva ottenuto ben tre centimetri di scollatura ulteriore che confortarono i mariti in canottiera che si stavano perdendo il finale del primo tempo della partita: non sarebbero rimasti a mani vuote, perlomeno.

Fissando la telecamera, la Sirena annunciò che il suo modo di fare Tv-verità quella sera avrebbe toccato l'apice; che come promesso aveva deciso di andare fino in fondo, contro il volere di imprecisati nemici che, tramando in un'imprecisata ombra, pretendevano di ridurla a un imprecisato silenzio. Ma lei, disse con una voce di un'ottava piú bassa, non si sarebbe fermata. Perché se le istituzioni, e pronunciò il termine come fosse un insulto, non provvedevano a cautelare l'infanzia, be', ci avrebbe pensato la Sirena. Perché, tuonò, il livello di una civiltà si misura in un solo modo: da come tratta l'infanzia.

Decine di migliaia di mani, dalle montagne dell'Irpinia al Litorale Domitio, si allungarono ad accarezzare teste di adolescenti che si scansarono disgustate. La Sirena promise fuoco e fiamme, dopo la pubblicità.

Mina e Mimmo avevano concordato di vedere insieme la trasmissione, e di coinvolgere anche Rudy. Avevano una tesi, e non potevano sfuggire all'antitesi per sintetizzare una strategia. Dopo il confronto con la famiglia Ruocco, il ginecologo aveva detto che in fondo poteva anche essere; che non erano certo in grado di risolvere, con le armi limitate che avevano a disposizione, il degrado secolare di un quartiere noto nel mondo anche per questo; che non era sbagliato denunciare, se la denuncia portava al rafforzamento delle risorse; che avrebbero potuto persino sollecitare un contraddittorio, magari andando in trasmissione a esporre le proprie ragioni.

Mina aveva tagliato corto: mai da quella là, aveva detto. E nel cuore di Domenico si era inferta una stilettata di gelosia, al pensiero del rifiuto di lei di trovarsi davanti alla compagna dell'ex marito. L'assistente sociale rifletteva invece sul fatto che non avrebbe retto all'incontro nella realtà dei due protagonisti dell'adulterio onirico di cui era stata testimone.

Guardavano la trasmissione nella guardiola di un perplesso Rudy, che si era offerto di ospitarli in segreto una volta chiuso il portone per fine servizio. L'ometto non sapeva ancora se mantenere la posizione dell'orgoglio ferito di un intero quartiere, se credere alla Sirena e quindi indignarsi perché da qualche parte c'era un bambino tragicamente abbandonato, oppure se dare credito a ciò che diceva la dottoressa, che immaginava astute e tendenziose messe in scena. Doveva ammettere che a una donna in grado di suscitare cosí meravigliosi istinti andava dato almeno il beneficio del dubbio.

Aveva quindi aperto la stanza interna, che costituiva la sua provvisoria abitazione nei momenti in cui il pressante compito di molestare ogni donna di età compresa tra i diciotto e i sessanta, se ben portati, gli lasciava un po' di libertà. Aveva, nella stanzetta, un clamoroso televisore da cinquanta e piú pollici che prendeva un'intera parete e la cui provenienza non aveva previsto fatture o scontrini almeno in quattro passaggi di mano, prima di approdare alla definitiva collocazione. Mimmo e Mina erano rimasti a bocca aperta, e lui aveva mormorato vago: *anticipi e posticipi di campionato*. Come fosse una visione globale dell'universo.

La pubblicità, molto lunga, ebbe termine e ricomparve il volto austero della Sirena, la quale annunciò che quella sera la trasmissione avrebbe avuto, come forse era risultato evidente agli ascoltatori piú attenti, un tono diverso. Perché avrebbero intervistato il bambino protagonista del terribile filmato dell'ultima puntata che comunque, per i dodici in regione che non l'avevano visto, avrebbero riproposto. La Sirena ribadí, con bionda indignazione, che si trattava di un atto d'accusa nei riguardi dei servizi sociali del quartiere e della città. Mina mormorò rabbiosa *statroia*, e il riferimento alle abitudini sessuali della donna e quindi al suo partner abituale suonò a Domenico come un calcio in pieno petto.

Andò in onda il filmato, e sull'enorme schermo di Rudy comparvero particolari che il malandato computer di Mina non aveva nemmeno lasciato intuire. La somiglianza col cortile interno dei Ruocco risaltò maggiormente, e Mina indicò con feroce soddisfazione una fontanella in un angolo e la feritoia che dava nell'abitazione seminterrata. Rudy grugní, incerto. Mimmo serrò la mandibola, geloso.

Al termine del filmato, dopo un'altra pausa pubblicitaria durante la quale l'intera regione frisse nell'attesa, ricomparve la Sirena che si voltò verso la sua destra, con artata lentezza. La regione si chiese cosa ci fosse, nell'altra metà dello studio, per determinare quel partecipe, materno, accorato e biondo sorriso. La telecamera si spostò, arretrando e allargando il campo, e comparve una specie di lenzuolo sospeso tra due cavalletti. Col tono di una madre che racconta una favola, la Sirena chiese al lenzuolo di salutare gli amici a casa e di pronunciare il proprio nome.

Il lenzuolo disse, con l'emozionata voce di un bambino: *ciao a tutti, io mi chiamo Geppino.* Una luce si accese dall'altra parte, e comparve una sagoma sottile.

In qualche perfida, volpina maniera quella sagoma era piú pietosa e triste di qualsiasi immagine. Magrezza, denutrizione, spalle piegate dall'indigenza lasciavano un'impressione forte di devastazione. La regione fremette di rabbia. Alla prima parola, Mina riconobbe il nipote della signora Ruocco, al cento per cento; Mimmo lo riconobbe al settanta per cento; Rudy al quarantasette, ed era già un gran margine.

Susy fece domande che tendevano a configurare la condizione in cui versava quel bambino, che emergeva dalle bionde parole come il figlio che chiunque avrebbe potuto avere; e dalle risposte, fornite con tono leggero e quasi al-

legro come ci si aspetta che si parli a quell'età, non venne
alcuna richiesta di commiserazione o pietà, e quindi si in-
dussero anche nello spettatore piú smaliziato appunto commiserazione e pietà.

La vita che il bambino raccontò era quella di un innocente animale selvatico che cercava di sopravvivere in una
giungla di indifferenza e abbandono. Disse di abitare con
persone anziane, ma non sapeva bene se in realtà fossero o
meno suoi parenti. Però si trattava di una condizione provvisoria, perché erano piú le notti in cui doveva attrezzarsi
per dormire all'addiaccio.

Aggiunse che spesso, e ne era felice, veniva accolto da
qualche clochard che aveva un letto di cartoni e vecchie coperte; che per mangiare rovistava nei cassonetti all'esterno
dei ristoranti nella zona buona, e qualche volta camerieri e
sguatteri gli riservavano qualcosa di buono. Che gli sarebbe
piaciuto, certo, andare a scuola, gli capitava di osservare da
lontano i coetanei entrare e uscire da quegli edifici, ma non
si lamentava perché immaginava di aver perso sorelline e
fratellini piú sfortunati di lui.

Disse ancora che aveva un vago ricordo di un viaggio per
mare, ma non poteva esserne sicuro. E nemmeno era sicuro
che le carezze di una donna calda e profumata fossero frutto della memoria o del sogno.

Non ci fu casa nel perimetro regionale in cui le lacrime
non scorressero, e non ci fu casa in cui non montasse una
furia cieca nei confronti di chi, per incuria e per inerzia,
consentiva un fatto del genere. Decine di imprenditori igno-
ti al fisco determinarono che non avrebbero pagato piú le
tasse, per rappresaglia.

Nessuno dubitò che fosse tutto vero, incluso il gesto nervoso e spontaneo con cui la Sirena si asciugò una bionda
lacrima sulla guancia.

Nessuno, tranne il piccolo uditorio nella guardiola del palazzo del consultorio, dove la voce del bambino, il modo di parlare e l'evidenziarsi sempre piú chiaro della sagoma, uniti all'alta definizione e al 4k fornito dal televisore, avevano fugato ogni dubbio.

La trasmissione si avviò al termine. La Sirena disse che non era tollerabile che il mondo ospitasse una condizione simile. Che situazioni come quella, e come quella della povera signora scippata in via Toledo che era stata oggetto di denuncia nella striscia mattutina, restituivano della città un'immagine, eccetera, che avrebbe causato nel resto del paese, eccetera, e che era una vergogna che a pochi metri da gente che, eccetera, ce ne fosse altra che, eccetera.

Che il povero Geppino, un nome vero senza l'ipocrisia della privacy che impediva di intervenire sul caso specifico, forse non era l'unico, e si doveva fare qualcosa. *Il canto della Sirena* era stato solo l'inizio, insomma. Gli spettatori potevano stare tranquilli, lei li avrebbe tenuti informati.

Quando con un biondo, rassicurante sorriso Susy sparí dallo schermo, lasciando il posto a un tizio che apriva il frigo facendone uscire una mucca e una banda di tirolesi, Rudy spense l'apparecchio con un dito tremante. E disse, con una vena di ammissione irritata:

– Avete ragione, dottore'. È lui. È proprio lui.

XXVIII.

Vennero a chiamarlo nel mezzo della spiegazione in inglese sul funzionamento delle holding di diritto lussemburghese rispetto a quelle italiane, soprattutto sotto l'aspetto fiscale. Le quattro persone presenti, tre uomini e una donna, erano di nazionalità cinese, e le due aziende che rappresentavano avevano polverizzato ogni record di aumento di fatturato nel triennio, anche se Braschi sospettava che i dati fossero ben superiori, visti i numerosi sottoscala nei quali, in modalità diffusa in provincia, migliaia di lavoratori producevano merce con turni di sedici ore in barba a ogni normativa di sicurezza.

Ma quelli non erano fatti suoi, giusto? Lui era un consulente finanziario e commerciale, esperto in fusioni e acquisizioni, e il suo compito era ottimizzare il rapporto tra costi e ricavi di ordine finanziario e fiscale, appunto. Questo faceva, e se il prossimo si rendeva responsabile di cose turpi, problemi suoi e dei suoi specchi al mattino. Era il principio al quale si era sempre attenuto, era il principio al quale si erano attenuti i suoi maestri, e piú non dimandare.

L'importante, gli avevano sempre detto a latere dei numerosi master e convegni a cui aveva partecipato, era non farsi mettere nei guai. Non firmare niente, non dichiarare niente e non stipulare niente che fosse meno che lecito sul piano formale. Detto ciò, *pecunia non olet*. E la pecunia non era mai mancata, essendo un target al quale aveva puntato uniformando anche la vita privata a quella lavorativa, matrimonio incluso.

La segretaria dello studio, assunta in base a criteri estetici perché anche l'occhio vuole la sua parte, si affacciò alla porta di cristallo opaco della sala riunioni. Aveva l'ordine di non interrompere quel tipo di incontri, se non dietro precise disposizioni quando non si voleva che andassero per le lunghe: ma non era quello il caso, essendo l'uditorio formato da tre sfingi che non muovevano un muscolo, altro che le infinite lamentazioni sulle tasse che di norma si volevano evitare.

– Dottore, dovrebbe venire di là. C'è suo figlio.

Il fatto era serio. Non ricordava Ettore allo studio, era convinto che nemmeno sapesse dove si trovava. E dopo il loro incontro all'alba, con l'atteggiamento sprezzante e aspro del giovane, non si aspettava che avrebbe cercato un contatto a breve. Doveva per forza essere accaduto qualcosa.

Mormorò delle scuse e uscí dalla stanza. I cinesi chinarono il capo all'unisono, come giocattoli meccanici. Che sarà successo, continuava a pensare, sentendo il sangue pulsargli nelle tempie. Che sarà mai successo.

Il ragazzo lo attendeva nella sala d'aspetto, e non nel suo ufficio. Lo intravide passando nel corridoio, quasi non si fermò. Dovette fare un passo indietro.

– Ciao, che ci fai qui? Vieni di là, cosí restiamo soli.

Il figlio aveva indosso gli occhiali scuri ed era cereo. Bilanciava il peso da un piede all'altro, serrava i pugni. Tutti segnali di enorme agitazione, che il padre riconobbe perché erano gli stessi che manifestava quando era piccolo.

– No, ascolta, possiamo uscire un attimo? Preferisco stare fuori.

– Ma guarda che nessuno ci disturberà nel mio ufficio, possiamo…

Il ragazzo scattò.

– Ti ho detto che preferisco uscire, se non puoi me lo dici e me ne vado, maledizione.

Lo aveva detto a voce bassa ma dura. L'uomo si rivolse alla segretaria, che stava un passo dietro facendo finta di non trovarsi là.

– Signorina, dica ai signori che... che ho avuto un imprevisto familiare e non posso portare a termine l'incontro. Dia loro un'altra data a breve, sposti qualcosa. Chieda scusa e li mandi via.

Prese il soprabito dalla rastrelliera e seguí il ragazzo, che si era già avviato.

Procedettero verso il lungomare. Si lasciarono alle spalle le austere vie dei palazzi antichi e si portarono dove il pomeriggio era pieno di sole e di sale e di azzurro, come per cercare un luogo dove non potesse accadere niente di grave.

E invece.

– Senti, papà, ti devo dire una cosa. E se avessi modo di risolvere senza venire da te, se potessi in qualche maniera... Ma non posso. E allora ti chiedo aiuto, ma non devi giudicare. Se giudichi, se dici una sola parola morale, me ne vado e ti giuro che non mi vedrai mai piú.

Braschi provava un sentimento sconosciuto, sospeso fra il terrore di un animale in trappola e la certezza che nulla sarebbe mai tornato come prima. Ma avvertiva pulsare anche una vena d'orgoglio e di trionfo, perché quell'arrogante bamboccio, che sembrava non far altro che giudicarlo, adesso domandava a lui di non essere giudicato.

Annuí, e attese.

Camminando, Ettore gli raccontò tutto. Di quello che faceva, di come lo faceva. Di quanto non fosse pentito, e di quanto gli piacesse. Spalancò al padre una finestra su un universo nero e terribile, del quale Braschi non aveva nemmeno sospettato l'esistenza pur vivendo nella stessa casa, pur credendo di aver sempre provveduto a ogni necessità e anche al superfluo del suo unico figlio.

Pensò a Maresa, alle nuvole sulle quali viveva. Ed ebbe la certezza che la moglie non avesse la minima idea di chi fosse il figlio, mentre lui aveva almeno intuito che nel ragazzo c'era una porta chiusa al di là della quale forse viveva un mostro.

Ettore fu veloce, e incisivo. Giunse al punto, cioè all'attualità. E parlò dell'ospedale, della vecchia e della sua probabile, imminente morte. Disse del tatuaggio e di Antonello, il pilota di scooter da cui aveva appreso di essere stato visto, individuato. Disse che aveva verificato con discrezione, e che in effetti lo stavano cercando. Disse che quindi doveva cambiare vita, mondo e nome.

Il padre ascoltò, morendo un po' a ogni frase. Poi disse:

– Una cosa te la devo chiedere, perché se non capisco non riesco neppure a inquadrare quello che devo fare. Mi devi dire perché. Sono quattro spiccioli, non possono essere che quattro spiccioli. Spendi di piú per la benzina della macchina, spendi di piú per un paio di scarpe, spendi di piú quando inviti a cena quattro amici. Io devo sapere perché.

Il giovane fece una smorfia.

– Immagino che risponderti sia la barriera da valicare per avere il tuo aiuto. Sapevo che non avresti resistito. La risposta è che non lo so, papà. Mi piacerebbe dirti che l'ho fatto per sentirmi vivo, per vedere se ne ero capace; o per compensare qualche assenza, qualche mancanza. La verità è che mi divertivo. Niente piú di questo. Era divertente vedere le facce, percepire la resistenza, essere consapevole di stare facendo qualcosa di sbagliato. Mi divertivo. E se non ci credi, non me ne fotte proprio.

Braschi assentí, quasi se lo fosse aspettato. Rifletté, poi si fermò.

Un gabbiano stridette forte. Il mare mutava colore via
via che il sole si abbassava dietro la collina.

– Non serve a niente andare altrove, e nemmeno cambiare nome. Traccerebbero il denaro e gli spostamenti, e tu
non riusciresti a vivere come un topo, non sei abituato. E
una volta trovato, ti sbatterebbero dentro per sempre. La
fuga è esclusa.

– Se vuoi dire che mi devo costituire sei fuori di testa,
me ne vado subito e non saprai piú nulla di me. Io in galera non ci vado, neanche per un giorno, è chiaro? Non ci
vado, e basta.

– E chi ha detto che ti devi costituire? Chi ha detto che
devi andare in galera?

– Io non… non capisco, che intendi? Non devo fuggire,
non devo andare in galera. E allora, che faccio?

Braschi allungò la mano e sfiorò il braccio del figlio.

– Hai detto che hanno solo il tatuaggio, no? Hanno solo
questo, giusto? Non sanno altro, la targa dello scooter, una
fotografia della faccia, portavi il casco integrale, non è cosí?

Il giovane fece segno di sí, incerto. Il padre continuò, a
bassa voce.

– Io me lo ricordo quando lo facesti, il tatuaggio. Passai
io a pagare. Me lo ricordo bene. Tu?

Il ragazzo cominciò a capire.

– Non… non lo farebbe, perché dovrebbe farlo? Non
penso proprio che…

Il dottor Braschi, al quale avevano insegnato di non fare mai niente che non fosse regolare, mollò una pacca sulla
spalla del figlio.

– Per il solito motivo. Lo farà per il solito, vecchio motivo.

XXIX.

La Signora ferma il gesto a metà, il coltello a lama corta come un bisturi al centro della patata, un emisfero sbucciato e l'altro no, un ricciolo marrone pendente. E piega il capo di lato, come colpita da un pensiero.

Perché tu, giovino', dice, fai lo scrittore, no? E voi scrittori vi credete che ecco, i personaggi, quelli sono dall'inizio alla fine delle storie. Certo, fanno cose, si prendono e si lasciano, passano guai e hanno fortune: ma in fondo, quelli sono e quelli rimangono. Se vuoi raccontare una storia vera, che assomiglia alla vita intendo, allora i personaggi man mano che si trovano in situazioni particolari devono cambiare spirito.

La natura no, rimane quella. Cambia la condizione, e quindi il modo di reagire. Su questo devi stare attento.

Metti che io adesso mi alzo, come non faccio mai, e vado dentro, vicino alla ghiacciaia: io la chiamo cosí, lo so che il nome cambia e si è chiamata frigidaire e poi frigorifero, ma io l'ho conosciuta come ghiacciaia e per me ghiacciaia rimane, tanto ci siamo capiti. Metti che io apro lo sportello e prendo un bel pezzo di ghiaccio. Lo sollevo, lo metto davanti agli occhi: è duro come il marmo, freddo, irregolare, magari pure tagliente, scomodo da maneggiare.

Metti che sistemo una pentola sul focolare (lo so, cucina, fornello, piezoelettrico, piano a induzione, per me focolare era e focolare resta), e ci piazzo il nostro pezzo di ghiaccio. Dopo un poco è diventato acqua, no? Prima fredda, poi fresca, poi tiepida, poi bollente. Poi diventa vapore, una specie di fumo, e se ne vola dalla porta. Mo' spiegami, giovino': tu che vuoi fare lo scrittore, se vuoi raccontare questa cosa, come la racconti? Ghiaccio, acqua o vapore? Dipende dal momento, sí. Bravo. E allora ci dobbiamo capire bene su questo, che i personaggi dentro le storie cambiano. Devono cambiare, se no non sono personaggi ma sono maschere, mi spiego? Colombina è sempre Colombina e Arlecchino è sempre Arlecchino; Pulcinella, invece... Pulcinella è tutta un'altra storia, però lasciamo stare, adesso.

Mi sembra di veder luccicare qualcosa negli occhi della Signora. Fa un colpo di tosse, e continua.

Prendi questo padre, come abbiamo detto che si chiama? Braschi, sí. Lui è come il pezzo di ghiaccio quando lo scaldi. Di fronte alla temperatura alta del figlio che si deve salvare, perché la vita del figlio è in gioco e lui lo capisce bene, muta atteggiamento e da formalista attento a non sbagliare, a non fare cose illecite non perché non sia capace, ma perché non vuole passare un guaio, cambia. E diventa non soltanto un complice, ma addirittura la mente criminale. Mo', se la storia mia la scrivevi tu, che pensi che i personaggi restano uguali, lui diceva al figlio: guaglio', ti accompagno io in questura, pigliamo un avvocato bravo, il migliore che ci sta, diciamo che hai fatto una sciocchezza, una ragazzata, troviamo qualcuno che gioca a burraco col giudice delle indagini preliminari e te ne torni a casa con papà, ci inventiamo cavilli e controcavilli e resti libero. Certo, rimarrà il precedente: ma se farai il bravo, e con la paura che ti sei messo farai senz'altro il bravo, tutto passerà e verrà dimenticato. Inclusa la signora che sogna di raccontare una favola al figlio, ché tanto, come hai detto bene tu, doveva comunque morire perché è vecchia.

Avresti raccontato cosí, no? Perché sei uno scrittore, e le storie non le sai raccontare.

Io invece racconto la vita, e nella vita l'uomo vuole fare bella figura davanti a questo delinquente del figlio, e non vuole avere la vergogna in faccia del precedente. Quindi, che fa? Decide di trasferire il guaio a un altro che non c'entra niente.

Mo' però viene il bello, perché pure quest'altro che non c'entra niente, di fronte all'opportunità di risolvere tutti i problemi che ha, cioè di fronte all'alta temperatura, cambia di stato anche lui. Cominci a capire, eh, giovino'?

E la stessa cosa, benché un po' diversa, succede nell'altra storia. È disonesta, la vecchia nonna del bambino? No, non lo è. È disperata, invece, questo sí. Perché chi se ne frega del buon nome del vicolo e del quartiere, se si devono pagare le medicine per tenere il marito in vita e far studiare il nipote? E poi magari, a vederlo cosí bravo davanti alle telecamere, diventa un attore e tutto si risolve.

E la signora col pigiama strano, lo odia davvero il dottore che assomiglia a quell'attore, o cambierebbe atteggiamento se lui prendesse un'iniziativa? E lui, perché ha paura di pigliarla, quell'iniziativa?

Perché forse a loro due ci vorrebbe una bella pentola e un fuoco forte: alle alte temperature i materiali reagiscono, giovino'. Ricordatelo, quando ti metti a scrivere le storie.

Ma a questo punto, lo vedi, le storie sono ancora separate. Scorrono ognuna per fatti suoi, pare addirittura che vadano in direzioni diverse. Ma se tu vedessi quello che vedo io, non avresti dubbi che è tutta una storia sola. Non si vede da vicino, si vede dall'alto. È dall'alto che si capiscono le distanze vere, e magari due che guardano in direzioni diverse pensano di essere lontani chilometri e invece sbattono l'uno con l'altro, e se ne accorgono che ormai è troppo tardi.

Adesso, per esempio, tutto dipende sai da cosa? Da un foglietto di carta. E sai dove sta, questo foglietto?

Nel barattolo dello zucchero, a pochi metri da qui.

Una storia, giovino', è fatta di piccole cose. E di passaggi di stato.

Ricordatelo, se vuoi fare lo scrittore.

XXX.

Il commissariato di Montesanto aveva un ambiente pomposamente definito «stanza degli interrogatori». In realtà era poco piú di un deposito, un'intercapedine avanzata da un disegno piuttosto grossolano che si era andato allontanando dal progetto originario, adattandosi alle esigenze man mano che sorgevano o venivano meno.

C'erano però un tavolo e due sedie. E una finestra che dava sul cortile, con una pesante grata in ferro a fare da schermo e dare l'impressione che era meglio non fare scherzi e dire la verità, altrimenti a quel ferro alle finestre ci si sarebbe dovuti abituare.

Su una delle sedie, il viso disgustato per il tanfo di muffa e di fumo stantio, troneggiava il sostituto procuratore De Carolis, nel pieno esercizio delle sue funzioni. In piedi, al suo fianco, irrigidito nella solita posizione e pronto a battere i tacchi, il maresciallo Antonio Gargiulo.

Di fronte, sedeva un ragazzo. Non parlava, lo sguardo inespressivo fisso sul piano scrostato del tavolo, le mani appoggiate sulle cosce.

Il silenzio durava già da qualche minuto, ma nessuno dava segni di agitazione. La chiamata in procura era arrivata tre quarti d'ora prima: una comunicazione breve, l'indicazione di trattenere il giovane e il tempo di trovare un'auto libera, operazione non cosí veloce alla prova dei fatti, ed ecco tutti lí, in attesa.

Il motivo della stasi era dovuto a una telefonata giunta dopo, con la quale un altro personaggio avvertiva di essere in arrivo e intimava in forma di preghiera di attenderlo. De Carolis, allora, aveva disposto un'ulteriore convocazione che si concretizzò nell'ingresso trafelato dell'ispettrice Danise, a capo della squadra dei falchi all'interno dell'antirapina.

Il materializzarsi della donna, che parve rendere angusto e privo d'aria l'ambiente, produsse un balzo interiore in Gargiulo, il quale, senza variare la posa abnegata, ebbe la sensazione di diventare cianotico. L'ispettrice smuoveva in lui un istinto sordo, di cui non conosceva l'esistenza. Era certo si distinguesse che non aveva pensato ad altro da quando l'aveva vista, e solo l'aperto disinteresse della moglie per le sue emozioni l'aveva salvato dall'essere scoperto.

Danise, rivestita stavolta di un tessuto denim strappato in piú punti, grugní un saluto e sedette a braccia conserte su uno schedario basso addossato alla parete. Era accigliata, e la luce lattiginosa che entrava dalla finestra incrostata di polvere rivelò una leggera peluria sulla mandibola della donna. Gargiulo non riusciva a distogliere lo sguardo da lei, ma voleva anche rimanere abnegato com'era; il risultato fu un camaleontico strabismo che differenziava l'occhio destro dal sinistro in termini di direzione.

Qualche attimo dopo entrò l'ultimo personaggio di cui si era in attesa, e fu una sorpresa.

Perché si trattava dell'avvocato Alfonso Miruzzi, socio dello studio Maniscalchi e Miruzzi, il piú importante penalista della città: un uomo abituato a palcoscenici nazionali, difensore di faccendieri e pescecani, esperto di bilanci, fisco e delitti passionali su barche da sessanta metri. Fu come vedere Sting a un karaoke.

La reazione dei presenti fu spettacolare. De Carolis spalancò occhi e bocca, assumendo un'espressione ittica che

Gargiulo non gli aveva mai visto. Il carabiniere, lasciando l'occhio sinistro sull'oggetto delle sue brame, divaricò il destro per appuntarsi sull'impeccabile completo grigio dell'avvocato, dello stesso punto di grigio dell'ordinata, vaporosa capigliatura e dei pallini sulla cravatta a fondo azzurro. Danise alzò il sopracciglio sinistro di un pollice.

Solo il ragazzo restò fermo, a testa bassa.

L'avvocato scoprí una chiostra di denti bianchi che avrebbe fatto invidia a uno squalo tigre.

– Buongiorno a tutti. È un piacere essere qui, una vera e propria ventata di gioventú; saranno almeno una trentina d'anni, sapete, che non mi occupo di tali questioni, in studio da noi ci sono ottimi ragazzi a seguirle. Allora, cosa abbiamo?

La porta si aprí, e un dirigente rosso in viso per l'emozione recò una terza sedia per l'avvocato. Era una poltroncina in pelle con le ruote, diverse centinaia di posti – nella scala delle sedute – al di sopra dei due reperti in formica scrostata sui quali stavano il ragazzo e De Carolis.

Miruzzi ringraziò.

Il dirigente mormorò:

– Avvocato, poi posso chiederle un selfie? Mia figlia studia Giurisprudenza, e lei è il suo idolo.

L'uomo sorrise, condiscendente. Gargiulo rilevò che sorrideva appena possibile, forse per dare un senso alla spesa per il dentista che doveva essere stata assai ingente. De Carolis, che friggeva di rabbia, interruppe l'idillio.

– Se permettete, vorrei fare in fretta quello che dobbiamo fare. Se possiamo andare avanti vi ringrazio.

Miruzzi considerò il magistrato con curiosità.

– Lei è il dottor De Carolis, vero? Ho letto in macchina il suo curriculum, abbiamo una solerte segreteria che ci informa online. Bravo, bravo: notevole. Non ci siamo mai incrociati, ma sono sicuro che sarà un piacere, siamo qui per collaborare.

L'ispettrice Danise si agitò sullo schedario, che emise un breve, cupo clangore. Anche lei fu squadrata dal sorridente avvocato.

– Ah, ma che onore, l'ispettrice Danise, la prima donna dirigente di una squadra antirapina. Ma è ancora giovane, vedrà che avrà un futuro radioso, ne sono persuaso.

La poliziotta gli rivolse lo sguardo di un cobra prima dell'attacco.

– Buongiorno, avvoca'. Io amo prendere i delinquenti. Tutti. In maglietta e in giacca e cravatta.

Miruzzi rise, quasi avesse ascoltato la piú divertente delle barzellette. L'ambiente si era riempito di un profumo maschile pungente e invasivo. De Carolis aveva accentuato l'espressione disgustata.

– Gargiulo, apra quella finestra. All'improvviso qui dentro non si respira. Andiamo avanti.

L'avvocato tirò fuori un foglio da una cartella in pelle. Tossicchiò.

– Dunque, vorrei si rilevasse in premessa che il mio cliente è venuto di sua spontanea volontà, e con pieno spirito collaborativo, presso gli uffici di questo commissariato. In alcun modo sollecitato, né oggetto di precedenti indagini. Potrete senza sforzo verificare che non ha alcun precedente penale, non ha opposto resistenza e non ha...

De Carolis alzò la mano, come a chiedere la parola in un'aula scolastica.

– Chiedo scusa, avvocato, ma non crede sia il caso che il suo cliente si presenti? Non ne conosciamo ancora il nome, ha detto solo che...

L'avvocato Miruzzi rise di nuovo. Aveva l'aria di divertirsi un mondo.

– Ma certo, adesso il mio cliente renderà una dichiarazione spontanea. La mia è una premessa amichevole, che potrà mettere in chiaro un po' di cose. Dunque, come dicevo, preciso che il mio cliente è incensurato e non ha mai condotto una vita che prevedesse rapporti delinquenziali, potrete verificarlo voi stessi con facilità. Cosí come preciso che l'unico reato di cui il mio cliente si fa integrale carico, assumendosene ogni responsabilità, è quello avvenuto in data 8 aprile scorso alle dodici e trentacinque, a danno di una signora la cui identità è da appurare…

Gargiulo, come attivato da un telecomando, disse:

– Avitabile Rosa, di anni ottantadue, residente…

Con un sorriso condiscendente, l'avvocato disse:

– Vedremo, maresciallo, vedremo. Ci sarà da approfondire. Comunque quello è l'unico evento di cui il mio cliente si fa carico.

Danise disse, secca:

– Avvoca', il *modus operandi* è identico a quello di un'altra dozzina di episodi avvenuti negli ultimi diciotto mesi, stesso mezzo, stessa zona e…

Miruzzi spense il sorriso ed ebbe una metamorfosi che ghiacciò il sangue a tutti. Per un attimo si vide l'espressione da tribunale, quella che riservava ai dibattimenti piú importanti e che quando compariva in televisione lo rendeva l'oggetto del desiderio di ogni pluriomicida.

– Signora, credo di essere stato chiaro. Il mio cliente si fa carico di questo solo episodio, non ha compiuto nessun altro reato nella vita. Il suo *modus operandi* dovrà attribuirlo al vero responsabile. Sempre se sarà capace di trovarlo, cosa che finora non mi pare sia accaduta.

Sulla stanza calò un silenzio gelido. Soltanto il ragazzo sembrava non avere alcun interesse per lo svolgimento della conversazione.

Mantenendo lo sguardo freddo su Danise, che aveva assunto un malsano colorito a chiazze, Miruzzi riprese.

– Il mio cliente ha fatto una ragazzata, una bravata. Purtroppo ci sono state delle conseguenze, il mio cliente lo ha appreso dalla stampa e ciò gli ha provocato uno stato di costrizione psicologica e di sofferenza tale da portarlo a raggiungere la determinazione a presentarsi qui, oggi.

De Carolis cercò di riguadagnare se non la ribalta almeno qualche posizione.

– Avvocato, come diceva bene lei stesso, ci sarà da approfondire. E tra le cose da approfondire, ci saranno le motivazioni del gesto criminoso e quindi l'entità del delitto. Ora, se possibile, vorremmo ascoltare la dichiarazione spontanea del suo cliente, cosí da dare avvio alle nostre incombenze investigative.

– Ma certo, dottor De Carolis. Allora, prego.

Annuí col capo verso il giovane, il quale, con studiata lentezza, si scoprí con indifferenza le braccia, quasi fosse un gesto casuale. Comparve il tatuaggio della sirena.

– Mi chiamo Marco Caputo, ho vent'anni e sono residente in via Santa Teresella degli Spagnoli. Ho compiuto la rapina ai danni di una donna anziana l'8 aprile scorso alle dodici e trentacinque. Mi dispiace molto per la signora.

L'avvocato esibí felice la chiostra dentale.

– Signori, per ora non c'è altro. Ci sentiremo nelle dovute sedi. Grazie.

E se ne andò in fretta.

XXXI.

Mina camminava avanti e indietro, schiumando rabbia. In un angolo dell'ufficio, appoggiato al muro, a braccia conserte e simile in tutto al Brad Pitt di *Seven*, Domenico schiumava rabbia. Sulla soglia, indeciso se darsi alla fuga o meno, Rudy Trapanese schiumava perplessità.

La donna punteggiava l'andirivieni con delicati riferimenti alla trasmissione *Il canto della Sirena*: «Bastardi» era l'interiezione piú frequente, ma anche «Stronzi» e «Figli di buona donna» marcavano un ottimo rating.

Ci provò Rudy a interrompere il monologo.

– Dottore', mettiamo pure il caso che si tratta del nipote della tabaccaia, e vabbe', ci può pure stare: ma si deve dimostrare. E si deve pure dimostrare che non ci stanno effettive situazioni di necessità. Mica è semplice, abbiate pazienza!

Mina si fermò di botto.

– Cioè, Trapanese, lei ancora nutre riserve? Non ha visto con i suoi occhi? A parte il cortile, arredato con la *munnezza* finta come un set, e non mi pare ci siano dubbi dopo esserci stati: ma la voce, il modo di parlare? L'abbiamo avuto davanti la sera prima, porca miseria!

Domenico disse, lugubre:

– E va bene, siamo d'accordo, era lui. E allora? Che possiamo fare?

L'assistente sociale era furiosa.

– Ma come, che possiamo fare? Li dobbiamo sputtanare, ecco che dobbiamo fare! Dobbiamo trovare, che so, una Tv concorrente o un giornale, o qualsiasi cosa, e li dobbiamo accusare di aver mentito, di aver attaccato gente seria che lavora, che saremmo poi noialtri, e di aver finto una situazione di bisogno di un bambino che...

Il medico fissava arcigno il vuoto. Pareva tenerci molto a fare il bastian contrario.

– E tu sei sicura di questo, sí? Ma l'hai vista anche tu la condizione in cui vive quel bambino, o guardavi solo quello che volevi vedere?

– Senti, non capisco proprio cosa tu...

– Vive in un seminterrato umido e buio, dove c'è da scommettere che il sole non arriva mai. Sta con una vecchia e con un moribondo, perché il nonno ti assicuro che non dormiva ma agonizzava, fidati, te lo dice un medico. Se anche ha esagerato, se anche la storia dei clochard e degli animali randagi è una montatura, e forse lo è, te la senti di asserire che quella di Geppino sia una vita decente, o comunque la migliore possibile?

Mina sembrò soffocare.

– E che accidenti vorrebbe dire? Guarda che la gente in quel tipo di abitazione in questo quartiere ci vive da sempre! Che cosa sarebbe stato meglio, per il bambino? Mandarlo a vivere coi nonni, oppure in una casa famiglia chissà dove e chissà con chi? Otto anni fa, quando si è trattato di decidere con chi farlo abitare, i nonni erano la soluzione migliore, e non mi pare che stia cosí male! La casa è decorosa, lui studia, è tutt'altro che malnutrito o malvestito come quella stronza va dicendo sullo schermo, e quindi...

Mimmo si fece beffardo.

– Oh, eccoci al punto. Tu non ce l'hai con la trasmissione, ce l'hai con quella donna, la quale fa soltanto il suo lavoro e per inciso, purtroppo per noi, lo fa molto bene. Ti invito a considerare la questione con maggiore obiettività, invece di farti accecare dalla gelosia.

– Gelosia? Ma quale gelosia, scusa? Io sono incazzata, non gelosa! Non vedi come vanno le cose? Sono quattro giorni che non viene nessuno, né da me né da te. E di chi è la colpa? Stanno facendo il bene o il male del quartiere, mettendoci in cattiva luce? Hai idea di quante persone potrebbero aver bisogno di noi in questo momento, e per via del comportamento falso e tendenzioso di quella donna hanno perso fiducia nei nostri confronti? E poi, perché diavolo dovrei essere gelosa di lei, maledizione?

Il medico sogghignò.

– Ah, non lo so, devi dirmelo tu, se me lo vuoi dire. A me sembra che tu sia gelosa.

La tribuna di psicoanalisti si diede di gomito. Era evidente il *misunderstanding*: lei pensava che lui si riferisse alla bellezza della Sirena, lui alla gelosia per l'ex marito. Un caso di scuola.

Il portiere cercò di ricondurre la conversazione alla concretezza.

– Comunque credetemi, io la gente del quartiere la conosco bene, e per loro da sempre quello che fa vedere la televisione è vero, e quello che non esce in televisione è falso. Quindi, o riusciamo in qualche maniera a far dire il contrario a qualcuno o a far smentire dalla Sirena stessa, o possiamo pure andare casa per casa a raccontare tutto, ma non otterremo proprio niente. Ve lo posso garantire.

Mina sbuffò.

– E di questo chi dobbiamo ringraziare? E tu, tu mi vieni a parlare di gelosia! È la rabbia di dover subire un'ingiustizia, ecco cos'è! E adesso dobbiamo sopportare di stare qui, ad attendere che ci chiudano senza nemmeno poter dire la nostra. Nel deserto di un consultorio in cui non viene piú nessuno, e...

– È permesso?

Tutti si girarono verso la porta, incluso Rudy che, non aspettandosi una voce alle spalle, aveva fatto un salto di un metro. Sulla soglia, una donna di mezza età, dimessa e scarmigliata, li guardava interdetta.

– Abbiate pazienza, era aperto e di sotto non c'era nessuno, ma se non potete ricevere io...

Mina fu la prima a riaversi.

– Prego, prego, entri pure, signora. Di cosa ha bisogno?

La donna fece un passo avanti, vide Domenico e d'istinto si sistemò i capelli.

– No, no, non è per me. Vengo per conto di Ester di Santa Teresella, la conoscete?

Mina scambiò un'occhiata con Domenico, che si strinse nelle spalle.

– No, non la conosciamo, ma se le serve qualcosa è nel posto giusto.

Rudy interloquí, incerto.

– Non è quella ragazza che sta sulla sedia a rotelle, che canta dal balcone?

– Sí, sí. Proprio lei! Mi chiamo Immacolata, abito sullo stesso pianerottolo, è mia amica, parliamo molto, io sto sempre sola perché mio marito lavora tutto il giorno, Ester è la persona migliore del mondo, mi dovete credere. Solo che adesso... Insomma, non sta bene.

Domenico avanzò verso la donna.

– Signora, io sono un medico. Possiamo chiamare il pronto soccorso, me ne posso occupare io stesso e...

Immacolata fissava estatica il volto di Mimmo, e la tristezza di ciò che diceva era smentita da una specie di sorriso ebete che non riusciva a togliersi dal viso.

– No, no, dotto', almeno non mi pare. È successo qualcosa di brutto al fratello, da quello che ho capito, ma non mi vuole dire cosa. Piange disperata. Allora io ho pensato che aveva bisogno di aiuto, e sono venuta qua. Ho fatto male?

Mina rispose, convinta e grata:

– No, no, signora, altroché, ha fatto benissimo! Ed è proprio venuta nel posto giusto.

Immacolata annuí, continuando a fissare Mimmo con la faccia che doveva aver avuto la Madonna di fronte all'Arcangelo.

– Sí, pure secondo me. Io non ci ho mai creduto a tutte le cose brutte che dicono di voi nel quartiere, in questi giorni. E poi, dove altro potevo andare?

Mina tirò un sospiro profondo.

– Vabbe', va'. Coraggio, signora. Andiamo a vedere che cosa è capitato a questa ragazza.

XXXII.

L'avvocato Miruzzi chiuse il punto con uno smash ed emise uno stridulo urletto di trionfo. Poi lui e l'avversario raccolsero asciugamani e racchette e lasciarono il campo, avviandosi verso lo spogliatoio.

– Ci voleva una situazione come questa, per batterti a tennis. Non tutti i mali vengono per nuocere...

Braschi scosse il capo.

– Difficile distrarsi, sai, Alfonso. Uno si pone tante domande, quando succede un fatto del genere.

L'altro si abbandonò su una panca. Lo spogliatoio era deserto, a quell'ora. Potevano parlare in tranquillità.

– Stammi a sentire, Luca: abbiamo visto assai di peggio, tu e io. E abbiamo fronteggiato situazioni ben piú disperate, risolvendole senza sforzo. Ora, io capisco che se le cose ci toccano in prima persona...

Il commercialista era rimasto in piedi, appoggiato alla parete.

– È difficile da spiegare. Vero, abbiamo fronteggiato situazioni intricate, e le volte che siamo venuti in contatto sul piano professionale si è trattato di vicende complicate se non addirittura, come dici tu, disperate. Ma adesso, fisso mio figlio e penso: è solo un bambino, e guarda che cosa è stato capace di combinare.

– Primo, non è un bambino. Lo vedi tu cosí, ma ha vent'anni. E se tu passassi un paio di giorni nel mio studio ti renderesti conto di come funziona, là fuori. C'è gente che utilizza ragazzini di tredici, quattordici anni per ammazzare i nemici. Sono freddi, veloci, temerari, non hanno paura di niente e nemmeno sono punibili piú di tanto, oltre a essere sacrificabili a cuor leggero. Secondo, bambino o non bambino, ha fatto una cosa alla quale va posto riparo. L'importante è che prenda coscienza del problema che ha causato e non si metta mai piú in queste condizioni.

Braschi si passò l'asciugamano sulla faccia.

– Non è solo questo: è la responsabilità. È venuto da me, capisci? E non voleva. Se io gli avessi fatto una paternale, se non mi fossi sintonizzato con lui, avrebbe voltato le spalle e se ne sarebbe andato. E forse non lo avrei mai piú rivisto, determinato com'era a fuggire chissà dove. Capisci, Alfo'? L'unico figlio, la ragione di tutto quello che faccio, e l'avrei perso cosí.

– Sí, certo, ti capisco. Ed è per questo che ti perdono di non avermi chiamato sul momento. Siamo amici, per molti versi soci, sarei venuto subito da voi e avremmo concertato tutta un'altra strategia. Perché questa iniziativa che hai deciso, ne convengo, è abile e intelligente, ma anche piuttosto pericolosa.

– Perché dici cosí, Alfonso? Perché temi che le cose non vadano per il verso giusto?

– Non ti agitare adesso, non ce n'è ragione. Abbiamo a che fare con un piemme sfigato abituato ai ladri di galline, e con poliziotti che non prendono uno scippatore da anni. Solo, non è mai opportuno coinvolgere troppe persone in situazioni simili. Senza considerare il costo eccessivo, che era evitabile.

Braschi scrollò le spalle.

– Figurati, non è molto. E poi, estero su estero non è tracciabile. Ho movimentato conti cifrati.

– Non è questo il punto, e ti dò atto che l'interesse, specie se forte e motivato come nel nostro caso, è sempre una bella molla e un'assicurazione che tutto vada secondo i piani. Ma sarebbe stato piú semplice, e forse anche piú sicuro, mettersi tranquilli e aspettare gli eventi.

– Ma come? Non hai capito che cercavano proprio uno con quel tatuaggio? Vuol dire che hanno un testimone, magari un filmato o delle foto, e lui...

– Ma dài, non hanno proprio niente! E ammesso che abbiano qualcosa, in tribunale li smonto in meno di due secondi senza che nemmeno ci sia bisogno di una perizia di parte! Hai idea di quanto sia complicato mettere su un processo indiziario, per una cosa come uno scippo? È veloce, confuso, traumatico e dura dieci secondi. Se anche lo avessero visto in faccia, nessuno potrebbe sostenere in un dibattimento la certezza assoluta.

Braschi era titubante.

– È un tatuaggio particolare, ce l'hanno in pochi. Ettore avrebbe dovuto comunque sostenere lo stress, magari avrebbe fatto una fesseria, si sarebbe tradito. Io ignoro con chi se la fa, chi frequenta. Magari qualcuno, in quell'ambiente, si faceva scappare qualcosa in altri contesti, e mi sarei trovato i carabinieri al citofono alle cinque di mattina.

– Lo escludo. E quand'anche fosse successo, ti ripeto, gli facevamo un culo cosí. Piuttosto, Maresa lo sa? Le hai detto nulla?

– Ma sei pazzo? Maresa vive in un mondo a parte, in una favoletta vacua e superficiale, se le dico una cosa del genere si piazza in un angolo a piangere per l'eternità. Poi lo racconterebbe a qualche amica e in un attimo finiremmo sulle prime pagine. Anzi, a questo proposito, se ti capitasse di incontrarla qui al circolo o dovunque...

L'avvocato assunse un'espressione offesa.

– Guarda, ti perdono solo perché sei sconvolto. Ma ti ricordo chi sono io e che mestiere faccio.

– Scusami. Perdonami, amico mio. Ma questa cosa, il modo in cui è successa, be', mi ha destabilizzato. Non riesco a pensare ad altro, nemmeno dormo piú.

Miruzzi si alzò e mise una mano sulla spalla del commercialista.

– Dài, smettila adesso. È tutto sotto controllo, dovevi vedere le facce di poliziotti e magistrato quando mi hanno visto arrivare, mi hanno persino chiesto di fare delle foto.

– E il ragazzo? Come si è comportato? Come stava, che ha detto?

– Ah, è stato perfetto. Dev'essere un giovane intelligente. Allo studio avevamo concordato un paio di frasi, e le ha dette. Poi ha scoperto le braccia, quasi fosse nervoso, e ha messo in bella mostra il tatuaggio del quale, come avevo immaginato, il magistrato, credendosi furbo, non aveva parlato. Non ho contestato il fermo, come avrei fatto di norma, e tutti sono stati contenti. Una confessione spontanea in situazioni del genere è piú rara di una perla nera.

Braschi assentí, guardando a terra. Poi mormorò, quasi a sé stesso.

– A cosa va incontro?

– Mah, molto dipende dalla vecchia. Se tira le cuoia la cosa cambia aspetto, ci sarà un po' da battagliare, ma il fatto di essersi costituto comunque giocherebbe a suo favore. C'è da vedere, insomma. E in ogni caso, come promesso, l'assistenza sarà accuratissima: di questo non ti devi preoccupare.

– Me lo devi giurare, Alfo'. Non voglio mancare alla promessa, deve tornare libero. E presto, prima possibile.

– Ma certo, certo, te l'ho detto. Rimarrà il precedente, è ovvio: ma tu gli hai anche garantito che gli troverai un posto, no?

Braschi si mise una mano sul petto.

– Sicuro, e intendo tenere fede alla promessa. Non solo: ti ho spiegato della sorella, della questione della sperimentazione in Svizzera, è la prima richiesta che mi ha posto, prima ancora di sapere a che cosa poteva andare incontro. Io gliel'ho promesso e lo manterrò, fosse l'ultima cosa che faccio. Non siamo cattive persone, noi: e quei due ragazzi, lui e la sorella, ne hanno passate tante. Questo... questo aiuto sarà ripagato, l'ho giurato. Glielo devo.

– Io lo so chi sei, amico mio. Vedrai, andrà tutto a posto: e magari questo intoppo per il ragazzo e per la sorella alla fine sarà un colpo di fortuna. Dài, facciamo la doccia e andiamo a pranzo. Vincere mi ha sempre messo una gran fame.

XXXIII.

Man mano che le rampe di scale si susseguivano, spezzando il fiato e facendo girare la testa, i cuori di Mina e Domenico si stringevano per l'angoscia. Immacolata, la donna venuta a chiamarli, non aveva smesso un attimo di parlare durante il tragitto, raccontando loro la storia di quella coesa famiglia di due persone che era un modello di resilienza. Aveva detto loro dell'oscuro incidente che aveva costretto Ester all'immobilità senza però segnarne il carattere dolce e allegro, né la voce appassionata che la portava a cantare dal balcone; e quando cantava, tutto nel vicolo si fermava e chiunque passasse si metteva ad ascoltare, e chi abitava nei dintorni si affacciava per sentire quella piccola sirena sorridente priva dell'uso delle gambe ma capace di ammaliare con canzoni antiche imparate dalla madre, donna coraggiosa che aveva tirato su i ragazzi da sola facendo mille lavori fin quando se n'era andata per una brutta, veloce e dolorosa malattia. Mentre perdere il padre, violento e alcolizzato, era stato per i ragazzi piú un vantaggio che una perdita.

Mulinando su e giú per i vicoli, Immacolata aveva parlato loro di Marco, fratello di Ester, un ventenne con l'espressività di un quarantenne, che era bravissimo a scuola ma aveva dovuto rinunciare agli studi per trovare gli stessi mille lavori che faceva la madre. Se quel minuscolo nucleo familiare si era salvato, lo si doveva alla fortuna di essere proprietari dell'appartamento all'ultimo piano del vecchio palazzo, appartenuto ai nonni materni. E a procurare il cibo pensava Marco, il garzone piú colto del quartiere.

Immacolata aveva poi riferito che l'invalidità della piccola sirena – unita all'assenza di un ascensore e alle scale strette che costituivano l'unico accesso all'appartamento – da anni costringeva la giovane a guardare il solo spicchio di cielo visibile dal proprio balcone; ma Ester non si lamentava, altrimenti, come confidava a Immacolata nei lunghi pomeriggi in cui si facevano tre o quattro caffettiere consecutive, il fratello avrebbe potuto fare una pazzia.

Questa era la sola, grande preoccupazione di Ester, la sirena della Teresella che cantava l'illusione della felicità a chi la voleva ascoltare: che il fratello facesse una sciocchezza giacché si era convinto che potessero guarirla, restituirle l'uso delle gambe, lui che le massaggiava ogni mattina e ogni sera per tenerle vive perché, diceva, prima o poi vedrai, Ester, sorella mia, vedrai.

E a quel punto Immacolata aveva smesso di raccontare, serrando le labbra in mezzo alle guance paffute: il resto era storia recente, era il motivo per cui era andata a chiamarli, e dire come stavano le cose non toccava piú a lei.

Bussò alla porta, che recava la semplice scritta «Caputo». La serratura si aprí con uno scatto. Apparve la giovane sulla sedia a rotelle.

Domenico si sentí il cuore in una morsa. Ester era bellissima: due immensi occhi neri rossi di lacrime, in un volto che aveva qualcosa di mediorientale; bocca carnosa e naso appena lungo, capelli lisci e scuri raccolti in una crocchia morbida. Indossava un vestito a fiori, pulito e ordinato. I due entrarono, seguendo Immacolata in una cucina con un tavolo e tre sedie.

Mina si guardò attorno con la perizia di chi aveva visto centinaia di abitazioni cosí. La povertà traspariva dalla qualità scadente degli oggetti, dalle posate spaiate, dai piatti sbeccati nell'acquaio, dalle ante scardinate dei mobili; tutto era collocato in modo da essere accessibile alle braccia tornite della ragazza.

La disabilità, pensava l'assistente sociale, era un lusso che spesso non ci si poteva permettere. Nel quartiere dov'era nata e nel quale ancora abitava, una ragazza costretta su una sedia aveva a disposizione fisioterapisti, assistenti, infermieri e perfino psicologi. La sedia a rotelle era a trazione elettrica, manovrabile con un telecomando, e si approntavano rampe di accesso agli ambienti. Gli amici erano sempre pronti a fare compagnia, sarebbe andata all'università e avrebbe avuto abiti, trucchi e perfino scarpe come e piú delle coetanee. Lí, in via Santa Teresella degli Spagnoli, Ester poteva felicitarsi perché la sorte le aveva regalato un balconcino dal quale cantare. Altri non erano nemmeno cosí fortunati.

– Ester, giusto? Siamo felici di essere qui, io mi chiamo Mina e sono un'assistente sociale, il mio collega si chiama Gammardella ed è un medico. Come mai non ci conosciamo già? Lo sai che il nostro compito è anche assistere chi si trova nelle tue condizioni? Mi dispiace di aver saputo solo ora che...

La ragazza l'interruppe, e la voce era piena e morbida come le labbra.

– Dottore', non vi preoccupate, io sto benissimo e non mi manca niente. Questo dev'essere chiaro, perché se non si capisce questa cosa allora non mi potete nemmeno aiutare, voi e il dottor Gammardella.

Domenico disse, pronto:

– Chiamami Mimmo, per favore. La signora Immacolata, qui, ci ha detto qualcosa delle tue condizioni, e se hai un problema di natura fisica non hai che da dirlo. Per quanto ovvio, non devi pagare niente, quindi...

– Dottore Mimmo, io non ho bisogno di niente e non vi ho chiamati per me. Vi ho chiamati per mio fratello Marco, che secondo me ha fatto un guaio grosso. E mi dovete aiutare, perché se io perdo a mio fratello allora sí che non voglio vivere piú. Mi sono spiegata?

Mina tentò di essere rassicurante.

– Ester, devi stare tranquilla. Sono sicura che qualsiasi cosa abbia fatto tuo fratello, ci si può lavorare e si può risolvere. Dicci tutto, e cerca di non dimenticare nessun dettaglio.

Immacolata si era collocata dietro la ragazza, una mano sulla spalla di lei. Mimmo rifletté che alle volte si formano delle famiglie non basate sul sangue, ma che ai nuclei tradizionali non hanno nulla da invidiare. Anzi.

– Immacolata vi ha raccontato, e allora sapete chi siamo e come viviamo io e mio fratello. Siamo rimasti senza mia madre, e abbiamo riempito il vuoto un po' per uno. La gente come noi cosí fa. Ci arrangiamo, e non ci serve molto; teniamo questa casa e non dobbiamo pagare l'affitto, il condominio è una spesa bassa, mio fratello è un gran lavoratore e siamo onesti. Fino a ora.

Domenico chiese, perplesso:

– Perché dici: fino a ora?

Ester allungò una mano sulla credenza e prese la rivista che Marco le aveva portato a casa qualche giorno prima.

– Ecco, Mimmo, guardate. Voi siete medico e ne capite piú di me. Quel pazzo di mio fratello si è convinto che in Svizzera mi possono guarire, possono utilizzare le cellule staminali per sistemare il danno al midollo spinale.

Mimmo scorse rapido l'articolo sulla rivista.

– Be', e allora? La sperimentazione è avanzata, c'è già una casistica apprezzabile. Certo, bisognerebbe entrare nel programma, non credo sia una cosa facilissima, ma l'idea in sé è fondata.

– Sarà pure fondata, sí. Però non è fondata l'idea che noi, anzi, lui, si può procurare i soldi che servono per andare là e fare questo tentativo assurdo. E siccome lo conosco, sono giorni che cerco di convincerlo a non fare fesserie. Ma è stato inutile, perché adesso l'ha fatta, la fesseria. E se voi non mi aiutate a risolvere la questione, allora vi avverto che appena posso mi butto dal balcone. O mi ammazzo col gas. O mi taglio le vene. O mi prendo un'intera boccetta di tranquillanti. Cosí, una volta che Marco non avrà piú il motivo, non farà sciocchezze e vivrà una vita normale.

I due si guardarono, attoniti. Mina disse:

– Scusa, Ester, ma perché pensi che abbia fatto una fesseria, me lo dici? Magari non ci pensa nemmeno, e noi comunque ci parleremo e capiremo se...

La ragazza si piegò in avanti, gli occhi pieni di lacrime.

– Dottore', non mi avete capita oppure io non mi sono spiegata: mio fratello la fesseria già l'ha fatta. È andato in galera, senza aver fatto niente. Perché cosí, secondo lui, salva me.

Mimmo sbatté le palpebre.

– Abbi pazienza, dovresti spiegarti meglio. In che modo uno andando in galera mette la sorella in condizioni di andare in Svizzera a tentare una cura costosissima per...

Ester fece un cenno a Immacolata, che annuí, prese il barattolo dello zucchero e glielo consegnò. La giovane lo aprí ed estrasse un foglio di carta arrotolato.

– Stamattina mi sono alzata e sono venuta a farmi il primo caffè della giornata. Marco non c'era, sta andando a lavorare assai presto perché don Leonardo, il salumiere che lo tiene a servizio come garzone, gli chiede di aprire lui il negozio. Ieri sera sono andata a dormire presto e lui non era ancora tornato, mi aveva detto che consegnavano merce tardi e ci doveva essere. Quando ho preso lo zucchero, ho trovato questo. Allora sono andata a controllare e il letto era intatto, non era proprio tornato. Leggete, leggete.

Mimmo si alzò e si affacciò alle spalle di Mina. Sul foglio c'erano poche righe, trascritte con una grafia ordinata e precisa, senza errori.

Cara sorellina,

quando leggerai queste righe io avrò già compiuto quello che ho deciso di compiere, quindi, per favore, convinciti che non puoi fare niente, proprio niente per impedirmelo.

Ho avuto una bella opportunità per procurarmi i mezzi per curarti. Non solo, ma se le cose vanno per il verso giusto dopo un periodo che immagino sarà difficile, vedrai, staremo bene per sempre perché mi verrà dato un lavoro stabile e ben remunerato, e tu stessa, una volta rimessa in piedi, potrai vivere la vita che ti meriti.

Ti ricordi quando mi prendevi in giro per il tatuaggio della sirena? E io ti dicevo che c'è un legame tra voi due? Sappi che proprio la sirena mi ha concesso questa occasione.

Verrai contattata da un notaio, ti dirà che ci sono delle disponibilità economiche su un conto cifrato in Svizzera, proprio nella città dove ha sede il laboratorio che sta portando avanti gli studi che ti possono aiutare. Il notaio non potrà dirti nulla se non questo, quindi non fargli domande su chi ha erogato queste somme, sono cose mie, non ti preoccupare.

Ti verranno dati un biglietto aereo e dei contanti per le prime spese. Ti accompagneranno all'aeroporto e ti verranno a prendere, non ti devi preoccupare di niente. Vai e comincia la cura.

Io, per motivi che non ti posso spiegare, devo subire un processo e forse dovrò andare in prigione. So che questa cosa ti darà un dolore, ma se ci pensi in prospettiva, se alla fine staremo bene, con un lavoro e in salute, sarà stato solo un piccolo sacrificio. Ti basti sapere che sono onesto, che non devi vergognarti di me perché, come diceva sempre mamma (vedi? Alla fine la cito io a te!), nell'onestà non c'è vergogna.

Mi raccomando, l'unica condizione che mi è stata posta è la riservatezza. Dunque non dire niente a nessuno e fai quello che ti ho detto.

Quando sarai in Svizzera, scrivimi: posso ricevere la posta anche se credo la controllino. Io ti aspetto.

Stai tranquilla, piccola sirena. Io sto bene, e per la prima volta nella mia vita sono convinto di star facendo la cosa giusta.

Tuo,

Marco

Ester colse lo sguardo che i due si scambiarono, a fine lettura.

– Avete capito, adesso?

Mimmo non ebbe la forza di parlare.

Mina deglutí e fece cenno di sí con la testa.

XXXIV.

Dopo una notte insonne, popolata di strani sogni in cui era bambino e cercava di afferrare un oggetto che alcuni poliziotti e carabinieri continuavano a passarsi di mano in mano, De Carolis decise di convocare l'ispettrice Danise e il maresciallo Gargiulo.

Non che si aspettasse da loro particolari illuminazioni: era consapevole di essere di gran lunga piú intelligente del doppio della somma delle intelligenze di entrambi. Ma sapeva anche che esporre i fatti ad alta voce, in presenza di chi era al corrente della situazione, poteva essergli di grande aiuto.

Inoltre era rimasto colpito da una frase della donna durante il confronto col reo confesso, Caputo Marco, al cospetto dell'avvocato star: il *modus operandi* era lo stesso di altre rapine nell'arco di diciotto mesi, addirittura una dozzina di episodi. Voleva capire meglio. E per quanto riguardava Gargiulo, la letteratura medica era piena di intuizioni fornite da persone poco brillanti, per usare un eufemismo.

Adesso se ne stava in piedi, faccia alla finestra e spalle alla stanza, le mani intrecciate dietro la schiena, in silenzio, cosí che i presenti avessero modo di porsi domande sui massimi sistemi, dove andiamo e da dove veniamo, e soprattutto cosa cazzo ci faccio qui.

Il pensiero sembrava animare soprattutto Danise, che si era lanciata per l'occasione in un misto tra i due abbigliamenti consueti e quindi in un look nuovo, jeans strappati in piú punti e giubbotto in pelle con borchie metalliche. Gargiulo, nell'uniforme di ordinanza dei giorni pari che in nulla differiva da quella dei giorni dispari, aveva l'opportunità di fissarla restando abnegato, trovandosi in linea con lei dall'altra parte della stanza: con la mente poetica figurava sé stesso in un prato di non meglio precisata collocazione, nell'atto di cogliere fiori da regalarle.

Danise si grattò sotto l'ascella, con un rumore sulla pelle che ricordò un'unghia spezzata sulla lavagna, e decise di rompere gli indugi.

– Dotto', con tutto il rispetto, io avrei da coordinare le uscite del giorno, e quindi...

– I passeri con un bazooka. Come minimo.

La poliziotta fissò la nuca del magistrato e poi Gargiulo, interrogativa. Il maresciallo, nei secoli fedele, sospirò.

De Carolis si voltò, ruotando sul posto quasi avesse una pedana girevole sotto i piedi.

– Un avvocato come Miruzzi per un piccolo scippatore, intendo. Come andare a caccia di passeri con un bazooka. Anche immaginando che siano conoscenti o almeno abbiano comuni conoscenze, sarebbe stato piú che sufficiente mandare l'ultimo giovane neolaureato dello studio. Perché lui?

Danise non nascose uguale perplessità.

– Sí, in effetti pure a me è sembrato curioso; cioè, non è che lo conoscevo, ma in televisione l'avevo visto, al telegiornale e pure a *Un giorno in procura*, anche se pareva piú giovane e piú grasso.

Gargiulo, che sapeva non essere quello il punto delle elucubrazioni di De Carolis in cui era previsto un intervento dell'uditorio, tacque abnegato. E rifletté che la carne scura occhieggiante dagli strappi ai jeans di Danise, che sospettava non dovuti alla moda ma alla pressione interna, era la cosa piú sexy che ricordasse di aver mai visto.

De Carolis infatti continuò, come non avesse sentito.

– E per fare che, poi? Avesse dovuto prestare assistenza in qualcosa di complesso, in un colloquio articolato e difficile, per proporre cavilli e controcavilli su bilanci consolidati, partite di giro, contabilità complessa, avrei capito. Invece no, uno scippatore reo confesso. Che ha detto una frase, solo una frase e nient'altro. Avrebbe potuto seguirlo pure un avvocato d'ufficio. Un carro armato per entrare da un portone spalancato.

Danise rivolse un'occhiata confusa a Gargiulo, il quale restituí un fremito del labbro superiore che voleva essere un cenno d'intesa, ma che a lei sembrò un tic nervoso.

– Sí, è strano. Una cosa che si poteva risolvere in cinque minuti, e invece abbiamo perso un'ora per quei cretini di colleghi che si sono fatti perfino le fotografie. Anzi, dotto', a questo proposito, io avrei da tornare in sede per…

Il sostituto procuratore si voltò piano verso di lei, come sorpreso dalla sua presenza. Fissò gli occhi vacui sulla poliziotta, lasciandoli scorrere sulla sagoma massiccia. Forse, rifletté Gargiulo, si domandava quale fosse la divisa d'ordinanza dei falchi.

– Lei, ispettrice Danise, ha detto una cosa, ieri. A proposito di altri eventi simili nell'arco di un periodo lungo, diciotto mesi. Mi può spiegare meglio, per cortesia?

Danise arrossí in quel suo modo curioso, a chiazze.

– È solo il mio pensiero, dotto', non è che ci siano elementi oggettivi. Però mi sono studiata un po' di rapporti, ho visto le denunce. Un'idea diffusa è che sia inutile denunciare perché tanto non succede niente, ma non è vero perché poi si mettono insieme le cose e si tira qualche conclusione.

Gargiulo ripeté il fremito del labbro superiore. Lo aveva capito subito che dietro quella mascella quadrata c'era un cervello poliziesco di prim'ordine.

De Carolis si fece attento.

– E cioè? Mi aiuti a capire.

– Il primo episodio risale a diciotto mesi fa, dottore. Un orologio, un turista inglese. Una patacca, però, finto oro e bracciale metallico, ecchimosi: ma quelli nostri distinguono da mezzo chilometro un orologio buono da una patacca; e se non sono sicuri prima guardano, si avvicinano, e poi se conviene fanno il fatto. La moglie del tizio descrisse il mezzo, e anche lí fu strano perché aveva la targa coperta. I nostri usano roba rubata, non corrono il rischio di farsi fermare a un posto di blocco.

– Quelli nostri? Che intende con «quelli nostri»?

– I soliti, dotto'. Gli organizzati, come devo spiegare? I noti, ecco. Quelli che lo fanno di mestiere. Invece questi episodi sembrano sempre opera di dilettanti. Uno scooter con il nastro adesivo nero sulla targa, niente di grosso valore, vittime casuali. Anche la signora, come si chiama...

Gargiulo fu pronto come un tennista al servizio dell'avversario.

– Avitabile Rosa, di anni ottantadue. Per inciso, dottore, ho sentito l'ospedale ed è stazionaria, ma il cuore regge ed è una buona notizia, ha detto il medico.

Danise gli diede la stessa occhiata che avrebbe riservato a uno scarabeo stercorario e continuò.

– Insomma, è una sequenza di episodi strani. Questo volevo dire.

Il magistrato si mordicchiò il labbro inferiore. Il momento dell'elaborazione dei dati, disse fra sé Gargiulo.

– Non capisco, – disse De Carolis, – c'è troppo di strampalato. Una serie di episodi simili senza particolare valore della refurtiva, Miruzzi in persona che viene ad assistere un piccolo delinquente che peraltro si costituisce cosí, senza colpo ferire.

Gargiulo tossicchiò.

– Forse, dottore, l'avvocato voleva controllare.

De Carolis e Danise si girarono a fissarlo, quasi l'attaccapanni avesse emesso un peto.

– Controllare? Controllare che?

Gargiulo, che si era pentito già al «Forse», batté i tacchi per trovare conforto in un suono caro e noto.

– Voglio dire, dottore, ma di sicuro mi sbaglio, sia chiaro, anzi, sarebbe meglio che io non... Sí, certo... Magari Miruzzi non voleva tanto intimidire noi, che infatti ci stiamo ponendo il dubbio del perché fosse là, ma solo controllare che il ragazzo non dicesse di piú di quello che doveva dire. Forse.

Il tono era andato calando, fino a diventare un mormorio indistinto.

Danise fu la prima a riprendersi, la fronte corrugata.

– Ci sta, però. A pensarci, ha fatto in modo che il ragazzo dicesse solo quella frase, poi ha sempre parlato lui.

De Carolis continuava a scrutare Gargiulo, sconcertato. Poi disse:

– Voglio sapere tutto di questo ragazzo. Tutto. Famiglia, amici, frequentazioni. Chi guidava lo scooter, e di chi era il mezzo. Voglio sapere se c'era lui negli altri scippi, e perché si è scoperto le braccia per farci vedere il tatuaggio senza che nessuno glielo avesse chiesto. Danise per i suoi canali, Gargiulo per i nostri soliti. Se quel buffone coi capelli cotonati pensa di mettere paura a me, be', si sbaglia. E di grosso, pure.

Il maresciallo accompagnò la poliziotta all'uscita. Entrambi tacevano, ragionando su quello che aveva detto De Carolis e su come ricostruire il quadro di ciò che era accaduto.

Appena si ritrovarono davanti all'ascensore, Danise disse brusca:

– Secondo te, quindi, l'avvocato era lí per sorvegliare il ragazzo. Vuol dire che qualcuno l'avrà mandato, ti pare?

Gargiulo rifletté. Se solo il cuore non gli avesse suonato un assolo di batteria nelle orecchie...

– Sí. Prima cerchiamo di capire chi è il ragazzo, e poi magari guarderemo alla clientela dell'avvocato.

L'ispettrice concordò, pensosa. Poi fece una cosa clamorosa: con un gesto repentino, strizzò il cavallo dei pantaloni al carabiniere. Gargiulo batté il suo personale di salto a piedi uniti.

– Scusa. Volevo vedere se i carabinieri hanno le palle. Me lo sono sempre chiesta.

Poi Danise entrò nell'ascensore.

XXXV.

Mina sentí di aver bisogno di aiuto.

Si era resa conto di coltivare soprattutto un impeto, che si ergeva sugli altri come una montagna in una foresta: il risentimento.

Provava risentimento nei confronti della madre, che non perdeva occasione di farla sentire stupida, autolesionista, vecchia, scioccamente idealista. Provava risentimento nei confronti della gente del quartiere, che per una insulsa trasmissione televisiva aveva voltato le spalle a lei che per quelle stesse persone aveva rinunciato ai benefici di una vita tranquilla e borghese, fatta di piccole menzogne e di meschinità, ma almeno comoda e piacevole. Provava risentimento nei confronti dell'assurda, superficiale e bionda fidanzata di Claudio, che aveva messo su quella pantomima ridicola per ottenere piú ascolti; e anche di Claudio stesso, che per quieto vivere accettava persino una che prendeva il mondo per i fondelli. Provava risentimento nei confronti di Domenico per il solo fatto che esisteva, ricordandole quanto rinunciasse per colpa delle sue mille paturnie a una sana, naturale femminilità.

Era arrabbiata, e non avrebbe voluto esserlo perché sapeva di essere prigioniera della sua stessa rabbia. Era come stare a letto in una gelida notte d'inverno con in camera tanti cassetti aperti, consapevoli dell'impossibilità di prendere sonno in quella condizione di disordine materiale e menta-

le, e malgrado questo non riuscire ad alzarsi per chiuderli
perché si è appena preso calore sotto le coperte. Osservava
sé stessa dall'esterno, comprendendo di offrire di sé un'immagine odiosa e antipatica: ma non era capace di sentirsi
diversa da cosí, e questo la faceva adirare ancora di piú.
Il loop sentimentale nel quale era invischiata la rendeva
uguale a una tigre in gabbia. Continuava a percorrere chilometri in una stanza di venticinque metri quadrati. Dal suo
angolo, Domenico la guardava torvo e pensava che era bellissima, ma arrabbiata per un uomo che non era lui. Questo
lo feriva e lo portava con la mente a Viviana, a come doveva essere triste per lei ricordare i loro momenti insieme.

Al di là di questa ridda di emozioni e sentimenti che si
traduceva in una reciproca, apparente noncuranza che fregava tutti ma non la virtuale tribunetta di psicoanalisti per
i quali tutto era chiaro, i due aspettavano Rudy. Il custode
manteneva una residuale incertezza sul fatto che quella del
bambino fosse una recita. Apparteneva a un popolo che aveva fatto della televisione un sinonimo di verità, e gli pareva impossibile immaginare una menzogna irradiata *urbi et
orbi* nell'etere. E d'altra parte era affezionato a Mina, cosí
come a Domenico, e aveva avuto modo di apprezzarne la
sincera filantropia e l'interesse genuino verso il quartiere:
poteva mai essere che fossero degli incompetenti, come diceva la Sirena? E poi: poteva essere una donna tanto appe-
titosa meno che angelica?

Nel dubbio, aveva deciso di fornire il proprio appoggio
all'azione che i due professionisti del consultorio avevano
deciso di intraprendere, pronto al voltafaccia in caso emer-
gessero elementi di segno opposto. Per cui aveva recepito
obbediente la richiesta di Mina in merito a un po' di intel-
ligence da fare tra la gente conosciuta, specie perché, come
gli aveva spiegato Domenico, la cosa non riguardava la vi-

cenda del bambino e della trasmissione ma un nuovo, urgente caso di competenza del consultorio.

Era perciò partito ventre a terra, subito dopo il racconto piú o meno particolareggiato che gli era stato fatto. Due ore dopo non era ancora rientrato, e per gli standard di Rudy era tanto.

Alla fine giunse trafelato nella stanza, interrompendo la passeggiata di Mina e i truci pensieri di Mimmo.

– Permettete che mi siedo, dottore'? Sto correndo da quando sono uscito, mi manca il fiato. Tengo un'età.

Si lasciò cadere sulla sedia e tirò fuori un fazzoletto di colore incerto, col quale si deterse la fronte. Mina friggeva.

– Allora? Novità? È riuscito ad avere qualche notizia?

L'uomo fece segno di aver bisogno di un bicchiere d'acqua, che Domenico gli portò sollecito. Ingollato il liquido, disse:

– Allora, il ragazzo è *'nu bravo guaglione*, detto da chicchessia. Si occupa della sorella, fa lavori di ogni tipo, è molto umile anche se è diplomato col massimo dei voti. Fa proprio tutto, dallo scarico dei camion alle lezioni private, che dà anche la sorella. Nessuna brutta amicizia, nessuna frequentazione particolare, nessun vizio. Niente di niente. Potrebbe avere la fidanzata e pensare pure un poco a divertirsi, ma niente, quello che guadagna serve a mantenere lui e la sorella.

Domenico chiese:

– E lei, la ragazza? Al di là della sua situazione, come amicizie, frequentazioni o…

– No, no, dotto', è proprio una santa, mi dicono. A parte questo fatto della voce d'angelo, e delle canzoni che canta, insegna la mattina a leggere e a scrivere ai figli degli immigrati che non possono andare a scuola, figuratevi. Insomma, sono due giovani meravigliosi e molto sfortunati: lei sta cosí perché il padre, che stava sempre ubriaco, la buttò per le scale, lo avete saputo?

Mina disse di sí, memore del racconto disarticolato di Immacolata.

– Quindi il discorso dello scippo non quadra, come diceva la sorella.

Domenico fece una smorfia.

– Mica è detto. Se ha l'ossessione di procurarsi i soldi per farla curare, potrebbe pure aver fatto una sciocchezza. Quello di cui non mi capacito è il conto svizzero: non è con quattro scippi che ti procuri i soldi per un intervento del genere, ci vogliono decine di migliaia di euro, forse piú di cento considerando la permanenza.

Rudy però scosse il capo.

– Dotto', io ho fatto una cosa un poco pericolosa, perciò ci ho messo tempo, perché le informazioni sui ragazzi le tenevo dopo cinque minuti che ero uscito di qua. Ho parlato con due persone che non frequento: un poliziotto dei falchi che è cugino di Mariuccia del negozio di merceria di fronte ed è per questo che non la rapinano ogni sera, e un altro signore di cui non vi posso fare il nome, lo zio di Luca del negozio di telefonini in fondo alla strada, che appartiene a un'organizzazione ed è per questo che non lo rapinano ogni sera. Mi sono spiegato?

Mina e Mimmo si scambiarono un'occhiata afflitta. Rudy riprese.

– Allora, ascoltatemi bene. Pare che qualche giorno fa hanno rapinato una vecchietta a via Toledo, non lontano da qui, quella che diceva la Sir... insomma, una signora che si è fatta male assai, e sta ricoverata al Pellegrini vecchio. Lo zio, quello dell'organizzazione, mi ha giurato e spergiurato che non è stato nessuno della zona, di quelli che, diciamo, sono attivi nel settore. Il cugino, quello dei falchi, mi ha

invece spiegato che uno ha fatto per caso una fotografia, e
che si vedeva questo braccio con una sirena tatuata sopra.

Di nuovo i due si guardarono. I pezzi cominciavano ad
andare a posto.

Rudy continuò.

– Uno scippo, dottore', è solo uno scippo. Mi rendo conto che è una brutta cosa, ma con tanti guai che succedono
in questa città, e chi lo sa meglio di voi, la polizia risolve se
può risolvere, altrimenti passa avanti. Solo che con questo
scippo in particolare è successo che un magistrato, non si
sa perché, si è applicato assai, ma proprio assai. E ha tolto l'anima alla squadra antirapina, ha detto che finché non
usciva lo scippatore non gli dava pace. Il cugino mi ha detto che un collega suo ha avuto un cazziatone che piangeva
come 'na criatura. E allora appena è venuta fuori la sirena
tatuata, hanno cominciato a battere la zona.

Mimmo chiese:

– E allora?

Rudy bevve un altro sorso d'acqua.

– Avevano appena cominciato a cercare che si è presentato il ragazzo Caputo con tanto di avvocato, pare che è pure
un avvocato importante, e ha detto che è stato lui. Siccome
ha la sirena sul braccio e ha confessato, sono tutti contenti.
Fine della storia, dottore'.

Mina però aveva un'altra domanda, perché a un certo
punto del racconto aveva corrugato la fronte e stretto le
labbra, e ancora aveva quell'espressione.

– Ascolti, Trapanese, è molto importante: le hanno detto
il nome del magistrato, per caso?

– No, dottore'. Però il cugino, che lo ha visto al commissariato quando il ragazzo si è costituito, ha detto che tiene
gli occhiali neri e lo sguardo di un serpente a sonagli. Parla
a bassa voce ma è come se urlasse, così ha detto.

Un muscolo prese a guizzare sulla guancia di Mina. Domenico chiese:

– Ma scusa, a che ci serve sapere che faccia ha il magistrato?

Mina disse, a denti serrati e al vuoto davanti a sé:

– È lui. Proprio lui, non avrei saputo descriverlo meglio. E adesso ho una ragione in piú per farlo.

Domenico era preoccupato, e lo stesso Rudy fissava il volto di Mina come paventando che lo mordesse. O forse augurandoselo, a pensarci bene.

Mina disse:

– Il nome del magistrato è Claudio De Carolis, sostituto procuratore presso la procura di questa città. Lo sguardo di serpente, il tono della voce: c'è solo lui al mondo cosí. Lo conosco bene, e adesso ci devo per forza andare a parlare. Lo avevo già immaginato, ma ora la cosa è indifferibile perché le ragioni passano a due.

Temendo la risposta, il ginecologo sussurrò:

– E come fai a conoscerlo cosí bene?

Mina sorrise, ed era un sorriso da guerra.

– Semplice: ci sono stata sposata.

Mimmo si sentí morire.

XXXVI.

De Carolis afferrò l'impermeabile di foggia antiquata che lo rendeva simile al protagonista di un *hard boiled* anni Trenta e si avviò veloce verso l'ascensore. Gargiulo, che transitava nel corridoio della procura recando un faldone di incartamenti tra i quali reperire eventuali schedature di piloti di scooter, per poco non rimase travolto.

– Vuole che l'accompagni, dottore? Faccio venire la macchina?

Il magistrato, che cercava di infilare una manica alla cieca, fece un cenno di diniego.

– No, no, Gargiulo, continui a fare quello che sta facendo. Vado solo a pigliare un caffè, torno subito.

Gargiulo non mollò la presa.

– Oh, ma glielo faccio venire io, dottore, se non gradisce quello della macchinetta del corridoio la capisco, è disgustoso. Secondo me è perché non raggiunge la giusta temperatura, quello del bar è…

De Carolis, una manica infilata e l'altra alla rovescia, lo fissò. Il carabiniere comprese al volo e chiuse la bocca di scatto. In compenso allungò una mano tremante e sistemò la manica, consentendo l'ingresso del braccio a un De Carolis che divenne subito il tenente Colombo.

Attraversato l'atrio del palazzo, il sostituto procuratore si ritrovò all'aperto. La primavera giocava strani scherzi, la sera. E infatti la temperatura si era fatta frizzante. Del re-

sto il microclima del Centro direzionale, per qualche oscura alchimia di correnti e distanziamento degli edifici, era
sempre stato pessimo e controtendenziale rispetto alla città: come se gli architetti che l'avevano progettato avessero
voluto, limitatamente a quel moderno quartiere, rendere
europea almeno sotto l'aspetto del tempo atmosferico una
metropoli a chiara vocazione subtropicale.

De Carolis si avviò a passo svelto verso il grande caffè
nell'isolato successivo, disposto in modo che non si vedesse
il palazzo di giustizia. Da quando aveva ricevuto la telefonata, mezz'ora prima, la domanda che gli occupava il cervello
era una sola: che cazzo avrà combinato, stavolta?

Mina era l'unico lato oscuro nella vita ordinata, pianifi-
cata e tutto sommato soddisfacente che Claudio De Carolis aveva costruito a fatica. Il matrimonio era finito per evidente incompatibilità, nonostante la condivisione di ideali,
pensieri e idee che sussisteva ancora, perlomeno cosí riteneva Claudio. Si erano incontrati ai tempi dell'università,
Psicologia lei e Giurisprudenza lui, impegnati nella salva-
guardia dei piú deboli, in lotte per la parità di genere, nella
protezione delle fasce a rischio. Poi Claudio era diventato
adulto e Mina no, era questa la semplificazione del magistrato, e il disordine fatto di impeti e di battaglie perse che
lei immetteva nell'esistenza era diventato insopportabile.

La separazione, voluta da lei, era stata per Claudio un
sollievo: la volontà della moglie lo assolveva dal senso del
dovere che lo avrebbe costretto all'infelicità perenne. Aveva
però conservato nei confronti di Mina un forte istinto pro-
tettivo, come per una figlia scapestrata, per cui accorreva
in suo aiuto ogni volta che lei lo chiamava. Non fosse stato
per l'atteggiamento aggressivo, quasi lo accusasse di abiura
degli antichi valori solo perché adesso faceva il magistrato,
sarebbe stato anche un piacere incontrarla.

La donna lo aspettava al solito tavolino d'angolo. De Carolis riconobbe almeno tre uomini, fra cui due suoi colleghi, che studiavano manovre di avvicinamento a quello splendore solitario. Salutò Mina con un cenno e sedette, costernando gli aspiranti corteggiatori. Lei lo squadrò.

– Ancora con questo impermeabile? Ma non te lo dice la tua signora che fa schifo? Mi sembra una attenta a queste cose.

– A parte il fatto che non è la mia signora, come ben sai, tra noi c'è rispetto e nessuno si permette di dire all'altro che non sta bene con un soprabito, che per inciso io trovo molto comodo, un classico d'ogni tempo, che...

– D'ogni tempo tranne che di questo, e te lo dice una che non segue la moda. È solo una banale questione estetica. Fa schifo, punto.

Claudio sbuffò.

– Vabbe', io confido che non mi abbia tirato via dal lavoro, per inciso in un momento molto impegnativo, per parlare dell'impermeabile. Se mi dici che succede e perché non ti limiti a venire nel mio ufficio quando ti serve qualcosa, te ne sarò grato.

Mina cincischiò col caffè, tipico gesto, pensò lui, di quando era in difficoltà.

– Lo sai, non mi va di entrare in quel palazzo. Mi dà l'ansia. E poi ti faccio prendere un po' d'aria, no? Mica ti fa male, non ti muovi mai da là dentro.

– Ma non è vero, io... Ecco, ci sto cascando di nuovo, ti consento di divagare per allontanarti dalla questione. Parla, dài. Vieni al punto.

Mina lo fissò.

– Ci sono due problemi, Claudio. Grossi. E tutti e due, per qualche motivo strano, ti riguardano di persona. Devi sapere delle cose, e me ne devi dire altre. Partiamo dalla

prima: stai indagando su uno scippo successo a via Toledo,
e c'è un ragazzo che...

De Carolis strabuzzò gli occhi.

– Scusa, scusa, aspetta un attimo perché questa mi pare
troppo grossa pure per te: davvero mi stai chiedendo informazioni su un'indagine in corso? Te lo ricordi che lavoro
faccio, sí? Sei impazzita, forse?

Mina, che aveva previsto la reazione, si agitò sulla sedia.

– Guarda che si tratta di uno scambio, io dò informazioni a te e tu a me, una cosa equa. L'equità è materia tua, no?

– Cioè, mi stai dicendo che hai informazioni su un reato e che vuoi rendere una testimonianza? E che in cambio
vuoi *da me* delle informazioni?

– No, no! Io non voglio rendere nessuna testimonianza,
per carità! Se mi dici delle cose, io te ne dico altre. Dài,
mi conosci! Credi che mi servirei di quello che mi dici per
qualcosa di illecito?

– No, io non lo credo: io ne sono certo. Ti saluto, ho da
fare e non posso star qui a sentire...

Mina disse, d'un fiato:

– Non è stato lui. Te lo posso assicurare. Si è venduto la
propria colpevolezza per soldi, per far operare la sorella in
Svizzera.

Claudio, che si stava alzando per andare via, restò raggelato in una curiosa posizione ai limiti del possibile, col
sedere a mezz'aria a venti centimetri dalla sedia. Si lasciò
cadere all'istante.

– E tu come accidenti la sai, questa cosa? E a chi avrebbe venduto... Quale sorella, poi?

Mina sogghignò.

– Arresti uno e nemmeno sai dove vive, con chi, in quale contesto. Siete sempre gli stessi, la legge intesa come un
carrarmato che schiaccia chiunque. Che schifo.

– Tu prova a dire un'altra volta «Che schifo» e ti giuro
che ti faccio arrestare per reticenza. Rispondi alle domande che ti ho fatto!

La donna si fece soave, creando un immediato sommo-
vimento ormonale nei colleghi di De Carolis a tre tavolini
di distanza, intenti a chiedersi come fosse possibile che una
donna cosí parlasse con il Serpente, come cordialmente si
riferivano a lui in procura.

– Ti racconto quello che so, se tu mi dici: è successo qualcosa di insolito, di anormale in relazione a questo ragazzo?

Claudio aprí e richiuse la bocca. Poi lanciò un'occhiata
attorno, quasi temesse di essere fulminato, e disse a bassa voce:

– Si è presentato con un avvocato... sproporzionato, diciamo. Un certo Miruzzi, uno molto importante e costosis-
simo. Ho avuto l'impressione che lo controllasse, che stesse attento a quello che il ragazzo diceva, ecco. Ma stiamo
ancora indagando, non è detto che ci sia qualcosa di losco,
il giovane ha confessato, e poi abbiamo... c'è un ulteriore
riscontro, che...

Mina fece un cenno vago con la mano.

– Sí, sí, questa fesseria del tatuaggio della sirena, lo so.
Ma non è una prova, chissà quanta gente...

– Il tat... E tu come lo sai, maledizione? Chi è che te lo
è venuto a dire? C'è una talpa nella procura?

Mina si appoggiò allo schienale, e i magistrati dal loro
tavolino sorrisero felici.

– Ma se avete sparso la voce dovunque, per far venire
fuori chi aveva il tatuaggio. Dove credi che io lavori, a Stoc-
colma? Non lo sai che la privacy da me non esiste? Piuttosto, renditi conto che girano troppi soldi attorno a questo
ragazzo che fino a ieri per sopravvivere scaricava casse alle
cinque di mattina. La sorella è disperata.

– Adesso però mi dici tutto, Mina. Devo sapere quello che sai, perché anch'io ho dei dubbi, e contrariamente a quanto si favoleggia su chi fa il mio mestiere, non voglio risolvere il caso mandando un innocente in galera.

L'assistente sociale assentí.

– Sí, va bene. Però prima l'altra questione, che ti riguarda di persona: la tua cara signora bionda mente. Organizza cose finte, copre la realtà.

Claudio la guardò sorpreso.

– Cioè, dici che mi tradisce? Che ha un altro?

Mina rise, e i colleghi di De Carolis pensarono che fosse impossibile che il Serpente fosse dotato di senso dell'umorismo, quindi la stava minacciando o le aveva messo qualcosa nel caffè.

– Ma no, cioè, non lo so, e comunque scusa, a me che me ne fregherebbe? Problemi tuoi, mica miei. Intendo dire che queste trasmissioni che sta facendo sul quartiere dove io lavoro sono basate su bugie, su falsità. Ho verificato, e il bambino che vogliono rappresentare come una specie di Oliver Twist in realtà fa una vita piú che dignitosa coi nonni.

Claudio sbatteva le palpebre, quasi cercasse di comunicare con una specie di alfabeto Morse.

– Il bambino… No, senti, lo escludo, Susy non si farebbe mai coinvolgere in una cosa finta, te lo assicuro. Ha i suoi difetti, ma è retta e di principio, si rifiuterebbe.

Mina lo fissò negli occhi.

– Claudio, tra noi è andata com'è andata, e mi dispiace. I miei numerosi difetti e i tuoi non erano fatti per convivere, lo so. Ma mi conosci, anzi: nessuno mi conosce come te. E sai che se dico una cosa senza premettere «Secondo me», vuol dire che l'ho controllata. Quindi, per favore, chiedile di controllare a sua volta. Se è vero quello che dici, e lei sul serio non sa niente, ti ringrazierà. Altrimenti dovrò sputtanarla insieme alla sua trasmissione, lo sai che lo farò, e non sarà bello per nessuno.

Claudio tacque. Poi disse:

– Vedrò che posso fare. Tu però adesso mi dici tutto del ragazzo, senza omettere niente.

Mina cominciò a raccontare. I colleghi di De Carolis si rassegnarono e se ne andarono, ammettendo a malincuore che il Serpente doveva avere un fascino molto nascosto, altrimenti non si spiegava.

Piú in là, al riparo di un pilastro, un ginecologo infelice li osservava e soffriva.

XXXVII.

Se le trovò sotto casa, inevitabili come la morte. Se ne fosse accorta prima, avrebbe deviato e si sarebbe appostata in un androne in attesa che se ne andassero, ma camminava immersa in mille pensieri e quelle tre astute, consapevoli che avrebbe cercato di evitarle, avevano parcheggiato a fari spenti nei pressi dell'angolo ed erano invisibili.

L'unico contatto che Mina aveva mantenuto col luccicante mondo chiuso nel quale era nata erano loro tre, Greta, Delfina e Luciana detta Lulú, che continuavano a definirsi «le ragazze della quinta B». Al contrario di lei, erano rimaste all'interno della bolla dorata diventando l'anima dell'alta società e sempre piú simili alle rispettive madri quando si erano conosciute, anche se questa verità le avrebbe assai probabilmente, una volta presane coscienza, indotte al suicidio o alla dipendenza da droghe pesanti.

Malgrado l'abissale differenza in termini di frequentazioni, utilizzo del tempo libero e approccio alla vita, incluse pratiche sessuali di vario genere, le quattro ex ragazze della ex quinta B avevano mantenuto una tradizione inderogabile: l'incontro del martedí sera. Si vedevano in campo neutro, al bar *Miragolfo*, sempre allo stesso tavolo e sempre alle otto, al di là di quante volte si incontrassero fra loro o si sentissero per altre occasioni o necessità, il che per le altre tre avveniva in media dieci volte al giorno salvo complicazioni, contatti dai quali Mina si era autoesclusa.

L'assistente sociale voleva bene sul serio alle amiche. Era certa che fossero migliori di come sembravano. Erano però la quintessenza di ciò che lei riteneva il vero problema della città: il disinteresse della borghesia nei riguardi dei quartieri popolari. Incontrandole e ascoltandone il cicaleccio sugli amori di questa o di quella e sulle corna che andavano e venivano, avvertiva un disagio che la rendeva triste.

Tuttavia, Mina era per loro una ragione di preoccupazione e un'inesauribile, e quindi irrinunciabile, rottura della quotidiana e noiosissima routine; per cui quella sera, alla seconda defezione di lei dell'incontro al *Miragolfo*, avevano optato per il rapimento.

L'azione fu in qualche modo spettacolare. Greta rimase alla guida della berlina scura da avvocata penalista di grido, profilo affilato e lenti baluginanti nel buio; Delfina e Lulú scesero dagli sportelli posteriori, circondando Mina nell'atto dell'apertura del portone. Chi avesse osservato dall'alto di uno dei balconi – a quell'ora deserti per l'età media centenaria degli abitanti dal palazzo, ormai in coma da parecchio tempo – avrebbe senz'altro immaginato il prelevamento di un agente straniero da parte dei servizi.

Mina sospirò, rassegnata. Ripose le chiavi nella borsa e si lasciò trasportare da Delfina e Luciana, una per braccio. Le due non avrebbero potuto essere piú diverse, invertendo gli stereotipi di categoria: la nobilissima Delfina Fontana Solimena dei baroni Brancaccio di Francofonte era bruna e tarchiata, tendente all'utilizzo dell'accento puteolano trasferitole dall'amatissima tata insieme al latte, incline al turpiloquio e assai rumorosa; la borghese, ricchissima di seconda generazione Luciana detta Lulú era raffinata e aristocratica, diafana, bionda e dai modi eleganti, sussurrava e sembrava una principessa senza esserlo. Al contrario di Greta, esponente dei professionisti spregiudicati e d'assalto della *upper class*, nessuna delle due aveva mai fatto nulla che non fosse attingere a piene mani le ingenti risorse familiari.

Una volta in macchina, per ragioni scenografiche Greta partí sgommando. Mina imbastí una giustificazione.

– Lo so, lo so, avrei dovuto avvisare. Ma...

Delfina l'interruppe, a voce molto piú alta di quanto fosse sopportabile nel ristretto abitacolo.

– Una. Una volta si avvisa, in effetti. Si può mancare se capita un problema di salute o se si deve scopare proprio in quel momento, e nel caso si esibisce una certificazione, va bene pure una foto anche se il filmato sarebbe piú gradito. Se si manca una volta è accettabile, Greta mancò nel giugno del 2016, per esempio, e io a marzo del 2015.

L'avvocata alla guida protestò.

– Avevo la febbre alta, però! E avevo telefonato per avvertire.

Luciana confermò.

– Esatto, avevi avvertito. Tu invece, Mina, per niente. E nemmeno hai risposto alle diciotto telefonate che ti abbiamo fatto a ripetizione. E non solo.

Greta integrò, minacciosa.

– Non solo: sei mancata anche la seconda volta consecutiva! Allora parla chiaro, sorella: che accidenti sta succedendo?

Prima che Mina potesse rispondere, l'auto frenò stridendo davanti al *Miragolfo*. L'assistente sociale disse, sorpresa:

– Ma non è chiuso, a quest'ora?

Delfina grugní.

– Tesoro, per noi non esiste chiuso o aperto. Se vogliamo stare qui, stiamo qui. Basta accollarsi lo straordinario dei camerieri. Le tradizioni vanno mantenute, e la seconda settimana di tua assenza deve ancora finire. Siamo qui per la statistica.

Una volta al solito tavolino, Greta scrutò Mina.

– C'è qualcosa che non va. Non è una domanda, ma una constatazione, quindi non offendere le nostre intelligenze, che saranno anche poco stimolate nel caso di queste due ma che esistono. Parla chiaro.

Lulú la guardò preoccupata.

– Ma ti sei vista? Sembri passata in un frullatore. Sei sempre stata la piú bella del gruppo, accidenti a te, chissà per quale truffa del destino senza massaggi, estetisti, chirurghi e parrucchieri dimostri dai cinque ai dieci anni meno di noi, ed è un'ingiustizia clamorosa dato quello che investiamo nella materia.

Delfina intervenne pacata ma facendo comunque sussultare il cassiere che sonnecchiava.

– E siccome non mi pare che nel frattempo tu ti sia divertita, adesso ci dici tutto. Ma proprio tutto, senza omettere niente.

Mina aveva imparato una cosa, delle tre amiche: non era possibile distoglierne l'attenzione. Mentire non dava altro risultato che non togliersele piú di dosso, in turni di otto ore l'una. Sospirò.

– Due problemi, difficili da risolvere. E in entrambi c'entra Claudio.

Greta si sporse in avanti, spalancando gli occhi resi enormi dalle lenti spesse.

– Il tuo ex marito? Perché, è tornato alla carica?

Lulú si sporse in avanti, acquisendo un minimo di colorito sulle guance pallide.

– Ma non stava con la tizia bionda, quella giornalista della Tv?

Delfina si sporse in avanti, rovesciando la ciotola delle noccioline.

– E che vuole da te, quel pesce lesso? E il ginecologo bellissimo che fine ha fatto?

Sconfitta, Mina raccontò tutto. Della trasmissione televisiva della Sirena, che metteva in pessima luce il consultorio con conseguente azzeramento delle visite. Dell'indagine che avevano effettuato, e della sua convinzione che si trattasse di una montatura. Poi di Ester, dello scippo, della lettera di Marco e del fatto che si era consegnato alla polizia. Raccontò del tatuaggio, e della foto che lo incastrava. Raccontò dell'incontro con Claudio, e delle sue perplessità derivanti soprattutto dalla presenza dell'avvocato Miruzzi.

Nell'udire il nome del professionista, Greta sussultò.

– Alfonso Miruzzi? Lui? Sei sicura di aver capito bene?

Luciana la scrutò.

– Perché, chi è questo Miruzzi?

Greta scuoteva il capo, ancora incapace di metabolizzare l'informazione.

– La star assoluta del settore, mediatico quanto nessuno, fa lavorare solo gli scagnozzi e lui si riserva i grandi processi illuminati dalla televisione nazionale. È l'avvocato dei pescecani della finanza, e nemmeno se lo possono permettere tutti. È impossibile che segua questa vicenda, che peraltro non mi sembra problematica trattandosi di un reo confesso. C'è di sicuro del marcio sotto.

Delfina sussurrò, facendo tintinnare i bicchieri:

– Miruzzi. Miruzzi. Mi dice qualcosa.

Luciana scosse il capo.

– Invece a me fa venire qualcosa in mente il tatuaggio della sirena, ma non ricordo. Mi sovviene proprio un avambraccio, ma non riesco a capire perché.

Greta guardò le amiche, le labbra strette come ogni volta che assumeva decisioni.

– Ragazze, abbiamo da riflettere. Io cercherò di sentire in giro in merito a questo caso. Se se ne occupa Miruzzi in persona, fra i cancellieri del tribunale qualche notizia si saprà, sono la classe piú pettegola del mondo dopo la nostra. Voi provate a scandagliare le vostre anguste menti alla ricerca del motivo del campanellino che vi è appena suonato.

Luciana disse, pronta:

– Va bene. Resta l'altra questione, però: quella della trasmissione della Sirena.

Delfina rise.

– Della zoccola, vuoi dire.

Lulú rispose, grata:

– Certo, grazie, cara: la trasmissione della zoccola. Che intendi fare per smascherarla? Ho amici nelle redazioni di ogni giornale, possiamo commissionare un'inchiesta: i giornalisti quando possono riempirsi di cacca l'uno con l'altro raggiungono vertici insospettati.

Mina scosse il capo.

– No, no. L'ho detto a Claudio, è giusto che ci provi lui. Se non dovesse riuscirci, allora vi chiederò aiuto. Vorrei aspettare un po'.

Greta comprese.

– Mi pare giusto. Ora che però abbiamo consumato l'argomento frivolo, passiamo ai fatti seri. Dicci cosa non va col meraviglioso Mimmo detto il George Clooney dei Quartieri Spagnoli.

Delfina urlò:

– Ma se è identico a Patrick Dempsey giovane!

Lulú precisò:

– Il sosia di Keanu Reeves, volete dire.

Mina, anche per interrompere il cineforum, parlò di Pippi Calzelunghe all'unico uditorio che potesse comprenderne la portata, ma pure della foresta pluviale e dell'acacia tra le cui foglie si era nascosta. E dell'atto sessuale fedifrago che si era consumato fra il ginecologo, che aveva nell'occasione dimostrato una perizia certo derivante dalle conoscenze professionali, e quella che era senza dubbio la sua ex fidanzata ma con le sembianze della donna di Claudio, che nella circostanza aveva rivelato di essere bionda dovunque. Non omise che si trattava di un sogno interrotto dall'unica cosa peggiore dello stesso, cioè dalla sveglia di sua madre.

Quel racconto surreale si concluse in un silenzio attonito. Nessuna delle tre, come Mina si era attesa, minimizzò l'accaduto.

Delfina tuonò, scuotendo il cassiere e mettendo in agitazione il parcheggiatore abusivo all'esterno.

– Che traditore di merda! Sotto i tuoi occhi, peraltro!

Lulú cercò di giustificarlo.

– Be', magari non l'ha vista, era nascosta dall'acacia.

Greta appariva disgustata.

– Gli uomini sono cosí, traditori infami. Hai ragione, tesoro. Quando avremo risolto questi due intoppi ci dedicheremo all'adeguata punizione. Prima però va risolta la vicenda dei pigiami, perché non puoi presentarti in situazioni del genere con Pippi Calzelunghe. Dobbiamo accompagnarti a fare un po' di shopping.

Luciana concluse:

– Questo è poco ma sicuro.

XXXVIII.

Frank Sinatra sussurrava, le lunghe candele sfavillavano, la candida tovaglia biancheggiava, il morbido vino rosseggiava nei calici a stelo lungo, Tilaka attendeva ordini nell'ombra, con grembiule e crestina. Claudio non riusciva a liberarsi della scomoda impressione di essere Rhett Butler in *Via col vento*, e che da un momento all'altro avrebbe sentito le truppe confederate attaccare a cavallo di là dal vetro. Ma c'era solo la magica sera di primavera sul golfo, punteggiata di stelle sia in cielo sia in terra.

Era rimasto col pilota automatico inserito per tutta la cena, emettendo monosillabi in risposta al monologo vibrante di passione civile di una Susy piú pasionaria, impegnata e bionda del solito. Il tema del dibattito a una sola voce era stato: comunicazione e lotta al degrado, quale futuro. Claudio aveva fatto diga a centrocampo, badando a difendersi senza tentare sortite offensive.

Giunti al dolce, fu chiaro perfino alla campionessa mondiale di egocentrismo in carica che qualcosa impegnava la mente del magistrato, distraendolo da una giusta e appassionata partecipazione alla conversazione. Il possesso palla, avrebbe detto Susy se fosse stata interessata al calcio come metafora dell'esistenza, non può superare il novanta per cento e rimanere fisiologico.

– Cos'hai stasera, tesoro? È successo qualcosa?

La domanda, in apparenza innocua, sembrò colpire Claudio. Al suo interno era in corso un dibattimento attivato dall'incontro con Mina, focalizzato sull'alternativa se parlare o meno a Susy della trasmissione falsa. Conosceva fin troppo bene l'ex moglie, e sapeva che se era andata a porgli la questione aveva già verificato che fosse andata davvero cosí: Mina aveva tanti difetti, ma sul lavoro non era né impulsiva né facile alle illusioni.

Ciò non toglieva importanza ad alcuni corollari, che sarebbero di certo seguiti alla rivelazione e rendevano autolesionista parlarne alla donna. Primo: avrebbe dato un dolore a Susy, e forse una spallata alle sue convinzioni professionali. Secondo: avrebbe stimolato una reazione di cui non sapeva prevedere la portata. Terzo: avrebbe dovuto ammettere di aver incontrato Mina, e la gelosia retroattiva era la piú irrazionale e quindi la piú pericolosa. Quarto, e non ultimo: di lí a mezz'ora ci sarebbe stata la partita in Tv, e Claudio non era sicuro che la cosa si sarebbe risolta in tempi cosí brevi.

Tuttavia non farne parola, a tutela dell'egoistica difesa di una serata tranquilla, avrebbe potuto causare a Susy problemi successivi. Come lo aveva scoperto Mina avrebbe potuto scoprirlo chiunque, con tanto di inchiesta su un giornale o, peggio, su una emittente rivale: come avrebbe fatto a sopportare il peso di non averle consentito di prepararsi?

Non poteva, concluse con la morte nel cuore, dicendo addio alla partita di coppa attesa da almeno una settimana. E accantonando i pensieri relativi alla vicenda principale, cioè la possibile estraneità ai fatti del ragazzo che si era costituito, rispose con gentilezza alla domanda della fidanzata.

– Oggi è venuta a parlarmi la mia ex moglie, Mina.

Il volto di Susy, atteggiato a una nobile e sollecita attenzione verso quello che capitava a Claudio, non variò se non di un millimetro nell'angolo sinistro del sorriso. In basso. Il

movimento non sfuggí a Claudio, dentro il quale il partito
che aveva votato per tacere – e che ora si trovava all'opposizione – rumoreggiò preoccupato.

Visto che Susy non chiedeva nulla, e registrata la posizione
del di lei cucchiaino rimasto surgelato tra il piatto e la bocca con un boccone di torta caprese sopra, Claudio riprese:

– Non è salita in ufficio, non lo fa mai. Mi ha telefonato dal bar. Mi sono chiesto che cosa volesse, in genere sono
cose legate al suo lavoro, ma...

Susy domandò, gentile:

– In genere? Hai detto *in genere*?

Tilaka, nell'ombra, bilanciò il peso del corpo da un piede all'altro. De Carolis ebbe il dubbio che in realtà fosse
un carabiniere.

– Dico, in genere, quando mi contatta, a volte succede,
per chiedermi cose relative a...

Di nuovo il tono gentile, sommesso, che fece provare a
Claudio un brivido lungo la schiena.

– A volte succede, caro? Tipo, quante volte, amore? E
perché non me ne hai mai parlato, tesoro dolcissimo?

Tilaka arretrò nell'angolo. Claudio si accorse di avere i
palmi sudati.

– Perché non ha nessuna rilevanza, ecco perché. Ho decine, centinaia di contatti sul lavoro, amore. Mica vengo a
raccontarti, ogni sera... sarebbe noioso, non trovi?

Il cucchiaino scese lento verso il piatto, senza aver depo-
sitato il contenuto nella bocca biondissima.

– Ma le centinaia di contatti che hai sul lavoro non sono
con la tua ex moglie, Coccolino. Non mi pare la stessa cosa.
Non credo che con tutti i contatti che hai tu abbia condivi-
so il letto in passato. Almeno, spero di no.

Concluse la frase ridendo gioviale, con signorile cordiali-
tà. A Claudio sembrò di masticare del vetro. Decise di an-

dare in fretta al punto, perché le cose stavano prendendo una piega che non gli piaceva. Nemmeno un po', gli piaceva.

– E comunque, come sai, lei fa l'assistente sociale in un consultorio dei Quartieri Spagnoli. Si occupa di persone disagiate, che lí sono davvero tante, e tu ne sei al corrente, amore, perché in pratica ti occupi della stessa cosa.

Un sopracciglio di Susy si sollevò di tre millimetri, in perfetta simmetria col calo del sorriso nell'angolo opposto. L'impressione generale fu di un inizio di paresi. Tilaka ormai era invisibile.

– La stessa cosa? Vedi cosí il mio lavoro, amore? Come una specie di... di... di assistente sociale che va in video? Cioè, io che denuncio il degrado e i disservizi sono la stessa cosa di chi dovrebbe porre riparo e non lo fa?

Il partito che aveva perso la consultazione elettorale nel parlamento interno alla testa di De Carolis organizzò una manifestazione di dissenso rispetto all'azione governativa, inalberando cartelli con su scritto: «Io l'avevo detto che era una follia».

– Ma no, no, certo che no. Ci mancherebbe. Però è curioso quello che è venuta a dirmi, e credimi, non fa piacere a lei vedermi quanto non fa piacere a me vederla, te lo assicuro. Insomma, ha detto che la storia del bambino, quella sulla quale avete incentrato le ultime trasmissioni, sarebbe, sempre *sub iudice*, è ovvio, nient'altro che una finzione.

Il cucchiaino raggiunse il piatto e fu abbandonato dalla mano, che giacque sulla tovaglia ricamata come un uccello morto. Tilaka, felice dell'occasione, la colse al volo fiondandosi sul piatto e rifugiandosi in cucina.

– Scusami, tesoro. Qualcosa mi sfugge. Tua moglie ti raggiunge sul posto di lavoro per parlarti male di me, e tu me lo vieni a dire a cena, in casa mia e alla mia tavola, come se conversassi del tempo?

La mente giuridica di Claudio rilevò piú di un'imprecisione. Ex moglie, anzitutto; non era entrata nel palazzo di giustizia, ma lo aveva convocato al bar; la cena era conclusa; la casa, e la tavola, erano tecnicamente di Claudio e non di Susy. Ritenne tuttavia suicida appellarsi ai cavilli in quel momento, anche se la tentazione era in effetti forte.

– No, no, amore, non lo avrei mai consentito, e sono certo che nemmeno era sua intenzione. Sembrava invece un avvertimento, un volerti mettere tramite me sull'avviso. Io ho deciso di riportartelo, ma per carità, se ritieni di farti una risata e basta va bene; però, se vuoi fare una verifica, forse ne vale la pena.

La voce di Susy non si era alzata di una frazione di decibel, e tuttavia la temperatura nella stanza era calata di circa sedici gradi Celsius. Claudio colse un rapido movimento vicino allo stipite della cucina, e capí che Tilaka stava decidendo se fosse il caso di tentare la fuga prima dell'irreparabile.

– Magari la farò, sai? Troppi anni di questo mestiere per non recepire indicazioni, da qualsiasi parte vengano. Però ti sarei assai grata se mi informassi di ogni contatto con chiunque tu abbia, in passato, visto nudo. Mi rendo conto che sembra una pretesa ridicola, ma io sono cosí. Ora, se vuoi scusarmi, vado in camera. Mi è scoppiato un forte mal di testa. Sarai cosí gentile da sistemarti sul divano, per stasera. Buonanotte.

Claudio ebbe due pensieri diametrali. Da un lato si domandò come mai i litigi con Susy avessero toni assai piú bassi delle normali conversazioni con Mina.

Dall'altro si congratulò con sé stesso per aver assolto a ogni obbligo di coscienza, riuscendo pure a vedere la partita.

XXXIX.

E adesso tocca ai pomodori, e giuro che non ho visto chi, quando e come ha variato per la terza volta il contenuto della bacinella di sinistra, svuotando quella di destra. Sta di fatto che ora la mano rugosa e veloce prende uno di questi frutti rossi a forma di fiaschetto, ne taglia il cappello dove era attaccato alla pianta, lo divide in due in senso longitudinale facendo perno col pollice e lascia andare le due metà. Due suoni umidi, un tonfo. Due suoni umidi, un tonfo.

E quindi, dice la Signora nell'aria della sera, le storie vanno convergendo verso un'unica storia, smettendo di essere storie e diventando parti di una storia sola. Mi hai capito, giovino'? No, eh? Lo so, ma è difficile a spiegare.

Immagina una famiglia. Padre, madre, un paio di fratelli e un paio di sorelle, qualcuno piú piccolo, qualcun altro piú grande. Chi lavora, chi studia, chi fa l'apprendista, chi manda avanti la casa, chi va a servizio. La mattina si salutano, arrivederci a stasera; e ognuno ha la sua giornata, bella, brutta, faticosa o divertente che sia. Mo' nessuno sa con precisione tutto, ma proprio tutto quello che è successo agli altri, no? Un poco perché non c'è, un poco perché non gliene importa, un altro poco perché non si vuole far sapere agli altri. Cose grosse, tradimenti o pericoli che si corrono, e cose piccole, un bicchiere in piú o uno spinello.

Be', la sera in orari diversi tornano, e magari si ritrovano tutti davanti allo stesso televisore a guardare la partita.

Quante storie sono? Tante, una per ognuno. Ma se ti metti nei panni della nonna, che è vecchia e non si è mossa da casa, alla quale un po' vanno a raccontare e un po' lei capisce con uno sguardo, la storia diventa una sola, giovino'. Dipende dalla prospettiva.

E anche qua, nella storia nostra, sta cominciando a succedere che tutti questi, separati l'uno dall'altro che pare che nemmeno si conoscono, fanno invece parte della stessa storia. Come gli affluenti, ruscelli e torrenti, ciascuno con le sue rapide e le cascate, ognuno con la sua sorgente e i ponti sotto i quali passare, diventano lo stesso fiume.

Abbiamo seguito le sirene, ricordi? Era una delle cose che potevamo scegliere, non l'unica ma la più interessante, perché la sirena è un simbolo sbagliato, una che non era un pesce ma un uccello, una che non illudeva ma era illusa, una che se ne voleva andare ma è rimasta.

E così sta succedendo qua, non trovi? Ester, la sirena che canta dal balcone, che non è un pesce, cioè, non è muta come il fratello voleva che fosse, ma che parla con la signora dal pigiama strano, come si chiama? Mina, sí. E l'altra sirena, quella bionda che tutti chiamano cosí, che adesso sta chiusa nella stanza, stesa sul letto con una tempesta di pensieri, che forse ha illuso essendo stata illusa. E le sirene sul braccio dei ragazzi, una che voleva andare e che è rimasta e l'altra che voleva rimanere e invece se n'è dovuta andare.

Adesso abbiamo scelto la sirena, giovino', ma ti posso assicurare che si può scegliere qualsiasi altro filo, di ogni colore, seguendo il quale si percorre una storia grande fatta di storie piccole. Perché questo posto, mi devi credere, è pieno di connessioni invisibili, fili di nylon che legano ogni persona a un'altra, e camminando a zig zag, salendo e scendendo per queste stradine strette, salendo affannosamente dai piani bassi a quelli alti e poi scendendo a rotta di collo per le scale, diventa tutta una rete di nylon cosí stretta e inestricabile che puoi raccontare tutto quello che vuoi tu.

Sei uno scrittore, e devi sapere che sei uno scrittore fortunato. Pensa a quei poveretti che vivono in mezzo all'America, che ogni fattoria è lontana chilometri dalle altre e si vedono la domenica a messa, e poi ognuno sta per i fatti suoi per il resto del tempo. Ne', ma come si racconta una storia là? Devi solo aspettare che qualcuno fa una pazzaria, e allora puoi provare a capire cosa gli passava per la testa, ma se non ha mai parlato con nessuno da che lo capisci? Qua invece di sicuro ha detto quello che aveva in mente, a spizzichi e a bocconi magari, ma sicuro lo ha detto. E tu, scrittore fortunato, ti vai a riprendere i pezzi di dialogo e ricostruisci tutto.

Un'altra cosa che devi tenere a mente sono i dettagli. Magari nella fretta uno racconta fatti grossi, evidenti, e si distrae e gli sfuggono i particolari. I particolari sono importanti, i dettagli pesano: abbigliamento, modi di parlare, toni di voce. La destra e la sinistra. Cose che si dicono e che evaporano, uno se le dimentica nel momento stesso in cui le ha sentite, che ti devo dire. E poi invece in un'altra parte della storia possono tornare a galla, e tutto diventa comprensibile.

Non ancora, però. Perché per adesso si capisce poco.

Perché non tutti sono tornati a casa, e non tutti hanno raccontato alla nonna quello che gli è successo.

E come fa lei, poverina, a mettere insieme le cose, vecchia com'è?

Vecchia non significa scema, però, giovino'. Vecchia e scema sono due cose diverse.

Soprattutto da queste parti.

XL.

Siccome da lei nessuno se l'aspettava, le fu piuttosto semplice.

Prima fece attenzione a certe dinamiche, a chi si appartava per parlare, ad alcuni aspetti che sarebbero stati fondamentali per una trasmissione come quella e invece venivano trascurati, a tecnici che non erano coinvolti, in luogo di altri poco inclini a far fronte a ciò che competeva loro e che invece si facevano carico di compiti altrui. Ci volle poco a capire che qualcosa di anomalo c'era, eccome se c'era.

Fece poi in modo di trovarsi con la Concitata, alias Topo Spennato, a discutere della trasmissione di quella sera. Era stata già informata del trend in crescita degli ascolti, e di come la storia triste del piccolo Geppino, figlio di nessuno abbandonato dal mondo, fosse diventata un meraviglioso generatore di gettito pubblicitario. Doveva ammettere di non essere mai stata tanto popolare: dal bar all'edicola, passando per ogni singolo abitante, riceveva complimenti e incoraggiamenti piú che decuplicati rispetto al passato.

Era questo che piú di tutto le dava ansia. Aveva sempre desiderato arrivare a quel punto; tutti erano felici e consapevoli della sua bravura e dell'importanza strategica del ruolo, era lei e solo lei la Sirena, non c'erano dubbi; le risorse pubblicitarie davano lavoro a un sacco di gente, e quelle che restavano all'emittente avrebbero prodotto ulteriori investimenti, nuove trasmissioni e altro lavoro.

In piú: se pure fosse stato vero quello che l'ex moglie pazza di Coccolino asseriva, sarebbe stato meglio chiudere? Non era invece utile alzare il velo sulla povertà, sul degrado e sull'indigenza in cui tanta gente nei quartieri popolari era costretta a vivere? Magari Geppino avrebbe avuto l'effetto di richiamare al dovere i tanti che scaldavano sedie in uffici oscuri, rubando stipendi. Non era detto che fosse una cosa negativa, insomma.

Susy però era una giornalista. Lo era da molto prima di acquisire il tesserino. Lo era da bambina, quando guardava i servizi dalle zone di guerra e sognava di essere una di quelle donne incantevoli che urlavano nel microfono turandosi un orecchio per le bombe; e lo era quando, appena piú grandicella, divorava gli approfondimenti dei quotidiani. Era una giornalista, e una giornalista fa una cosa sola: cerca la verità. Non costruisce bugie e non le sfrutta. I giornalisti cercano la verità.

E la raccontano.

La chiacchierata con la Concitata fu intensa e veloce. Susy si domandò come avesse fatto a non capirlo prima, che Topo Spennato la riteneva un'idiota. Non che fosse una novità: il fatto di essere cosí bionda l'aveva abituata alla sottovalutazione soprattutto da parte dei maschi, e spesso aveva utilizzato quell'opportunità per arrivare indisturbata all'obiettivo. Le donne avevano altri recettori e ci cascavano assai meno. Quella però era cosí focalizzata sull'obiettivo da non ritenere Susy un ostacolo. O forse faceva lo stesso ragionamento di tutti, che la convenienza, cioè, fosse tale da non porsi domande.

Susy le chiese quali sarebbero stati i contenuti della trasmissione, e lei le disse che se ne sarebbe occupata quella mattina stessa. Che sarebbe andata in diretta, e avrebbe ricevuto la scaletta pochi minuti prima dell'inizio. D'altra parte la puntata avrebbe guadagnato in termini di verità se lei, Susy, non fosse stata consapevole a pieno. Avrebbe condotto alla perfezione, condividendo sorpresa e orrore dei telespettatori. Era quella la televisione verità, quella che tutti volevano. E ora, se permetteva, la Concitata aveva da preparare i contenuti.

Susy si attivò, provvedendo allo smantellamento della propria biondità. Lo aveva già fatto in passato, conducendo alcune inchieste sul campo dove il suo aspetto le avrebbe fatto rischiare addirittura la pelle, ma stavolta fu ancora piú divertente perché – favorita dall'estromissione di Coccolino dalla stanza, imposta sia da questo intento sia da una giusta punizione per il fatto di avere avuto una moglie – aveva dovuto riesumare dall'armadio indumenti che non indossava da decenni e le stavano ancora benissimo.

Jeans, scarpe di gomma, giubbotto in tela, T-shirt nera, cappellino di lana per nascondere i capelli, sciarpa in seta scura con la quale coprire il viso e occhiali da sole senza strass (l'oggetto piú difficile da reperire). Tutto in una borsa da palestra, da indossare in bagno in pochi minuti. E poi via, sulle tracce della Concitata, per capire in che consisteva questa preparazione della trasmissione di cui doveva occuparsi di persona e in maniera tanto riservata.

Topo Spennato guidava in maniera assai prudente, e per Susy, che aveva invece una guida sportiva, fu facile seguirla. Parcheggiò nel garage a ridosso del quartiere popolare oggetto dell'inchiesta, e fin qui, pensò Susy, tutto normale. Quella sarebbe stata la sera dell'intervista al bambino e alla nonna, l'unica cosa che era riuscita a sapere in anticipo. Ci stava che Topo Spennato andasse a prendere contatto con la famiglia.

La ragazza saltellò per una delle direttrici principali dei Quartieri Spagnoli, e Susy la pedinò senza difficoltà perché vedeva la testa sollevarsi dalla folla a ogni passo. Era come seguire un canguro. A un certo punto si infilò in un vicolo laterale, poi in un altro. Si muoveva sicura, e Susy ebbe l'impressione che scambiasse cenni di saluto con commercianti e ambulanti incontrati al passaggio. Si domandò chi fosse in realtà quella ragazza, e considerò con disagio che aveva smesso da tanto di informarsi su chi lavorava con lei, un insegnamento dei vecchi maestri colpevolmente dimenticato. La Concitata fece un ultimo saltello e si fermò davanti a un basso. Non aveva però l'aria degradata: l'infisso era nuovo, si vedeva addirittura il motore esterno di un condizionatore, e c'erano delle piante ben tenute sotto la finestra. Topo Spennato suonò il campanello, che emise la melodia delicata di un carillon. Susy riparò nel portone di fronte, dal quale poteva vedere e sentire. Percepiva l'adrenalina degli inizi del mestiere, ed era una sensazione meravigliosa. Prese il cellulare e attivò la videoregistrazione.

Ad aprire la porta venne Geppino, o almeno la sua controfigura evoluta. Pettinato, pulito e vestito per andare a scuola, aveva l'aspetto di un bambino sano e ben nutrito: una metamorfosi incredibile rispetto al cucciolo straziato che lei stessa aveva intervistato al di là di uno schermo. Il bambino balzò al collo di Topo Spennato, chiamandola zia. La ragazza gettò un prudente sguardo attorno e non vide nessuno; poi diede a Geppino un rapido bacio, dicendogli: ecco il mio attore preferito, ti giuro che farai un film, sei bravissimo. Tirò fuori una banconota da cinque euro, che il piccolo arraffò ringraziando compito. Poi andò all'interno, e dopo qualche secondo uscí una donna anziana che lanciò un'occhiata alle sue spalle, facendo segno che qualcuno era sveglio e quindi avrebbero dovuto parlare lí nel vicolo.

Susy si avvicinò, ma le due donne parlavano cosí a bassa voce che le arrivava solo qualche parola ogni tanto. L'occhio

fisionomista della Sirena rilevò che di profilo Topo Spennato
e la vecchia avevano una strana somiglianza. I nasi lunghi e
affilati, i menti sfuggenti e la statura erano uguali. La ragazza
parlava svelta, gesticolando molto e trattenendo l'attitudine al saltello. A Susy arrivarono le parole «fondamentale»,
«attenzione», «sembrare ignorante», «nessun congiuntivo»
e «disperata». La vecchia si affacciò un paio di volte all'interno per dire ad alta voce: «Un momento, mo' vengo!»

Poi fu il turno dell'anziana. Al portone dove Susy stava
nascosta giunsero le parole «orario», «tempo», «il bambino» e «soldi per il dottore».

Topo Spennato annuí grave, diede un'altra occhiata a
destra e a sinistra verificando che non passasse nessuno ed
estrasse una busta dalla tasca del giubbotto, passandola alla
vecchia. Che aprí e contò due volte le banconote contenu-
te, mentre la ragazza, non riuscendo piú a frenarsi, aveva
preso a saltellare sul posto come un'atleta in attesa del colpo di pistola di inizio corsa.

Il conteggio dovette risultare soddisfacente, perché la
vecchia intascò la busta, baciò sulle guance Topo Spennato
e rientrò nell'abitazione.

Susy registrò l'ultima occhiata guardinga della ragazza,
che saltellò verso il resto della sua giornata lavorativa.

La Sirena restò ancora un po' nel portone, a chiedersi
se pesasse di piú la gloria, con annesso denaro e popolarità
e forse un servizio reso alla comunità, oppure l'immagine
che le restituiva lo specchio ogni mattina.

XLI

L'evento era notevole perché le visite delle amiche di Mina al consultorio si contavano sulle dita di una mano, e comunque non vi si erano mai recate tutte e tre insieme. Vederle sbucare in parata, incongrue rispetto al quartiere e all'edificio, era un caso unico.

Le introdusse un trafelato Rudy, che aveva anticipato la salita facendo le scale a tre a tre e tagliando il traguardo in dispnea. A segni confusi, fece capire a Mina e a Domenico – i quali, in assenza di visite per il perdurante ostracismo popolare, continuavano a guardarsi in cagnesco mettendo a posto documenti negli schedari – che c'erano tre ispettrici dell'Inps, dell'Inail, del comune, della regione, insomma tre ispettrici di sicuro, perché nessuno le aveva mai viste e non volevano nemmeno dire perché si trovassero là, avevano solo detto che cercavano la dottoressa, proprio mo' che non c'era nessun cliente, che guaio, ora certo chiuderanno il consultorio.

Domenico rifletté se non fosse il caso di sopprimerlo con un'iniezione per non farlo piú soffrire cosí inutilmente. Colta da un sospetto, Mina si fece dare una sommaria descrizione delle tre e si preoccupò ancora di piú. Un'ispezione in qualche maniera si poteva fronteggiare, quelle là invece non si controllavano in nessun modo.

Entrarono, Greta in testa e Delfina e Lulú ai lati, nella stessa formazione delle tre pie donne del quartiere venute ad avvisare dell'imminente chiusura degli uffici. L'avvocata si guardò attorno con espressione critica.

– Madonna santa, Mina, questo posto è peggio di quanto mi ricordassi, ma davvero lavori qui?

Delfina annusò l'aria come un segugio.

– Puzza pure di gabinetto, ma non funziona lo scarico?

Alle loro spalle intervenne Domenico, che nessuna aveva visto.

– No, è un problema già analizzato: è il deodorante per ambienti che la signora delle pulizie insiste a usare, malgrado i miei inviti a cambiarlo. Buongiorno, signore. Che piacere rivedervi.

Le tre fecero una piroetta sincrona, sorrisero in maniera sincrona e si aggiustarono i capelli in modo sincrono. Luciana arrivò ad aprire un ulteriore bottone della camicetta a velocità supersonica e senza particolare effetto, vista la seconda misura alla quale accedeva soltanto con qualche aiuto sintetico.

Greta flautò:

– Oh, ciao, Mimmo! Devo dire che quando ho proposto di venire subito qui senza aspettare stasera per dire a Mina quello che le dobbiamo dire, l'ipotesi di vederti ha giocato un ruolo chiave.

Delfina e Lulú cinguettarono in sintonia. Mina sbuffò infastidita.

– E invece forse era proprio il caso di aspettare stasera, specie se si tratta di informazioni riservate che...

Il ginecologo l'interruppe, brusco.

– Se sono cose che riguardano la nostra attività a rischio, credo di avere il diritto di ascoltare. Se sono faccende personali, per esempio riguardanti il riguadagnato rapporto col tuo ex marito, posso anche andarmene nella mia stanza portando con me Rudy.

Il portinaio, che si godeva estatico tutta quella femminilità inaspettata, una volta tranquillizzato che non si trattava di una qualsiasi ispezione disse svelto:

– No, dotto', e perché ce ne dobbiamo andare? Si sta cosí bene, qua!

Mina era rimasta sorpresa dalla sortita del mite Domenico e dal riferimento personale davanti alle sue amiche. Raccolse frammenti di dignità.

– Senti, io non so proprio a cosa tu ti riferisca, e comunque credo siano affari miei che non ti...

Delfina, che si divertiva un mondo, provò a rassicurare Mimmo.

– Tesoro, stai tranquillo: il povero Claudio è un ottimo ragazzo, ma come potenziale avversario ha lo stesso appeal di quello schedario arrugginito. Te lo dice una che ne capisce.

Lulú confermò, decisa.

– Nessuna di noi ha mai capito come fosse possibile sposarselo, addirittura. Be', l'importante è uscirne. Il matrimonio è come l'alcol, in fondo.

Mina era diventata viola.

– Oh, ma come vi permettete? Non riguarda nessuno, cosa vedevo in Claudio! E comunque, è per questo che siete venute fin qua?

Mimmo la fissò torvo, interpretando la difesa della scelta come un segnale della ritrovata attrazione, e dunque sbagliando al cento per cento. Greta riportò l'attenzione sull'argomento della visita.

– No, cara, anche se Claudio c'entra, come sai. Abbiamo un'informazione a testa, che messe insieme ribaltano il quadro e lasciano intuire, in maniera indiziaria e senza prove certe, ti avviso, quindi non ti eccitare piú di tanto, quello che è successo. Il che non vuol dire che cambierà il corso degli eventi, temo.

Mina, che conosceva Greta, pesò la premessa.

– Voi cominciate a dirmi quello che avete scoperto. Dopo vediamo cosa fare.

L'altra si strinse nelle spalle.

– Come vuoi... Ho sentito un collega, un amico che lavora nello studio Maniscalchi e Miruzzi. In un paio di grossi processi difendevamo imputati in solido, abbiamo concertato strategie insieme e abbiamo fatto amicizia. Diciamo che, – e lanciò un'occhiata seduttiva a Mimmo, – subisce il fascino dell'intelligenza. Be', mi ha detto, e non è cosa da poco, che Miruzzi ha escluso la difesa del ragazzo dall'attività dello studio. In pratica, da loro non esiste un incartamento su Caputo Marco, e quello che lo riguarda l'avvocato lo tiene a casa. Ti rendi conto? Non succede mai, nemmeno quando sono situazioni personali e familiari.

Mina corrugò la fronte.

– E questo che vorrebbe dire?

Greta si piegò in avanti, cospiratoria.

– Che ha qualcosa da nascondere al suo stesso studio, che credimi, è composto di squali con lunghi peli sullo stomaco.

Domenico pareva piú impressionato della collega.

– Il che, per un semplice scippo con peraltro una confessione piena, è perlomeno strano.

Greta lo guardò soave, come avesse detto chissà che.

– Esatto, tesoro, che meravigliosa intuizione la tua!

Per non essere da meno, subentrò Delfina.

– Hai presente, Mina, quando ci hai raccontato la storia e a me questo nome, Miruzzi, diceva qualcosa? Ho fatto mente locale e ho chiamato Gabriellina Vinci di Roccasecca, te la ricordi? No, eh? Non mi sorprende, frequentavate gente diversa già a scuola. Lei mi ha rimandata a Charlotte Raspo di Vignadoria, che mi ha fatto chiamare da Bernadette Spina di Montoro, una pettegola di prima categoria che dà informazioni solo in cambio di altre, ho dovuto parlare delle corna che il marito di Nicoletta Giani di Spondone le ha messo con l'istruttore di spinning, anche se non saprei dire se sono corna quando un marito va con un uomo, è argomento controverso in dottrina.

Mina si teneva una mano sugli occhi, disperata.

– Delfi', vai avanti. Ti supplico.

L'amica, che aveva declamato l'antefatto in maniera udibile in tutto l'Ovest dei Quartieri Spagnoli, si giustificò.

– Era per far capire come sono arrivata all'informazione, che è questa: l'avvocato Alfonso Miruzzi è fissato con il tennis. Non sa giocare, ma si comporta come se lo sapesse fare e sfida chiunque sul campo, ma quelli bravi si scocciano e quelli scadenti non gli dànno soddisfazione. L'unico che sembra dargli corda, per cui incrociano le racchette con regolarità, è nientemeno che Luca Braschi.

La notizia cadde nella perplessità generale. Un sommesso Rudy, intimidito dalla fisicità e soprattutto dal tono di voce di Delfina, chiese:

– E chi sarebbe mo', 'sto Luca Braschi? Un criminale?

– Esatto, bravo! Un criminale dei peggiori, un commercialista che cura grandi movimenti societari e di denaro. Un esperto di elusione fiscale, un'autorità negli imbrogli che prevedono spostamenti di somme rilevanti in giro per il mondo. E sai dove ha il centro delle sue movimentazioni? Lo so per certo perché mammà lo ha utilizzato spesso per gestire certi movimentucci familiari. Dimmi, dove?

Mina cominciava a capire.

– In Svizzera?

Delfina applaudí.

– Brava la mia bambina, lo vedi che se ti applichi ci arrivi pure tu? Proprio là. Dove sono stati trasferiti i soldi per le cure della tua piccola disabile.

Come secondo un copione prestabilito, fu il turno di Luciana.

– Premetto che noi non c'eravamo ancora sentite, quindi non sapevo niente di quello che aveva scoperto Delfina. Però a me il fatto del tatuaggio della sirena sul braccio aveva detto qualcosa da subito, e mi è continuato a frullare nella testa. Lo sai, sono appassionata di arte, di pittura, di fotografia. Le parole mi passano subito di mente, le immagini no: e la sirena mi colpisce sempre, perché viene rappresentata in tanti modi ed è legata alla città. Mi piace, insomma. È un simbolo pagano, eppure è mutuato da altre culture, anche cristiane, la Vergine madre, il corpo alato come un angelo e...

Mina, che conosceva l'attitudine dell'ex compagna di banco a spostarsi fra le nuvole, la richiamò all'ordine.

– E allora, Lulú? Che ti è venuto in mente?

L'altra si riscosse.

– Sí, sí, certo. Io l'avevo vista quella sirena. O meglio, avevo visto un braccio con la sirena sopra. Ma me la ricordavo non dal vivo, su un muro. Me la ricordavo appesa, insomma. Da qualche parte l'avevo vista come figura. Mi capite, no?

Un rapido sguardo attorno lasciò comprendere che nessuno aveva capito. Greta sospirò; era dal 1990 che decodificava le elucubrazioni di Lulú e se ne faceva interprete.

– E quindi, dov'era questo muro con attaccato un braccio con una sirena sopra?

La domanda giusta. Luciana sorrise.

– Me lo sono ricordata di botto stamattina, mentre facevo la doccia. Mi sono vestita in fretta, ho preso la macchina e ci sono andata. Non è incredibile come una possa passare cento volte davanti a qualcosa e non guardarlo mai sul serio, e poi questa cosa ti viene in mente come un'illuminazione?

Mina sapeva che nel suo filo logico l'amica andava assecondata. Col tono con cui si parla a un bambino con difficoltà di apprendimento, disse piano:
– E dove sei andata dopo la doccia e con la macchina, Lulú? Ce lo vuoi dire, per cortesia?
– Oh, ma certo, cara! Proprio al circolo del tennis, pensa. Io e Delfina siamo arrivate per vie diverse alla stessa conclusione, non è divertente?
Domenico cercava di seguire.
– Scusa, che c'entra il circolo del tennis con la sirena tatuata?
Luciana si fece seducente.
– Devi sapere, caro Mimmo, che sulle pareti del circolo ci sono le fotografie dei vincitori dei vari tornei. Uomini, donne, ragazze e ragazzi che alzano le coppe messe in palio, davvero orribili, mi chiedo sempre chi sia a...
Delfina emise un ruggito. Luciana tornò veloce al punto.
– In una di queste fotografie c'è un ragazzo che solleva un piatto d'argento col suo nome inciso. E lo fa con il braccio sinistro, e sul braccio sinistro c'è proprio il tatuaggio di una sirena. Ho fatto la foto, ce l'ho sul telefonino, dopo ve la mando.
Tutti erano tesi e piegati in avanti. Lulú li guardò sbattendo le palpebre.
– Be'? Che c'è?
Mina disse, gentile:
– Il nome, Lulú. Che nome c'era inciso, sul piatto?
– Ah, sí, certo, il nome. C'era scritto: «Ettore Braschi, secondo classificato, anno 2016».

XLII.

L'attesa ebbe termine. Risolte le problematiche relative a pannolini, auto ibride sottocosto, biscotti da leccarsi i baffi a colazione e montascale per anziani, andò in onda la sigla di *Il canto della Sirena*, edizione speciale, terza puntata dell'inchiesta sul degrado dei quartieri popolari visto attraverso la grama esistenza di un bimbo di nome Geppino: un piccolo, sfortunato ragazzo costretto a vivere di carità e di stenti.

Secondo quanto fatto trapelare attraverso la stampa specializzata, quella sera importanti rivelazioni avrebbero lasciato il piú che consistente pubblico di ascoltatori a bocca aperta e senza alcuna voglia di abbuffarsi a cena. Era la sera dell'entrata in scena della nonna, tutrice legale di Geppino.

Ci si domandava: di che panni veste? È una losca matrigna, una sfruttatrice egoista o una gentile vecchietta vittima della miseria e della fame, alla quale il bambino, come adombrato nella precedente intervista, foraggia del cibo? E chi era il misterioso uomo che la nonna assisteva e che, come appurato da un paio di riviste, si trovava in punto di morte da alcuni anni, costituendo un caso degno di approfondimenti scientifici?

Tali fondamentali questioni aleggiavano su pannolini e macchine ibride, per cui, appena la sigla finí e l'occhio di bue fu puntato sul sipario nero dal quale sarebbe uscita la Sirena in tutta la sua bionda magnificenza, si capí subito l'eccezionalità della serata. Perché, allo sfumare dell'ultima nota, quando con perfetto tempismo il sipario si aprí, non successe niente.

Legioni di forchette si fermarono a mezz'aria. Miriadi di occhi attoniti restarono inchiodati sul cerchio di luce orfano di bionde presenze. Qualche adolescente ruttò, senza provocare scomposte reazioni dei genitori.

Mina, Domenico e Rudy, schiacciati nella guardiola del portiere dall'enorme schermo in alta definizione, si guardarono perplessi. Avevano deciso di farsi coraggio in attesa del colpo finale, per avere contezza di quali altre menzogne avrebbero dovuto fronteggiare. Ma la mancata comparsa dell'angelo fiammeggiante e vendicatore li aveva colti alla sprovvista.

Il fascio di luce tremolò, lasciando intendere che la regia non sapeva che pesci pigliare. Qualcuno sussurrò in un microfono, ma non si capí nulla. Poi dal sipario avanzò una figura, ma non era la Sirena. Era un ragazzo, almeno cosí sembrò, in jeans e giubbotto, scarpe in tela e sciarpa sul mento. Lenti scure, una specie di passamontagna.

Il raggio di luce rettificò l'altezza, inferiore di diversi centimetri rispetto alla precedente taratura, e seguí il personaggio al centro del palco. Con studiata lentezza, la figura sbottonò il giubbotto e fu chiaro trattarsi di una donna, anche abbastanza in forma. Allentò la sciarpa, tolse gli occhiali e si palesò la Sirena, pur se con un'espressione dura che non le si era mai vista. Sfilò il passamontagna, e la cascata bionda prese possesso dello schermo inducendo un corale sospiro di sollievo rilevato dall'osservatorio sismico sul vulcano.

Sembrò scrutare nel buio, rivolgendosi a una telecamera laterale. La regia rimodulò e il profilo divenne di nuovo un frontale. Tutti, nell'area raggiunta dal segnale, si sintonizzarono sulla trasmissione. Se cercavano l'attenzione generale, c'erano riusciti.

Rudy disse, a mezza voce:

– *Mamma r'o Carmene!*

Come rispondendo all'invocazione, la Sirena parlò.

– Amici miei e figli della Sirena, stasera il canto non sarà benevolo. Sarà invece duro, triste, doloroso e non farà prigionieri. Ma non nel senso che immaginate e vi aspettate. In tutt'altro senso, temo.

Mina e Mimmo si guardarono. La donna nello schermo, priva di trucco e pallidissima, era in un certo senso piú incantevole del solito. Nelle pupille azzurre luccicava qualcosa, tra la rabbia e il dolore.

– Parlo a questa telecamera perché dietro c'è un mio amico. Mi pare l'unico modo di dire quello ho da dirvi, senza che la trasmissione venga interrotta con la scusa di un guasto tecnico.

Fuori scena qualcuno discuteva concitato. L'inquadratura traballò ma resse. Non piú di una cinquantina di scettici, a livello regionale, paventò che fosse tutta una pantomima per moltiplicare l'audience.

Fissa nell'obiettivo, la Sirena continuò.

– Sapete tutti delle ultime trasmissioni, basate sulla storia triste di un bambino povero, cosí povero da doversi contendere il cibo coi cani randagi. Ci avete creduto, ci abbiamo creduto. Siete rimasti col fiato sospeso, avete provato orrore, dolore e tristezza. Perché mi avete creduto. Avete creduto alla mia voce, a quello che vi stavo raccontando. Stasera avreste dovuto vedere un'altra parte della storia, con un altro personaggio, la nonna del bambino, che avrebbe aggiunto una componente ancora piú drammatica a un racconto già drammatico. Questa signora è qui, dietro le quinte, e attende di essere intervistata. Non da me, però. Perché non sarò io a parlarle. Io sono qui per altro.

Al colmo della tensione, Mina allungò una mano verso Mimmo, che gliela prese. Se le strinsero. Rudy, ipnotizzato dallo schermo, nemmeno se ne accorse.

– Io sono qui per farvi vedere un filmato, che il mio amico dietro la telecamera vi mostrerà. Sono consapevole di non rispettare molte regole, ma sono ancora piú consapevole del vostro diritto a conoscere la verità. E staremo a vedere se le persone coinvolte vorranno denunciarmi. Vai, Matteo.

Si sentí il rumore di una breve colluttazione, l'inquadratura ballò ancora ma alla fine andò in onda la registrazione, fatta col telefonino, dell'incontro fra Topo Spennato, il bimbo Geppino e la nonna, con tanto di commento descrittivo della Sirena e ulteriori riprese in campo stretto del basso e delle sue piú che accettabili condizioni.

Quando si tornò in studio l'inquadratura era ferma, e la Sirena ancora piú pallida.

– Quella che avete visto, amici della Sirena, è la realtà. L'ho scoperta solo stamattina, nelle precedenti puntate anch'io come voi avevo creduto a quella che mi era stata proposta come un'indagine verità sulla condizione dei quartieri popolari. Attenzione: io non ho dubbi che ci siano tanti poveri e che alcuni versino in condizioni gravi. Non ho dubbi che si debba mantenere l'attenzione alta, che non si debba mai abbassare la guardia. E magari quello che abbiamo mostrato e commentato, convinti che fosse vero, ha prodotto sentimenti di indignazione e di lotta necessari per sistemare le cose. Ma non è mentendo che si raggiungono gli obiettivi. Non se si è giornalisti e giornaliste.

Circa seicentomilasettecento persone, mentendo, dissero: «L'avevo detto dal primo momento che era una messa in scena». Lo dissero a bocca piena, e in molte declinazioni dialettali. Un minor numero asserí che la Sirena era sí

una femmina, ma malgrado ciò aveva mostrato piú gonadi lei dei California Dream Men in una dozzina di esibizioni.
– Non so se ci rivedremo, amici e amiche. Questo mondo ha delle regole, e chi le infrange non la passa liscia. Io so solo che la mattina voglio guardarmi allo specchio, dove voglio vedere soltanto i segni di un dignitoso invecchiamento e non la putrefazione di un'etica professionale nella quale ho creduto, e credo tuttora. Prevedo un futuro radioso per il piccolo Geppino, un attore straordinario che sono certa rivedrete sullo schermo: ma il mio pensiero va ai tanti Geppini in difficoltà reali, e alla gente che lavora per alleviare queste pene. In particolare una certa assistente sociale, che saluto.

Mina sentí gli occhi riempirsi di lacrime, e chiese scusa fra sé per gli insulti coi quali aveva sempre ricoperto quella donna.

– Cosí come saluto voi, amici e amiche della Sirena. Ricordate: il canto della Sirena potrà anche sembrare un'illusione, ma se la Sirena è disposta al sacrificio è solo per amore. Buonanotte.

Il tizio con la coda attaccò frenetico a far suonare il complessino.

XLIII.

Alla luce di una ritrovata seppur minima serenità, Mina, Domenico e Rudy fecero mente locale.

L'antipatica – per usare un eufemismo – situazione derivante dalla trasmissione televisiva si era risolta in maniera imprevedibile. Un sacco di opinioni, di Mina su Susy, di Mimmo su Claudio, di Rudy su Mina e Mimmo erano cambiate solo ascoltando *Il canto della Sirena*, forse l'ultimo; e Rudy disse che dall'alba del giorno successivo avrebbe fatto da araldo nel quartiere, spiegando alla brulicante umanità che aveva sanzionato con un ingiusto isolamento il consultorio; e che erano stati proprio Mina e Mimmo, va da sé col suo fondamentale apporto, a svelare l'orribile messa in scena e a mettere la Sirena in condizione di fare quel plateale disvelamento.

Mina aveva il cuore in subbuglio, e per due ragioni. La prima era la consapevolezza che Claudio aveva non soltanto recepito quello che lei gli aveva detto, ma addirittura convinto Susy a compiere quel gesto eroico e anche autolesionista, come la stessa conduttrice aveva sottolineato, e questo le dispiaceva anche se era felice della conclusione che riabilitava il consultorio.

La seconda era che quando aveva cercato la mano di Domenico, e lui gliel'aveva stretta, aveva avvertito un'intimità e una forza che l'avevano resa sicura e serena come mai prima. Tutta la rabbia che la rendeva spigolosa e reattiva si era dissolta al semplice contatto con quella mano calda e ferma.

Ora però restava qualcosa da fare, e subito. Le informazioni arrivate dalle tre pazze amiche sue, che invecchiando le sembravano sempre piú una parodia delle fate disneyane, ricostruivano un quadro preciso dello scippo. Mina però aveva un dubbio.

– Insomma, abbiamo il come e il perché. Ma non esistono prove, e dall'altra parte c'è uno che ha confessato ricevendo in cambio una serie di benefici che potrebbero risolvere per il meglio la situazione sua e della sorella. Siamo sicuri che la soluzione migliore sia dire cos'è successo davvero?

Domenico la fissò sconcertato.

– Mina, stai scherzando? Qui si parla di un colpevole che la fa franca perché ha come pagarsi l'impunità, e di un innocente in galera che, se la signora muore, chissà per quanto tempo ci resterà. È… è immorale, ecco com'è! Certo che dobbiamo dirlo, denunciarlo e…

Mina lo interruppe.

– Ti prego, pensaci. Pensa alla lettera del ragazzo. Ester va a operarsi, a curarsi o quello che è, e magari torna a camminare. Lui sconta quel poco che gli daranno, è pur sempre difeso dal migliore avvocato dell'universo o giú di lí, e quando uscirà, ancora giovanissimo, gli troveranno un lavoro stabile con delle prospettive. Se invece parliamo, magari resta lo stesso in galera perché non abbiamo prove, e Braschi gli leva tutto perché la verità è venuta fuori. Siamo sicuri che sia la cosa migliore?

Il medico boccheggiò. Provò a sostenere le proprie ragioni, ma fu interrotto da Rudy nei panni inconsueti del re Salomone.

– Scusate, ma perché non andate da Ester, le spiegate come sta la situazione e fate decidere a lei? Mi sembra la cosa piú giusta, perché voi i vostri motivi li tenete. Tutti e due.

E fu cosí che quella stessa sera, a un'ora molto tarda per una visita, Mina e Domenico bussarono alla porta di Ester. L'avrebbero forse svegliata, ma era necessario che la ragazza dicesse la sua sulla strategia da intraprendere.

Ester invece non dormiva, e aprí subito. Aveva gli occhi gonfi di pianto, e il viso comunicava una disperazione profonda.

– Figuratevi, nessun disturbo. Vi aspettavo. Vi aspetto da quando con l'aiuto di Immacolata vi ho detto tutto, vi aspetto perché ho solo voi e non so che fare. Vi aspetto perché piú ci penso e meno trovo il modo di tirare Marco fuori da dove sta, perché lo conosco ed è testardo, e non ammetterà mai che non c'entra. Non so come fare, dottore'. Non lo so.

Prese a singhiozzare nel fazzoletto, cosí forte da stringere il cuore a entrambi. Mina piú o meno resistette, ma a Mimmo scorrevano lacrime roventi.

L'assistente sociale disse:

– Ester, ascoltami: non chiedermi come, ma siamo venuti in possesso di una serie di informazioni che adesso ti diremo. Tu però prima ci devi dire se sei sicura di voler provare, dico provare, a non fare quello che Marco ti ha chiesto. Guarda che non è una cosa semplice, perché non abbiamo uno straccio di prova e perché avete tutti e due molto da perdere. Mi vuoi dire che hai intenzione di fare?

– Dottore', stamattina è venuto un signore. Molto distinto, con una cartella di pelle in mano. Ha detto che lavora nello studio di un notaio, non mi ha detto il nome. Questo signore mi ha confermato il fatto del conto in Svizzera, dei biglietti dell'aereo, dell'alloggio vicino alla clinica e tutto il resto. Io l'ho ascoltato, gli ho offerto il caffè e poi gli ho detto se per piacere se ne andava, perché io non vado da nessuna parte senza mio fratello. Ora, per favore, mi dite che cosa avete saputo?

Mina guardò Mimmo: aveva un'aria allegra e trionfante che lo rese identico al Brad Pitt di *L'esercito delle 12 scimmie*. Poi con cura dei dettagli raccontò quello che aveva saputo dalle sue amiche.

Ester spalancò gli occhi.

– Ettore Braschi, come no! Era il compagno di banco di Marco, è pure venuto qua a studiare un sacco di volte, erano molto uniti, si volevano bene. Oddio, lui era un poco *ciuccio*, Marco lo preparava per le interrogazioni e gli passava i compiti. È cosí importante, il padre? Non lo sapevo.

Domenico annuí.

– Sí, ed è per questo che la cosa è stata architettata troppo bene ed è difficile smontarla. Servirebbe un modo per...

– Io purtroppo sono immobilizzata qua. Però Marco mi dice tutto, almeno finora l'aveva fatto. Mi ricordo il racconto di quando andarono a farsi il tatuaggio della sirena, mi ha detto proprio pochi giorni fa che l'aveva proposta lui la figura, pensando a me –. La commozione le chiuse la gola, ma resistette. – Dicevano che quel tatuaggio uguale li rendeva fratelli. C'era voluta una mattinata intera e i soldi li aveva messi Ettore. Quello dei tatuaggi non era sicuro di riuscire a farli tali e quali, per cui li fece sedere uno accanto all'altro e si mise a lavorare sulle due braccia vicine per non sbagliare, e...

Domenico era saltato in piedi. Aveva ancora sul volto le lacrime della precedente commozione, i capelli spettinati. Alzava e abbassava le braccia, una alla volta. A Mina parve identico, ma proprio due gocce d'acqua, al Brad Pitt di *Vi presento Joe Black*.

– Mina, tu hai sul telefono l'immagine che ti ha passato Luciana, vero? Ce l'hai, sí?

– Certo, Mimmo. Ma che hai? Mi stai facendo preoccupare!

L'uomo le sorrise, e come nel film di Pitt sembrò un angelo.

– Mimmo! Mi hai chiamato Mimmo! Finalmente, grazie!

E diede a Mina un bacio sulle labbra che la sconvolse.

Poi tornò a fissare Ester.

– Vicini? Uno accanto all'altro, hai detto?

La ragazza assentí.

Mimmo si girò verso Mina.

– Abbiamo la prova. Non c'è piú nessun problema.

XLIV

De Carolis continuava a rileggere i rapporti, per la verità assai particolareggiati, che aveva sulla scrivania. E piú leggeva, piú approfondiva, piú rifletteva e meno capiva. La scrittura maschile, diretta e concisa dell'ispettrice Danise, cosí come i ghirigori aggraziati e formali di Gargiulo, lasciavano emergere una figura, quella di Caputo Marco, del tutto incongrua con qualsiasi profilo criminale. Era una di quelle isole felici – meno rare di quanto si immagini – che decidevano di vivere nell'onestà, senza cedere alle facili scorciatoie offerte dalla suburra.

La squadra antirapina con i suoi numerosi informatori, cosí come la ricerca documentale e anagrafica dei carabinieri, concordavano. Nessun precedente, nessuna frequentazione dubbia, nessuna zona d'ombra. Andamento scolastico irreprensibile e diploma col massimo dei voti, consigliato dal corpo insegnante un prosieguo universitario al quale non era stato dato corso per ragioni familiari. Il padre, la madre. Brutte storie, bellissime storie. La sorella disabile per un trauma accidentale, il rapporto dell'ospedale dopo il ricovero.

Il magistrato aveva una mente razionale, e gli piaceva pensare di non essere prigioniero dei pregiudizi. Troppe volte figure che nei rapporti risultavano avere certe caratteristiche ne rivelavano invece delle altre, perdipiú opposte. Ma dal breve approccio che aveva avuto col ragazzo, De Carolis non aveva riportato l'impressione di un delinquente. E dal suo intuito non era mai rimasto deluso.

Sollevò il capo dai rapporti e vide sulla soglia un impalato Gargiulo, intento a fissare un orizzonte ideale di abnegata gloria. Forse ha anche battuto i tacchi e non me ne sono accorto, rifletté De Carolis. Incrociò lo sguardo del carabiniere per accordargli il permesso di parlare, ed ebbe un doloroso flash di vita personale in cui, a cena, al di là delle lunghe candele, cercava invano di interloquire con Susy. Ognuno è il Gargiulo di qualcun altro, disse fra sé con amarezza.

Il maresciallo introdusse il proclama con uno schioccare di tacchi.

– Dottore, ci sarebbero due persone che chiedono di parlare con lei. Premetto che non hanno appuntamento, ho controllato presso la segreteria: ma insistono, millantano una conoscenza diretta. Il nome della signora è Settembre, non so se fittizio, l'accompagnatore si chiama Gammardella. Controllo le identità? Li mando via? Prendo un appuntamento a data da destinarsi?

Davanti agli occhi di De Carolis passò una lunga sequenza di notti sul divano, con e senza partite. Meglio in ufficio, e davanti a testimoni.

– Sí, conosco la signora, non l'accompagnatore ma va bene lo stesso. Per favore, Gargiulo, lei resti ad assistere alla conversazione. Potrei aver bisogno di un testimone.

Dopo un paio di battiti di tacchi, in uscita e in entrata, Gargiulo introdusse Mina e Domenico. Il magistrato disse:

– Addirittura in ufficio, senza convocazioni altrove. A che debbo l'onore?

Mina sembrava a disagio. Lanciava occhiate in tralice a Gargiulo, che aveva preso posto in un angolo mimetizzandosi con le mensole, avendo reperito un nuovo abnegato orizzonte da scrutare.

– Ti presento Domenico Gammardella, il ginecologo che lavora con me al consultorio. Abbiamo delle informazioni urgenti in merito allo scippo della signora in via Toledo, e tu dovresti dirci...

– Alt. Ascolta, Mina, voglio dirlo una volta sola e non tornare mai piú sull'argomento. Si tratta di un'indagine in corso, coperta dal segreto istruttorio. Mi rendo conto che dal tuo punto di vista sembri tutto un teatrino di formalismi, ma ti invito a comprendere la mia posizione: io di questa vicenda non posso parlare, né con te né tantomeno con un ginecologo.

Da quando era entrato nella stanza, Domenico non aveva staccato gli occhi dal viso di Claudio. Era lui, quindi, l'ex marito di Mina. L'uomo che, non aveva smesso di crederlo, aveva generato l'avversione di lei nei confronti della giornalista bionda, la sua nuova fidanzata. L'uomo che Mina aveva sposato e col quale era rimasta molto tempo, che difendeva dall'ironia delle amiche. Quel quattrocchi con l'aria da pesce lesso, che adesso si permetteva di fare riferimento alla sua professione come fosse un insulto.

– Forse dovremmo andarcene, Mina. Sono stato un ingenuo, credevo che quando si è in possesso di informazioni utili a risolvere un caso si sia tenuti a renderle. Apprendo che non è cosí, ma sono solo un ginecologo e queste cose non le so. Non si finisce mai di imparare.

Gargiulo tossicchiò, senza distogliere lo sguardo dall'orizzonte quasi fosse in attesa di una nave in arrivo. De Carolis e Mina fissarono Domenico, sorpresi: nessuno dei due si aspettava la sortita. Mina pensò di sfuggita che non aveva mai visto nessuno assomigliare come lui al Brad Pitt di *Fight Club*.

Il primo a riprendersi fu Claudio, il cui tono passò dal formale al gelido.

– Non la conosco, dottore. E la invito a riflettere sul luogo in cui si trova, prima di fare del sarcasmo. Va da sé che se avete delle informazioni dovete renderle, è un dovere civico e sottrarsi è reato. Diverso è, come faceva la signora, chiedere *a me* informazioni coperte dal segreto istruttorio.

Con la precisa volontà di interrompere quel malinconico dibattimento teso a dimostrare, come sempre, chi ce l'aveva piú lungo, Mina intervenne.

– Se per una volta, Claudio, ti limitassi ad ascoltare invece di predeterminare quello che le persone vogliono in realtà, capiresti che non vogliamo chiederti informazioni ma soltanto un riscontro con quanto a nostra disposizione. Nell'interesse della giustizia, che come sai spesso e malvolentieri non corrisponde necessariamente alla legge. Allora, vuoi ascoltare o no?

Gargiulo seppe con esattezza che quella signora bruna e procace era stata la moglie del dottor De Carolis. Nessuno gli si sarebbe mai rivolto con quel tono, se non avesse ricoperto il ruolo di consorte. Non poteva sbagliarsi, era un uomo sposato.

Il magistrato non aveva distolto le pupille da serpente da quelle infuocate di Domenico, reggendo un'ostilità che si tagliava con il coltello.

– Come vuoi, Mina. Sentiamo cosa avete da riferire, ma sarà a mio insindacabile giudizio decidere se e quali informazioni darvi.

La donna sbuffò, mostrando tutto il proprio disinteresse per la quantità di testosterone esibita. Sintetizzò quello che le amiche avevano riportato. Fece una pausa, nella quale De Carolis si infilò puntuale.

– Bah. Lo sai cos'ho sempre pensato di Greta, Delfina e Luciana. Bravissime ragazze, per carità, ma tendenti alla mitomania romantica. Tizia ha detto che tizia ha raccontato che tizia ha riferito... Non credo che in un dibattimento simili informazioni avrebbero peso, mi concederai. Giocare a tennis con qualcuno e una fotografia su un muro non rappresentano delle prove, nemmeno per un avvocato di grido nei confronti del quale ho i peggiori pensieri. Ma qui siamo di fronte a un reo confesso. Ragion per cui...

Mina era disgustata.

– Proprio non vuoi vedere, eh? Va bene, allora ti racconto anche della visita che abbiamo fatto a Ester, la sorella del tuo reo confesso.

L'assistente sociale riferí del contatto preso da un notaio, del trasferimento delle somme a nome della ragazza e dei biglietti per il viaggio in Svizzera. Disse anche del rifiuto di Ester, della sofferenza di lei per la lontananza del fratello, e della preoccupazione per un gesto autolesionista che avrebbe avuto conseguenze irreparabili per il futuro del giovane.

De Carolis ascoltò assorto, e un paio di volte Gargiulo dovette bilanciare il peso da un piede all'altro pur senza distogliere lo sguardo dal possibile fil di fumo che un bel dí, c'era da giurarlo, avrebbe visto.

Quando Mina tacque, De Carolis fu meno freddo.

– Capisco le vostre intenzioni, le condivido sotto l'aspetto umano. Ma sono un magistrato e devo attenermi ai fatti. Non abbiamo il nome del notaio, nemmeno una correlazione formale tra la confessione di Caputo Marco e l'offerta di aiuto alla sorella, che potrebbe pure provenire da un benefattore anonimo, sai che queste cose accadono. Ammesso e non concesso che sia come sembra a te, questa è gente che sta molto attenta a non cacciarsi nei guai: Miruzzi, Braschi e chi per loro non si metteranno mai nella condizione di essere coinvolti. Non ci sono prove, ma solo deduzioni. Le smonterebbero in due secondi, e ci querelerebbero per diffamazione. Io non posso...

Domenico decise di intervenire.

– C'è un'altra cosa da considerare, dottore. Voi, a quanto pare, siete in possesso di una fotografia del reato. Dev'essere per forza cosí, altrimenti non si spiegherebbe la ricerca di qualcuno che avesse ben visibile sul braccio questo tatuaggio della sirena. Non risponda, se non vuole, ma mi lasci ragionare ad alta voce.

De Carolis lo fissava, inespressivo.

Il medico continuò.

– Se avete questa fotografia, e lei non può confermarlo per via del segreto istruttorio o quello che è, sarà stata superata dalla confessione di Caputo, che in effetti ha proprio quel tatuaggio sul braccio. Ma io le chiedo di osservare la fotografia di Ettore Braschi mentre alza il suo trofeo, che Mina ha sul cellulare perché inviata dalla sua amica Luciana. Può dare un'occhiata, per cortesia? Mina?

L'assistente sociale tirò fuori il telefono, cercò l'immagine che Lulú le aveva mandato e lo porse a Domenico.

Che a sua volta lo passò a De Carolis, illustrandogli con buona educazione perché il magistrato era un incontrovertibile cretino.

Gargiulo rubricò quel ginecologo come suo nuovo idolo.

XLV.

Poche ore piú tardi, stessa scena ma protagonisti diversi. E diverso il clima, soprattutto.

Gargiulo aveva assistito alla metamorfosi di De Carolis, e doveva ammettere che il magistrato aveva dimostrato un'onestà intellettuale nient'affatto scontata. La breve dissertazione del dottor Gammardella, con tanto di indicazioni topografiche e motivazioni oggettive, aveva indotto a un silenzio assorto il sostituto procuratore, che aveva poi chiesto allo stesso maresciallo di montare lo schermo e di proiettare la fotografia in loro possesso. Era stato un obbligo morale, benché non un atto dovuto; peraltro la fotografia non rientrava fra gli elementi da produrre in istruttoria, essendo stata superata dalla confessione di Caputo, ma tornava di scottante attualità alla luce delle considerazioni condivisibili di quel medico.

Nell'ufficio di De Carolis adesso erano presenti, oltre al magistrato e a Gargiulo, anche un'acciigliata Danise – vestita a festa con anfibi, giubbotto in cuoio con borchie ai gomiti e pantaloni cargo con tasconi che il maresciallo immaginava ricoverare tirapugni, coltello a serramanico e rivoltella d'ordinanza – e l'ospite d'onore, nella persona di un perplesso ma sicuro di sé Alfonso Miruzzi, patrocinante in cassazione e senior partner del celebre studio legale Maniscalchi e Miruzzi.

L'avvocato irradiava luminosità e intelligenza dalla poltrona davanti alla scrivania di De Carolis. Una nuvola di capelli candidi sembrava agitata da un vento invisibile, il sorriso baluginante era improntato a condiscendenza. L'ispettrice Danise pareva pronta a balzargli alla gola a un semplice cenno. Gargiulo attendeva gli eventi, consapevole delle carte a disposizione dei contendenti.

– Dottore, la prego di rilevare l'immediatezza con la quale ho risposto alla sua convocazione che, mi consentirà, è piuttosto irrituale. Deve comprendere che i miei innumerevoli impegni e la concitazione della mia vita professionale non mi consentono di...

De Carolis fu insolitamente cordiale.

– Mi rendo conto, avvocato, per carità: e le sono grato di aver onorato, con tanta solerzia, un ufficio marginale come il nostro. Posso solo immaginare la dimensione delle controversie che sta seguendo. E però ci siamo fatti l'idea che la vicenda della rapina ai danni della signora Avitabile le stia particolarmente a cuore, quasi fosse una questione personale.

Miruzzi modulò la voce sul tono di baritono leggero, arcuando il sorriso di un grado.

– Carissimo dottore, per un professionista ogni singola vicenda è da prendere a cuore. Quando sono invitato a tenere lezioni ai master per cassazionisti, è una delle prime regole che specifico.

– E ciò rende merito al suo prestigio, avvocato. Ma intendevo altro: intendevo, e mi corregga se sbaglio, che tale vicenda non è in carico al suo studio legale, bensí a lei singolarmente. Come, anzi, piú di una cosa di famiglia. Non è cosí?

Il sorriso perse due gradi.

– Non capisco come lei sia venuto in possesso di questa informazione, e soprattutto non capisco in che modo essa riguardi il suo ufficio. Non credo che la nostra conversazione...

De Carolis abbassò la temperatura.

– Al tempo, avvocato. Al tempo. Questo incontro, mi creda, ha lo spirito di darle una mano consentendole un'uscita dignitosa, direi anzi piú che dignitosa, da una condizione che può rivelarsi spinosa e la metterebbe in una luce alla quale non è abituato.

Miruzzi si sporse in avanti. Non aveva perso l'*allure*, ma faticava a tenere a bada l'irritazione.

– Mi sta minacciando, De Carolis? Perché se fosse cosí, mi sembrerebbe folle da parte sua. Come sa, oltre ad avere perfetta cognizione di quali sono i rapporti tra la difesa e la magistratura, ho amicizie che...

– Ecco, le amicizie. Sono appunto le amicizie a indurre talvolta all'errore. È il caso del suo cliente, e anche il suo, avvocato, se mi permette.

– Io non so davvero che...

– Glielo spiego. E glielo spiego raccontandole una storia, come farebbe una bella sirena, personaggio che in questa faccenda c'entra, eccome. Immaginiamo un ragazzo di ricca famiglia, per esempio il figlio di un commercialista di primo livello, che si annoia. Molto. E quindi, completata la solita trafila di alcol, droghe piú o meno pesanti e frequentazioni sessualmente ambigue, decide di dare una scossa alla propria piatta vita con qualche incursione nel crimine piú hard, come gli scippi.

Miruzzi, lievemente arrossito, fece per alzarsi:

– Non intendo ascoltare un minuto di piú...

Il magistrato continuò con lo stesso tono favolistico. L'ispettrice Danise si spostò verso la porta, quasi fosse pronta a intercettare un avvocato in fuga.

– Immaginiamo che una di queste innocenti evasioni, per dirla con il compianto Battisti, non vada per il verso giusto e qualcuno, una vecchia signora, si faccia male. E che ci sia un magistrato oculato deciso ad andare a fondo, tanto fortunato da reperire una foto dalla quale si evince un particolare molto chiaro dell'avambraccio dello scippatore. E che tale particolare, non la foto, venga diffuso per vedere se si riesce per una volta a trovare chi sia stato.

Danise brontolò.

– Non è che non li acchiappiamo mai, eh?

– Certo, certo, ispettrice. Però stavolta succede che appena diramiamo, attraverso canali diciamo non consueti, questa informazione, ecco spuntare subito il colpevole che rende piena confessione. Perdipiú assistito dal miglior avvocato del paese, nientemeno.

Miruzzi parve gratificato dal complimento.

– Be', il migliore non lo so, di sicuro tra i primi cinque o sei. Ma noi spesso assistiamo clienti pro bono, e quindi...

– E quindi, avvocato, nella nostra storia immaginaria il cliente non è il ragazzo che confessa, che non è nemmeno colpevole, ma l'altro, il figlio del commercialista, andato a cercare un vecchio amico perché sapeva che aveva il suo stesso tatuaggio.

Miruzzi pareva divertito.

– Dottore, avrebbe dovuto fare lo sceneggiatore. Di film comici, per l'esattezza. Perché la sua storia è spassosa, ma dubito che per lei avrà un lieto fine.

De Carolis non era mai stato cosí rettile. Sembrava un caimano in attesa della preda all'abbeveratoio.

– Almeno mi faccia concludere, avvocato. Poi potrà salire al piano di sopra, dal mio capo, e farmi trasferire in Trentino. D'accordo? Dov'eravamo rimasti? Ah, sí: al figlio del commercialista che va a cercare il vecchio amico, il quale versa in condizioni di bisogno e vuole far curare la sorella disabile. I due ragazzi ci mettono poco a raggiungere un accordo, anche perché nel frattempo è intervenuto il paparino che dispone un trasferimento di fondi in Svizzera in favore della giovane, per le suddette cure, e promette anche un posto di lavoro al tatuato innocente, quando la buriana sarà passata.

Miruzzi era andato sbiancando.

– Questo... questo è gravissimo, lei sta calunniando persone che non dovrebbe nemmeno nominare, lei non si rende conto...

– Mamma mia, solo per una storiella che ci stiamo raccontando tra amici? Peraltro la buriana per il reo confesso non ci metterà molto a passare, perché è assistito da un avvocato fantastico. Pagato dal suo amico, col quale gioca d'abitudine a tennis.

L'avvocato balzò in piedi, paonazzo.

– Ma come osa? Io la rovino, parola d'onore! E chiamerò questi due a testimoniare, non potranno...

– Ah, il tennis. Che passione magnifica, avrei tanto voluto praticarlo, ma non ho mai tempo. Sempre qui a scartabellare, peccato. Perché se frequentassi il circolo, per esempio, avrei modo di vedere foto come questa. Gargiulo, prego.

Come un prestigiatore, il maresciallo attivò un telecomando e sullo schermo predisposto in precedenza apparve la fotografia di Ettore Braschi con il suo secondo premio. Il tatuaggio della sirena era ben visibile sull'avambraccio sinistro, che reggeva il piatto.

De Carolis proseguí nell'affondo.

– Bello, eh? Un tatuaggio meraviglioso, complicato però da realizzare. Tanto da, volendolo replicare, rendere necessario affiancare un modello. Come da diapositiva. Gargiulo, prego.

Il carabiniere premette un tasto sul telecomando e comparve la foto dello scippo. Con il braccio tatuato che ghermiva la borsa di Avitabile Rosa, alle spalle del tizio col riporto che supplicava la signorina dal bel culo.

Miruzzi sbuffò.

– E quindi? Cosa crede di aver dimostrato? Vogliamo arrestare tutti quelli con un tatuaggio sull'avambraccio? Il mio cliente ha confessato, non dovete piú cercare nessuno.

De Carolis fissò gelido il professionista.

– Il braccio, avvocato. Il braccio sbagliato. Nelle due fotografie è lo stesso, il sinistro: il suo cliente, falsamente confesso, ha il tatuaggio a destra. Non lo vede?

Sulla stanza scese un silenzio di tomba. Gargiulo resistette alla voglia di un'esultanza calcistica. Danise esibí un ghigno da tigre.

Miruzzi ci mise un attimo a raccogliere le idee.

– Questo, questo è un assurdo. C'è uno che confessa un reato, che vuol dire quella foto? Gliela smonto in trenta secondi, può essere stata ruotata, può essere un montaggio, può essere qualsiasi cosa!

– Ha ragione. Ma ci sono altri dodici eventi, che l'ispettrice Danise può documentare, che rispondono al *modus operandi* del rapinatore, e per tutti e dodici il reo confesso da lei assistito ha fior di alibi. Ci sono nome e cognome di un vero colpevole, che noi metteremo in croce passando la sua esistenza al pettine stretto, e già abbiamo riscontri di spaccio, detenzione e distribuzione di stupefacenti, nonché di ricettazione di refurtiva. Siamo in grado, e lo faremo, di rendergli la vita un inferno. Senza contare le attività borderline del padre, se mi concede. Siamo sicuri che gli convenga?

L'avvocato lo guardava impietrito. De Carolis continuò.

– E le dò una bellissima notizia, che so apprezzerà: stamattina la signora Avitabile, che pareva destinata a una brutta fine, si è svegliata. Niente omicidio quindi, almeno per ora. La nostra offerta perciò è questa: Caputo Marco si è sbagliato, ha confessato quello che non ha commesso perché si trova in uno stato di prostrazione per la condizione economica e familiare. Siamo indulgenti, lo lasciamo andare e non trascriviamo nulla. Lei, avvocato, ci porta il suo vero cliente, al quale verrà addebitata soltanto quest'ultima rapina perché siamo consapevoli delle difficoltà di dimostrare la sua colpevolezza negli altri casi, e perché sappiamo di non avere purtroppo elementi di prova. Sono certo che troveremo un accordo, e il ragazzo se la caverà con un corposo, anzi, corposissimo risarcimento alla vittima, per il suo scherzo riuscito male. E il papà avrà anche modo di costringerlo, per il futuro, a rigare diritto. Perché un precedente pesa, no, avvocato? Eccome, se pesa.

Miruzzi sembrava una riproduzione in marmo di sé stesso.

De Carolis si stese sullo schienale della poltrona, incrociando le mani sul torace.

– Altrimenti, avvocato, andiamo avanti. E ognuno userà le proprie armi, senza quartiere. L'ispettrice Danise, qui, non aspetta altro. Vero, Danise?

La donna fece un altro ghigno da tigre e ruggì.

– Ci potete giurare, dotto'. Ci potete giurare.

XLVI

La Sirena – ex Sirena, con ogni probabilità – faceva colazione al bar sotto casa, ogni mattina alle nove e trenta. Orario da giornalista, memoria di redazioni aperte nella notte e chiusure di giornali all'ultim'ora, anche se ormai era tutto sul web e la mattina le notizie avevano già fatto tre giri di giostra.

Peraltro, come di recente aveva scoperto, giornalista e *anchorwoman* erano diventate due cose distinte e separate, e a ficcare il naso in quello che veniva determinato dietro le quinte si correva il serio rischio di sbattere il muso.

Susy non si era piú presentata al lavoro. Non aveva atteso di essere licenziata, e nemmeno aveva voglia di dimettersi. Aveva fatto quello che aveva fatto in totale consapevolezza. Aveva squarciato un velo, causando seri problemi all'azienda che la pagava, e non se ne pentiva. Si considerava in vacanza, poi si sarebbe visto quello che sarebbe accaduto. Non c'era motivo di cambiare le abitudini, tantomeno il cornetto caldo col cappuccino e i giornali al tavolino d'angolo del bar.

Stava leggendo delle tensioni in Medioriente con la nostalgia di chi ha lavorato in quella parte del mondo, quando una voce calda alle sue spalle disse:

– Facevo pure io colazione in questo bar. A un orario diverso, però. Ma con lo stesso cornetto, e lo stesso cappuccino.

La bionda si girò e si trovò a fissare gli occhi neri e profondi che aveva scorto in piú di una fotografia, prima del repulisti effettuato quando si era trasferita da Claudio.

– Ci sarebbe la cameriera a casa, ma fa un caffè che in qualsiasi paese civile sarebbe reato. Prendi qualcosa?

Mina le si sedette di fronte e le tese la mano.

– Piacere. E complimenti, davvero. Non so dirti perché, ma non immaginavo che l'avresti fatto. Non cosí, almeno, mettendo in gioco tutto, lavoro, soldi, fama. Sei stata in gamba.

– Ogni altra scelta sarebbe stata un compromesso, e la parte di me che volevo vincesse avrebbe a stento pareggiato. O si fa cosí o non si fa. Il punto è che non sono sicura che l'effetto sia quello giusto. Cioè, di certo quella era tutta una balla, e quei figli di puttana dovevano essere smascherati e messi alla porta: ma siamo sicuri che non fosse un bene tutta quell'indignazione e quella voglia di ripulire? Conta piú un'immagine di mille parole.

– No, no. Non veniva piú nessuno al consultorio, sapessi quanta gente riesce a fare finta di non aver bisogno. C'è una forza, in questi quartieri, ed è l'orgoglio. Adesso siamo pieni di nuovo. E io ti volevo ringraziare.

– Figurati. Ti devo chiedere scusa, invece. Devo ammettere che attaccare te, anche in via diretta, mi dava un gusto particolare. Che strano sentimento, la gelosia retroattiva: è irrazionale, ma fa male lo stesso.

Mina fece una smorfia triste.

– Ah, non dirlo a me. C'è questo tizio che lavora al consultorio, un ginecologo, il quale aveva una fidanzata storica. Dice di averla lasciata, ma io non riesco a togliermi dalla testa che ci tenga ancora, che le sia ancora legato. E quindi, siccome ho un carattere orribile, non gli dò spazio per non stare male se lui dovesse tornare da lei. Assurdo, vero?

– Assurdo o no, sappi che ogni santa sera, al momento di mettermi a letto, guardo Claudio mentre legge, o segue qualche programma in Tv, o addormentato con gli occhiali storti e un giornale sulla faccia, e mi chiedo se stia pensando a te, a voi. Oppure se stia sognandoti, addirittura.

Mina rise.

– Stiamo messe bene, insomma.

– Però ti dico una cosa, per esperienza: gli uomini non sono come noi. Sentono sempre una responsabilità, uno scrupolo di coscienza, qualcosa per le storie che si sono lasciati alle spalle. Non significa che siano ancora innamorati o che rimpiangano il passato, però sentono ancora di avere dei doveri. Noi, che quando voltiamo pagina rompiamo in maniera definitiva, spesso non lo capiamo.

Mina sembrò perplessa.

– Tu dici? Io non riesco a lasciarmi andare. Ed è insensato, e pure bello però, che con diverse amiche, una madre e tanta gente che incontro per lavoro io sia qui a parlarne proprio con te.

Susy fece un inchino col capo.

– Grazie dell'onore, ex moglie del mio uomo. Mi togli un peso, comunque.

– Ah, puoi stare tranquilla. Il nostro, anche allora, è stato solo un rapporto di amicizia. Niente farfalle nello stomaco, niente brividi, nulla piú che abitudine e assuefazione. Lasciarci è stata la cosa migliore che ci siamo fatti, te lo garantisco.

Susy inclinò curiosa la testa.

– E invece, col ginecologo?

L'altra sospirò.

– Ah, lí farfalle a stormi. E nessuna che si posi mai da qualche parte. Per chissà quale folle motivo, ogni volta che mi si avvicina o sorride mi viene di prenderlo a calci e di scappare. Non per forza in quest'ordine, sia chiaro. Ma immagino che prima o poi si debba trovare un compromesso, giusto? E tu, che farai adesso?

La bionda fissò le briciole sul tavolo.

– Ah, non lo so. Non sono una ragazzina, e ricominciare mi avvilisce. Potrei decidere di convincere Coccolino a sposarmi e fare la signora, ma non credo di esserci tagliata.

– Coccolino... Gesú. Siamo a questo punto.

– O forse dovrei lasciare i programmi giornalistici e virare sul varietà, c'è piú richiesta. Ho avuto un certo corteggiamento da un'emittente che ha comprato un format sui talenti, e...

Mina sussultò.

– Davvero? Quindi ti sarebbe utile se trovassi, che so, un grande talento ignoto? Anche se fosse, per esempio, disabile?

– Scherzi? Un grande talento ignoto funziona *solo* se è disabile! Perché, conosci qualcuno?

Mina si alzò.

– Vieni, allora. Qui vicino c'è una persona che devo presentarti.

XLVII.

Dalla terrazza della saletta privata del ristorante, la sera era uno spettacolo.

L'aria era cosí limpida che il profilo della montagna, nero su nero, si distingueva alla perfezione pur senza avere cognizione delle due curve arrotondate incombenti sulla città. La massa scura del mare era attraversata da rapide luci di navi, e una luna gigantesca e immobile, di un irreale giallo cupo, sembrava una promessa e allo stesso tempo una minaccia. Braschi stava di nuovo con un bicchiere in mano a fissare il panorama senza vederlo, ma non era solo. Seduto all'unico tavolo del privé, davanti a un piatto ormai vuoto, un sollecito avvocato Miruzzi lo guardava preoccupato.

– Luca, ti ho detto che non devi agitarti. La situazione, ti ripeto, è abbastanza sotto controllo. E forse, come ti ho detto, sarebbe stato meglio orientarci cosí fin dall'inizio. È piú complicato cancellare quello che abbiamo fatto che risolvere il resto, credimi.

L'uomo davanti alla vetrata reagí irritato.

– E quindi dobbiamo accettare che un piccolo piemme di merda, uno che fino a oggi ha indagato su furti di galline e truffe da due lire, ci tenga in scacco. Che ci chiami da parte e ci dica: siete bugiardi e stupidi, e io che sono assai piú intelligente di voi, perché è questo che ha detto in pratica, vi dò l'occasione di sistemare le cose e facciamo come se non fosse successo niente.

Miruzzi protestò.

– Ma no, non ha detto cosí, non l'avrei consentito. Ha solo rappresentato una situazione che...

L'altro continuò, quasi non fosse stato interrotto.

– E mi consegnate Ettore, un ragazzo di vent'anni che ha una vita davanti e con questo precedente se la rovinerà, per una fesseria, una ragazzata, perché io, un piemme di merda, possa dire di aver fregato il figlio di Luca Braschi e messo spalle al muro nientemeno che l'avvocato Miruzzi. Ecco cosa gli permettiamo di pensare, a questo stronzo.

Miruzzi sbuffò.

– Senti, Luca, se vuoi stravolgere la realtà sei liberissimo di farlo. Ma qui ci siamo tu e io, e insieme ne abbiamo passate abbastanza da conoscere la misura delle nostre intelligenze.

– Ah, sí? Perché, che c'è di diverso dalla realtà in quello che ho detto?

– C'è che non è affatto una ragazzata. Tuo figlio, insieme a un altro imbecille annoiato che è scappato in Germania, da due anni a questa parte, cioè da quando è diventato maggiorenne e quindi punibile, delinque abitualmente. E gli scippi sono soltanto un passatempo. Il grosso riguarda la droga: spaccio, detenzione, uso e fornitura a un gruppo di debosciati amici suoi. Tu e io lo sappiamo bene, e De Carolis ha solo immaginato, facendo però capire che potrebbe benissimo alzare il tombino e vedere che cosa scorre sotto.

Braschi agitò il bicchiere.

– Ma ha vent'anni! Sciocchezze ne abbiamo fatte tutti, a quell'età!

– Luca, tu non vuoi vedere. Tuo figlio non fa bravate adolescenziali. Tuo figlio, non so dirti per quali cause profonde perché non sono uno psicologo, è su una china che difficilmente cambierà. Ne ho visti molti, purtroppo. Ora, io fossi in te prenderei questa come una splendida occasione.

Braschi parve preso in contropiede.
– Quale occasione?
Miruzzi fece segno all'amico di sedersi davanti a lui.
– Ascoltami bene. La vecchia non è morta. Noi la prendiamo, la trasferiamo in una clinica di prim'ordine e la rimettiamo a nuovo. Poi le diamo un corposo risarcimento e facciamo in modo che non debba piú andare a ritirare la pensione da sola. Ci prendiamo cura di lei finché campa e diamo alla cosa una discreta evidenza. Ci siamo?
– Certo, certo, che problema c'è? Ma a che serve?
– Serve. Non ci sarà un'azione diretta da parte di lei o della sua famiglia, non avrebbero interesse; e la stessa procura, di fronte a questo atteggiamento, non potrà che tenerne conto. Poi: sistema l'altro ragazzo, Caputo. De Carolis mi ha già detto che non darà corso ad azioni contro di lui, ma tu devi rispettare l'accordo che avevi.
– E che senso ha, scusa? Non ha subito niente, non gli è successo niente, torna alla vita di prima. Perché dovrei...
– Perché sa tutto. Sa quello che è accaduto, sa chi ha fatto che cosa. E anche perché lui l'accordo lo ha rispettato, si è comportato come avevate pattuito, e io non te lo avrei mai consentito se mi avessi consultato prima. Va messo in condizione di non avere interesse a denunciare nessuno. D'altra parte è un ragazzo valido, intelligente e onesto, io ci ho parlato a lungo per preparare la difesa. Se non lo assumi tu in qualche azienda, lo assumo io.
Braschi annuí, infastidito.
– Va bene. Lo so che è in gamba, frequentava casa mia ai tempi della scuola, l'unica amicizia decente di mio figlio. Gli dò un lavoro, e magari gli pago anche l'università: mi pare uno che la sera si mette pure a studiare. Però la faccenda della Svizzera la devo bloccare, Alfo'. Non posso creare situazioni tracciabili, lo sai.

– Sí, lo capisco. Peraltro la ragazza ha detto di no al notaio, quindi non c'è piú bisogno di trasferire i fondi. Basta dare un lavoro a Caputo, mi pare già tanto.

Braschi sospirò.

– Le due questioni, la vecchia e il ragazzo, le sistemiamo con facilità. Me ne occupo io. Ma con Ettore, che succederà?

Miruzzi allungò una mano sul tavolo e la posò sul braccio dell'amico.

– Luca, tu devi renderti conto che questa cosa è successa: si può rattoppare, in qualche modo perfino mettere a posto, ma non devi fare come se non fosse mai accaduta. Altrimenti non riusciremo a mantenere la giusta strategia. Mi capisci?

L'uomo sembrava smarrito. Gli occhi gli si riempirono di lacrime.

– È mio figlio, Alfo'. Il mio unico figlio. Lui è il senso, lui è il motivo per cui ho fatto e faccio e farò tutto. Se perdo lui, perdo la mia vita. Maresa non sa niente, non le ho detto niente: non so come fare. Aiutami.

Miruzzi gli strinse il braccio.

– Parlerò ancora con De Carolis. Gli farò capire che si tratta di un ragazzo che si può salvare, e che lo salveremo. Se non ci saranno denunce, e non ce ne saranno perché sistemiamo le cose, tratteremo per risolvere nel maggior silenzio possibile e con qualche assegnazione ai servizi sociali per un periodo limitato. E tuo figlio non è uno che in futuro avrà il problema di un precedente penale per un concorso nella pubblica amministrazione, no?

Braschi fissava il vuoto.

– Non è questo, lo sai. Non ci pensavo proprio. Mi chiedevo come devo fare io, adesso.

– Lo devi portare da qualche parte. Soli, tu e lui. Devi mollare ufficio, affari, tutto. Anche tua moglie, per un po'. Prendi la barca, quella che usi una settimana all'anno e serve solo a dire che ce l'hai, e partite tu, lui e un paio di marinai che nemmeno parlano italiano. State fuori due-tre settimane o un mese. Parlate. Conoscetevi. Non berrete, lui non snifferà. Prova cosí, amico mio. Se non dovesse andare, devi pensare a qualcosa di piú forte come una clinica specializzata, ma per come vi conosco non credo servirà. Con la procura me la vedo io. È il momento di mettere all'incasso alcuni crediti.

Braschi si morse il labbro.

– Salvamelo, Alfo'. Ti prego. Salvamelo adesso, e per il futuro lo salverò io. Ho sbagliato, tanto. Non sbaglierò piú.

Miruzzi sorrise, mentre al di là del vetro la luna dava spettacolo.

– Basta che mi fai vincere qualche set, ogni tanto. Solo questo.

XLVIII.

La Signora arriva all'ultimo pomodoro, e sul piú bello si ferma. Il coltello nella destra, il frutto rosso nella sinistra, la testa inclinata quasi avesse udito qualcosa nell'oscurità della sera che nel frattempo è calata sul vicolo. La magnolia ha un fremito, sospendendo il giudizio. Io non sento niente, ma aspetto fiducioso. La Signora dice: lo sai, giovino', io certe volte sogno di volare. Bella scoperta, dirai tu: tutti quanti sogniamo di volare. È vero, è uno dei sogni piú ricorrenti, ma il mio è particolare, e mi succede da quando ero ragazza. Mi pare di volare di notte, proprio una notte di quelle senza stelle, sopra tetti trasparenti come fossero di vetro, non come se non ci fossero, ché nelle case ci pioverebbe dentro, no: come se la città fosse ricoperta col cristallo e non con le tegole, il cemento o quello che diavolo usano per costruire.

E mi sembra di volare silenziosa, grande e grossa come sono, un corpo pesante che però diventa leggero perché le ossa sono vuote e la carne è piena di fantasie, pronta ad accogliere tutte le storie.

Susy parlava veloce. Pareva volesse per forza pronunciare tutte le cose che aveva da dire durante la cena, al di là della luce delle candele.

– ... E allora mi porta in questa casa, in pratica un sottotetto, quattro piani di scale che non ti dico, sono arrivata senza fiato. E c'era questa ragazza, bella bellissima, due occhi neri profondi e un viso che sembrava di porcellana. Mi segui?

Claudio assentí. Il suo istinto di conservazione non prevedeva potesse venire nulla di buono dall'imprevisto contatto fra l'ex moglie e l'attuale compagna. Susy continuò:

– E dopo qualche convenevole, che poi la ragazza è una mia fan sfegatata ed è rimasta senza parole quando mi ha vista entrare, Mina che è davvero una delizia mi fa raccontare la sua storia, terribile, pensa che a farla diventare cosí è stato il padre poi morto, e non è stata una sfortuna per lei e il fratello, che pare sia nei guai ma è un bravissimo ragazzo.

Claudio grufolò nella frittura di pesce, apprezzando che né Mina né la ragazza fossero entrate piú di tanto nel merito dello scippo.

– E dopo le chiacchiere e un caffè fatto da questa ragazza che era una meraviglia, be', Mina che è davvero una delizia le dice che in fondo siamo due sirene, io per la trasmissione e lei perché canta che è un incanto. Sul serio?, faccio io fingendo di cadere dalle nuvole. La ragazza si fa rossa, e Mina che è davvero una delizia le dice: perché non fai sentire qualcosa alla cara Susy, che ti è venuta a trovare?

Claudio pensò che se avesse di nuovo detto che Mina era davvero una delizia le avrebbe lanciato la forchetta in mezzo agli occhi.

– Insomma, la ragazza si schermisce. Poi si convince, prende la chitarra, una cosa vecchia e mezza scassata che stringe il cuore, e comincia a cantare. Credimi, Coccolino: un usignolo. Ha cantato un paio di grandi classici, io le ho chiesto qualcosa di contemporaneo e lei ha fatto un pezzo di un cantautore giovane, Enzo Metalli, con una voce diversa, graffiata e nera. Mi sono esaltata.

Claudio si domandò se si fosse riferita a lui con Mina chiamandolo Coccolino, e se ciò lo avrebbe indotto al suicidio.

– Non volevo andarmene. Se Mina che è davvero una
delizia non avesse dovuto correre al consultorio, perché c'è
questo ginecologo giovane che le piace da morire, sarei ancora là a sentire quella meraviglia cantare.

Approfittando del fatto che un impegnativo calamaro oc-
cupasse la bocca di Susy, Claudio domandò:

– Ah! Le piace qualcuno? Ottimo, sono contento.

Susy annuí piú volte, ingoiò il boccone, bevve un sorso
di Greco di Tufo e riprese.

– Sí, sí, mi ha raccontato, dev'essere una persona interessante. Comunque il punto è che mi hanno chiamata da
TeleSirena, chiedendomi scusa, giurando di aver fatto causa
alla società di produzione, che possono dimostrare di non
essere stati al corrente di quello che stavano combinando,
eccetera. Che vogliono fare un'edizione speciale di *Il canto
della Sirena*, perché dai sondaggi risulto il personaggio tele-
visivo piú popolare del mese.

– E tu che gli hai detto?

Susy rise, biondissima.

– Che ci penserò. Ma che, se dovessi rientrare, via l'or-
chestra di quell'imbecille col codino: la parte musicale la
porto io, perché ho una vera stella da lanciare. Un'altra sirena, con il suo canto che incanta.

Claudio sorrise. Ma non sapeva perché la notizia che a
Mina piacesse quell'imbecille tronfio e saputello del ginecologo, invece di rassicurarlo, gli desse cosí fastidio.

*La Signora racconta: nel sogno in volo nemmeno mi devo
fermare per vedere che succede di casa in casa, perché è come
se sentissi quello che la gente si dice.*

*È come se nell'aria ci fossero le parole e i pensieri, e pure le
sensazioni e i desideri. Mentre volo, giovino', mi arriva tutto di
faccia, come l'aria della sera quando si alza un poco di vento.*

Perché in questa città, e in questi quartieri, nessuno si tiene niente per sé.

Mangiando affamato, Marco Caputo raccontava alla sorella che lo fissava senza smettere di sorridere.

– E non ci crederai, Ester, ma là dentro continuavo a pensare a mamma. Mi sentivo come se fosse là, sai quando facevamo qualcosa di sbagliato e lei non ce lo diceva subito, ma lo faceva dire a noi: sei sicuro? Cosí diceva, sei sicuro? E anche se uno si sentiva sicuro, pensava di aver fatto un errore. Cosí.

Ester accarezzava il fratello con gli occhi.

– Sí, cosí diceva. E anche stavolta avrebbe avuto ragione, perché né i soldi né le gambe mi avrebbero resa felice come quando sei rientrato da quella porta.

– Lo so, ma il bello è che del tutto sbagliata la cosa non era, perché domani prendo servizio nell'amministrazione di questa ditta di export del padre di Ettore, speriamo se la cavi anche lui, perché ti giuro, Ester, non è cattivo. È solo che chi non ha mai avuto problemi se li crea.

– Sí, speriamo. E vedrai che con le nostre forze, senza dover chiedere niente a nessuno, possiamo anche provare ad accedere a quel programma di cure. Perché qualcosa nel frattempo è successo pure a me.

Marco fermò la forchetta a mezz'aria.

– Davvero? E che cosa?

Ed Ester raccontò dell'incontro fra due sirene.

Il bello è, dice la Signora, che nel sogno tutti i pezzi di storia si mettono insieme.

Perché te l'ho detto, giovino', non si può mai pensare che tante persone che campano una addosso all'altra riescano a na-

*vigare senza tozzarsi in continuazione, senza sbattere e senza
che ogni allontanamento sia solo momentaneo.*

*Qua in fondo è sempre e solo una storia. Si può raccontare
a pezzi, ma è sempre una storia sola.*

Dopo tre squilli, si sentí la voce dall'altro capo.

– Chi è?

– Salve, collega, scusa il disturbo, sono Gargiulo, il maresciallo dei carabinieri, ti ricorderai, ci siamo incontrati un paio di volte nell'ufficio del dottor De Carolis.

– Mhhh?

– Sí, ecco, come sai la vicenda si è conclusa in maniera soddisfacente, cioè, una volta chiarita l'estraneità dai fatti del giovane che aveva confessato, Caputo Marco, sono cominciati i contatti con l'avvocato Miruzzi.

– Mhhh?

– A seguito dei quali la responsabilità è stata assunta da Braschi Ettore, coetaneo del Caputo, che si è fatto carico, non lui, ma il padre, dei danni fatti.

– Mhhh?

– Ora, ti chiamo per dirti che il tuo apporto alla soluzione del caso è stato apprezzatissimo dal dottor De Carolis, ne ha parlato piú volte, come sai si confida solo con me, e anche a me è risultato evidente che...

– Gargiulo?

– Sí?

– Ma ci stai provando?

– Io? Ma io... No, collega, come ti viene in mente? Era solo perché è giusto che un apporto come il tuo all'indagine venga riconosciuto e...

– Peccato. Perché io ci sarei stata.

Comunicazione chiusa, e carabiniere che fissa sconvolto e abnegato la cornetta muta. Fine di una piccola storia triste.

*La Signora dice: volando sopra le storie come un uccello, e
ricordandosi che sono pezzi della stessa storia, quella cacofonia
diventa una sinfonia.
E tutto, giovino', proprio tutto si inquadra alla perfezione.
È come il presepe, hai presente? Tanti colori, pastori che sof-
frono e che ridono, angeli e diavoli, animali e bottegai, sembra
che ciascuno faccia un'azione per conto suo.
Poi fai un passo indietro e guardi dall'alto, e ogni cosa ha
un senso.*

Mina udí bussare.
– Avanti.
La sequenza delle visite era stata ininterrotta. Le persone erano venute per complimentarsi: e poi, avevano fatto
venir fuori un problema.

Incomprensioni, violenze domestiche, perversioni sessuali
imposte, sopraffazioni, riduzioni in schiavitú, bambini mal-
trattati... Una questione alla volta, quasi fossero tovaglie
conservate negli armadi in attesa del presentarsi della circostanza giusta: solo che erano tovaglie putride e maleodoranti.

Mina si affacciava su quel panorama terribile, e a ognuno avrebbe proposto una soluzione. Soltanto in piccola parte sarebbero stati seguiti i suoi consigli, perlopiú la gente
avrebbe continuato a subire in silenzio. Per abitudine, per
mancanza di forza, per paura.

Però era già importante che ne avessero coscienza. Era già
importante che ne avessero parlato con lei. Perché lei, Mina,
era lí per quello: e non avrebbe mai fatto un passo indietro.

Alla porta si affacciò Domenico.
– Mina, io di là avrei finito. Sto andando via. Una gior-
nata intensa.
– Sí, anche qui. Sono distrutta.

– Non ti avanzano energie per farmi compagnia? Ho fame, e il mio stomaco non sopporterebbe nulla di transitato per un microonde, stasera. Saresti l'occasione per una bella pizza. Una cosa veloce, te lo prometto.

Mina si chiese: perché no? In conclusione di una giornata cosí e di un periodo cosí, perché no?

Domenico la guardò con aria supplice. Era il sosia perfetto di Brad Pitt in Ocean's Eleven.

La Signora disse: e adesso, giovino', hai tutti i pezzi della tua storia.

E anche di quelle che verranno dopo, se ci rifletti. Forse tante, forse poche. L'importante è che tu ti ricordi che ognuna è collegata alle altre. In questo quartiere, a Pizzofalcone, a Santa Teresa; e al Vasto, a Capodimonte, al Vomero e nella bella Posillipo con la luna gialla.

Non ti puoi sbagliare, giovino'. E mo', per favore, vattene a casa, ché sono vecchia e devo riposare. E sognare, pure.

Mentre faccio per andarmene, sento un lieve strascicare di metallo: è il secchio dei pomodori che la Signora sposta per alzarsi. Mi giro, e vedo sporgere dal grembiule che arriva a terra un grosso, adunco artiglio da uccello.

La Signora mi sorride e si avvia all'interno del basso, trascinando il secchio.

Che strano effetto fa la luce di un lampione attraverso una magnolia, penso.

Che strano effetto.

Questo libro è stampato su carta contenente fibre certificate FSC®
e con fibre provenienti da altre fonti controllate.

FSC	MISTO
www.fsc.org	Carta da fonti gestite in maniera responsabile **FSC® C115118**

Stampato per conto della Casa editrice Einaudi
presso ELCOGRAF S.p.A. - Stabilimento di Cles (Tn)
nel mese di luglio 2021

C.L. 24883

Edizione   Anno

1   2   3   4   5   6   7   2021   2020   2021   2024